★GAME START★
冒険パーティを選択してください。
メインパーティ
家政魔導士シオリ＆使い魔ルリィ
▷魔法剣士
▷弓使い
▷双剣使い
▷魔導士
▷？？？？

家政魔導士の異世界生活

～冒険中の家政婦業承ります！～ 8

文庫 妖

illustration なま

ICHIJINSHA IRIS NEO

CONTENTS

この作品はフィクションです。
実際の人物・団体・事件などには関係ありません。

第一話　家政魔法の講習承ります

第一章　雪解けの季節

1

高緯度地域に位置するストリィディア王国は、冬の間は深い雪と長い夜に閉ざされる国だ。朝の遅い時間にようやく昇った太陽も、午後の早い時間には早々に地平線の下に隠れてしまう。

そんな王国も今、太陽の恵みを存分に受けられる四月を迎えていた。日中の気温が上がっていくらかの暖かさを感じるようになると、あれほど積もる一方だった雪が表面から解け始め、徐々にその嵩《かさ》を減らしていく。

雪解けの季節だ。春が近い。

抜けるような青空の下、トリスヴァル領都のトリス市内は、通り沿いの雪が解けて石畳の路面が剥《む》き出しになっている。泥交じりの雪解け水を撥《は》ね上げて荷馬車が駆け抜け、道行く人々から小さな悲鳴が上がった。巡回の騎士が「少しは考えて走らせろ！」と追い掛けていく。

そんな光景を窓から見下ろして苦笑していたシオリは、大聖堂の尖塔《せんとう》の遥《はる》か彼方《かなた》に見える山々に視線を向けた。冬には雪で霞《かす》んでいた遠くの景色も、最近ではくっきりと見える日が続いている。

「積もるような雪はそろそろ終わりかな？」

誰《だれ》に言うでもなく呟《つぶや》くと、隣で同じように外を眺めていたアレクは頷《うなず》いた。

「ああ。街道沿いもすっかり地面が見えている場所が増えてきたしな」

窓枠にぺっとりと張り付いていたスライムのルリィも、嬉《うれ》しそうにぷるるんと震えた。

若葉が芽吹き、花が咲き乱れる頃《ころ》まではまだしばらくある。けれども日増しに強くなる春の気配は、人々の心を躍らせた。

暗く長い冬が終わりを告げ、柔らかな日差しが降り注ぐ春が来る。シオリとアレクもまた、凍《い》て付く冬のような闇から抜け出し、二人手を取り合って暖かな道を歩み始めようとしていた。

――偶発的に生じた時空の歪《ゆが》みに呑《の》み込まれ、日本で何一つ不自由のない生活をしていたシオリ・イズミ――本名和泉詩織《いずみしおり》が、突然異世界に放り出されたのは数年前のある夜のことだ。保護してくれたのは幸いにして親切な人々だったが、着ていた服以外は何一つ持たず、言葉すら通じないシオリの新たな生活は絶望に彩られていた。

遥か東方の辺境民族だと思われていたシオリには、まともな働き口さえなかった。それでも努力を重ね、持てる知識と技術を総動員してようやく築き上げた居場所さえ奪われ、命すら失いかけて――そうしてシオリは、希望の全てを冷たい殻の中に押し込んで、笑顔の下に封じ込めてしまった。

恋人のアレク・ディアもまた同じだった。九つの誕生日を迎えて間もなくひとり親の母を亡くし、先代の王だった実の父親も、半分だけ同じ血を引く異母弟オリヴィエルも、アレクを家族として大切にしてくれた。しかしそれまで平民として暮らしていた得体の知れない子供を、王族として敬わなければならないことに不快感を抱く貴族は多かった。

そのうえ、仲の良い二人の王子の意志を無視した王位継承権争いと、恋人レヴェッカからの「断罪」でひどく傷付いた彼は、王家を出奔してから十数年を経てなお、心の傷を癒《いや》せずにいた。

ただただ生きることだけに必死だったシオリと、心の安寧を求めながらも、それすらも叶《かな》わないのなら永遠の安息に身を委ねても構わないとさえ思っていたアレク。そんな二人が出会って少しずつ癒し合い、想《おも》いを交わし合って、そして一つ屋根の下で暮らすようになったのだ。

シオリは異世界人であること、アレクは王族であることを打ち明けて互いに受け入れた今、二人の間を遮るものは何もなかった。

二人が希《ねが》った、優しさと温もりに満ち溢《あふ》れた家は、今確かにこうしてここに在る。まだ籍は入れていない。でも、彼が抱えた最後のわだかまりを解いたそのときには、一緒になろうと約束した。

「幸せだな」

「うん」

微笑《ほほえ》み合い、触れるだけの口付けを交わして、寄り添ったまま穏やかに過ごすこの時間がひどく貴い。日常のささやかな一コマすらも、かけがえのない宝物だとシオリは思う。

異なる世界で生まれ育ち、身分すらも違う二人の人生は、絶対に交わるはずがないものだった。

それが何の因果かシオリはこの世界に落とされ、仕方なく選んだ冒険者という仕事を通じて、王家を出奔し身分を偽っていたアレクという運命の人と出会った。

これまでの人生で通り過ぎた、数多《あまた》の分岐点の先にあった奇跡だ。

「お前の身元もなんとか用意できそうで良かったな。ヤエ殿には感謝だ」

「うん。色々交換条件はあるみたいだけど、本当にありがたいなって思うよ」

ひと騒動あったものの、東方屈指の大商会とのかかわりを持てたことは幸いだったと思う。

このミズホ国の楊梅《ようばい》商会は、大陸各地に散った東方人の保護活動を行っていた。その幹部ヤエ・ヤマブチは、東方風の容姿を持つシオリをこのうえなく気にかけてくれた。たった一度会ったきりのシオリのために、「消息不明の、ミズホのさる旧家の息女」という身分を用意してくれるというのだ。勿論《もちろん》無条件ではなく、まだいくつかの交渉を経なければならない。けれども対価として支払えるのは、シオリが出せるものばかりだ。

交渉役を買ってくれた兄代わりのザック・シエルと、その旧友にしてトリスヴァル辺境伯クリストフェル・オスブリングにも感謝の念は尽きない。

「お前のひたむきな努力が実を結んだ結果なんだ。それは誇っていい」

「うん。ありがとう、アレク。私、アレクに認めてもらえるのが何よりも一番嬉しい」

――微笑み、そして再び口付けを交わす二人の後ろで、開いたままの本がゆっくりと閉じた。その僅《わず》かな風圧で書類が飛ぶ。

「おっと」

ぺらりと床の上に落ちた書類を拾い上げたアレクは、それに目を走らせて「そろそろ頃合いじゃないか？」と言った。

彼が手にしているのは「家政魔法講座」の企画書だ。

家政魔法。それはシオリが編み出した家事向けの魔法で、少ない魔力を活用できるという利点がある。それらを駆使してパーティを支援するのが、シオリ独自の職業「家政魔導士」の仕事だ。

初めの頃こそ地味な職業だと揶揄《やゆ》されたものだったが、地道な努力が認められて、今ではトリス支部にはなくてはならない存在扱いだ。最近では家政魔法を覚えたいという同僚も増えた。

家政魔法講座は、彼らの希望に後押しされて企画したものだ。

「……そうだねぇ。天気のいい日が続くようになったし、そろそろ大丈夫かも。兄さんにお知らせ出してもらおうかな」

「ああ」

手元の書類を眺めていたアレクは微笑んだ。窓枠から床に飛び下りたルリィも、ぷるるんと楽しそうに震える。

講座の開催時期は、晴れ間が増える春先と決めていた。冬の間は天候が安定せず、開催日に猛吹雪《もうふぶき》という事態にもなりかねないからだ。

「あとは緊急依頼が入らないことを祈っておこう。人手を割く訳だからな」

春先は冬眠明けの魔獣が食料を求めて活発化する。しばらくはこれらの討伐依頼がちらほらと舞い込むことになるだろうが、なんとか通常対応できる範囲で済んで欲しいところだ。

「思ったよりも希望者が膨らんじゃったし……上手《うま》く進められるといいけど」

当初は六、七人程度の予定だった。けれども噂《うわさ》が噂を呼び、ほかの支部や北方騎士隊、辺境伯家などからも問い合わせがあり、最終的にはギルド内外含めて数十人という大所帯になってしまった。

参加希望者には冒険者のほか、ロヴネル家の使用人や辺境伯家の私兵団、利き腕の故障で後方支援部隊に配置換えとなった騎士などがいる。中にはブロヴィート村の雪狼《ゆきおおかみ》襲撃事件で、重傷を負って前線から退いた元隊長だという騎士の名もあった。

「……あのときの隊長殿か。結局剣を手放すことになったか……」

アレクは痛ましげに眉根《まゆね》を寄せた。同じ剣士として思うところがあるのだろう。その手は利き腕を撫《な》でていた。

あの重傷だった騎士は腕の筋を切り、治癒魔法を以《も》ってしても元のように剣を振ることは難しいだろうという話だった。隊長職を務めるほどなら腕は立ったはずだ。本人の意志か周囲の勧めなのかは分からないが、家政魔法を習いにくるということは、やはり剣を手放さざるを得なかったのだろう。

「……どこまでお役に立てるかは分からないけど、私の技術を役立ててもらえたら嬉しいな」

やるせない表情で希望者の名簿を眺めていたアレクはふと顔を上げ、そして微笑んだ。

「俺《おれ》達も全力でサポートする。だから安心してくれ」

自分もいるよ！　とばかりにルリィもぷるるんと震える。

「うん、ありがと、二人とも。頑張るよ」

希望者の目当ては決して家政魔法だけではないだろう。これまで多くの魔導士が挑戦して玉砕した複数魔法の同時発動――合成魔法に多大な期待を寄せているはずだ。

実際、何人かの上級魔導士が参加したがったが、それでは本来の目的である家政魔法の講習から大きく趣旨が外れてしまう。だから今回は丁重にお断りして、合成魔法談義はまた別の機会にという話で纏《まと》まった。その代わりに、彼らは見学を兼ねて会場の警護を引き受けてくれた。ベテランばかりだから、講習中に誰かが暴発させそうになっても、きっとすぐ動いてくれるだろう。

勿論アレクやナディアも一緒だ。

「……だが、お前は一人で練習したんだったか」

「私の場合は魔力が凄《すご》く低いから。暴発してもちょっと火傷《やけど》するくらいだったし」

応用技を使わなければ、大蜘蛛《おおぐも》一匹倒せないような魔力なのだ。暴発したところで鍋《なべ》が噴きこぼれる程度のものだった。もっとも、だからこそ創意工夫が必要だったのだけれども。

「ちょっと、か」

魔法の失敗で手に切り傷や火傷を負いはしたけれど、勿論そのときの怪我《けが》は完治していて綺麗《きれい》だった。それでもアレクは気になったのだろう、シオリの手を取って丹念に眺めていた。

そんな彼の手を撫でて大丈夫と微笑むと、彼は眉尻《まゆじり》を下げたまま微苦笑した。

「――しかし、このリストを見る限り、中級魔導士が案外多いんだな。低級魔導士が多く集まるかと思っていたが」

「うん、そう。私もちょっとびっくりした。けど、この人達も結構必死みたいで」

B級保持者とはいえ、魔導士としては最下位のシオリにとっては、贅沢《ぜいたく》な悩みだとは思う。しかし戦闘が魔法頼りの魔導士にとって、中級止まりは憂慮すべき問題だ。高ランクの魔獣を相手にするには圧倒的に威力が足りず、一定以上の依頼を受けることができない。依頼の選択の幅は格段に狭まるだろう。パーティに入ったとしても足手纏いになりかねない。これ以上の昇格が望めないというのは、冒険者業を生涯の仕事と考える人々にとっては受け入れ難いのだ。

魔力だけでは上級職へのランクアップが望めないのなら、魔法の使い方を工夫するしかない。

「幸い俺は、剣との相性も良かったから魔法剣士としてやってこれはしたが、そうだな……魔法だけで勝負するなら、多分中級止まりだっただろうな」

上級魔法を使えはするが、主力になれるほどではない。しかも範囲魔法は苦手だ。だから魔導士になったところで、中級程度だっただろうと彼は言った。

「冒険者のランクも、せいぜいB級止まりだっただろうさ」

「そっか……」

アレクのように攻撃手段が別にあれば話はまた違ってくるのだろうが、彼が言うように武器にも相性がある。シオリ自身も適性検査を受けたときに、鍛錬しても恐らく護身程度の剣技しか身に付かないだろうと言われてしまった。勿論魔獣には敵《かな》わない。だから低級魔導士の地位に甘んじるしかなかったのだ。

けれども、幸い自分には家政魔法という強みがある。家事に特化した魔法という付加価値は、最下位の低級魔導士をＢ級に導いてくれた。

そんな実例があるからこそ、中級止まりの彼らは今回の講座に期待を寄せている。魔導士としてこれ以上の活躍が望めないのであれば、いっそシオリのように完全な後方支援職として上を目指すのも悪くはないと考えている者もいるようだ。

「勿論、家事にも得手不得手はあるもの。だから無理に家政魔導士にならなくても、何か自分ならではの働き方を考える切っ掛けにでもなればって、そう思うの」

冒険者ギルドに登録する冒険者数は年を追うごとに増え、寄せられる依頼は多様化している。既存の職業だけでは、対応しきれないものも多い。

高ランク保持者で構成したパーティでなければ攻略できなかった依頼が、中堅パーティでも一部対応できるようになったのは、家政魔導士の補助によるところが大きいという説が真実だったなら。これから新たに生まれるだろう特別職もまた、どこかで活躍することになるかもしれない。

薬師のニルスも兼任家政魔導士を目指して、既に野営用の薬膳料理の開発を始めているらしい。あとは家政魔法の習得だと、彼は笑いながら言ったものだ。

「薬膳料理か。とんでもない臭いの料理でなければいいがな……」

アレクは苦笑いしている。以前飲まされたニルス謹製栄養剤がよほど不味《まず》かったらしく、その後は適当な理由を付けて丁重に断っているようだ。

「そんなに……な味だったの？」

アレクは遠い目をした。

「……枯れ葉と泥を安ワインで煮詰めたような味だった」

「げ」

Ａ級の薬師が滋養強壮剤と言っていただけのことはあって、確かに効果はあったらしい。しかし、そう何度も口にしたくはない味だったとアレクは呻《うめ》いている。

「……いきなり現地で振る舞われる前に、試食会を開いてもらった方がいいかも」

「だな。いくら効くからとはいっても、精神力と引き換えにするのは御免だぞ」

栄養は勿論だが、味もまた大事だ。食事一つで士気に影響が出ると知れば、なおさらそう思う。

苦笑いしながら書類を纏めた二人は、ルリィを伴って冒険者ギルドに向かった。講座の具体的な日程を詰めるためだ。

暖かな日差しで溶けた、シャーベットのようになった舗道の雪を除《よ》けて歩く。また馬車が泥水を撥ね上げながら通り過ぎ、歩いていた娘達に悲鳴を上げさせていた。春先の日常的な光景だ。

「こういう中途半端に溶けた雪って、かえって真冬よりも面倒だよね」

「だな。整備されてない道なんぞはひどいものだ。そんな道を通らなければならない依頼は避けたいところだな。あっという間に泥だらけだ」

春が近いとはいえ、夜はまだ氷点下にまで下がる。日中溶けた雪がザラメ糖のように粒状に凍り、足を取られて歩きにくいのだ。少し歩くだけで疲れてしまう。

「この時分は雪崩《なだれ》も多いからな。新人にもよく注意しておかなければ。特に街育ちの連中には」

「うん」

ぽつぽつと会話しながらやがて着いたギルドの扉を開けると、カウンターの上で弾んでいたブロゥがしゅるりと触手を掲げた。先日ザックと使い魔契約したこのスライムも、今ではすっかりギルドのマスコットとして馴染《なじ》んでいる。

そんなブロゥに応えて、ルリィが嬉しそうに触手を振り返した。

スライム達の微笑ましい様子に目を細めた二人だったが、室内の妙な雰囲気に気付いて眉根を寄せた。ひそひそと囁《ささや》き合っていた同僚達が、二人に気付いた瞬間「あ」というような表情を作ったからだ。それどころか事務員が、二人を見るなり形ばかりのノックをして慌ただしくマスター室に駆け込んでいく。

事情が分からないまま不安になったシオリは、隣の恋人に無意識に身を寄せた。

「……なんだろう？」

「分からん……が、あまりいい理由ではなさそうだな」

異様な雰囲気に身を縮めるシオリの肩を、アレクがそっと抱き寄せる。

そんな二人に同僚が何か言い掛けたそのとき、マスター室の扉が開く。そして渋面とも当惑顔とも言い難い表情のザックが顔を覗《のぞ》かせた。

「――おう。ちょうどいいとこに来たな」

赤毛をがしがしと掻《か》きながら大きな溜息《ためいき》を吐《つ》いた彼は、後ろ手に扉を閉めながら手招きした。

「何？　兄さん」

「シオリに謝りたいって奴《やつ》が来てる。だが、嫌なら断ってもかまわねぇ。あいつもそんならそれで構わねぇと言ってる」

「あいつ？　謝りたい……？」

思い当たる節がない――そう言い掛けたシオリの脳裏に、不意にかつての仲間の姿が浮かんだ。アレクもそれで察したのか、抱き寄せる手の力を強める。

そんな二人に、「ああいや、言い方が悪かったな。多分思ってる奴じゃねぇよ」と苦笑いしたザックは言った。

「――ヴィヴィ・ラレティだ。覚えてるか？　去年の秋口に問題起こして辞めた新人魔導士の」

「ヴィヴィ……秋口……あ」

誰だったかと呟きかけた瞬間、頭の片隅に追いやっていた記憶が蘇《よみがえ》る。

――それまで言葉を交わしたことさえなかった、顔と経歴を噂で知るだけの娘。同僚という以外に接点はなかったというのに、魔力の低い家政婦紛いがB級認定されているのはおかしいと言い掛かりをつけた挙句、シオリに武器を向けた三人娘の一人がヴィヴィ・ラレティだった。

自らの才能を鼻に掛けて周囲に迷惑を掛けたばかりか、同僚の忠告や先輩の苦言の一切に耳を貸さず、誤った正義感を暴走させた末の愚行。危うく騎士隊案件になるほどの事件だった。

見縊《みくび》っていた相手に呆気《あっけ》なく返り討ちにされて規約違反で処分を受けたはずだったが、娘の一人は経験から何も学ばなかったのだろう。謹慎期間を経てもなお傲慢《ごうまん》な態度を改めることなく、身の丈に合わない仕事でその命を散らしてしまったのだ。

もう一人は反省の色は見せていたものの気の強い友人に逆らいきれず、従い続けた末に彼女を見捨てて死なせ、大きな後悔を抱えてトリス支部を去った。

そして最後の一人、このヴィヴィという少女は逃げるように郷里に戻った——というのが昨年秋の事件の顛末《てんまつ》だ。

「シオリ」

気遣わしげなザックの声。

はっと我に返ったシオリは、長身の兄貴分を見上げた。空色の瞳《ひとみ》が不安げに揺れている。この優しい兄貴分は、シオリが異世界人であることを知ってもなお、こうして気遣ってくれるのだ。

——この世界での兄。優しくて頼りになる、最愛の兄だ。

それに、シオリの事情を全て受け入れてくれた恋人も、頼もしい瑠璃《るり》色の友人もいる。

シオリは微笑んだ。もう自分は独りぼっちではないのだ。

「……ちょっと怖いけど……でも、会ってみる」

上級魔導士になれるほどの素質があった彼女に、杖《つえ》を向けられたあの瞬間の恐怖を忘れた訳ではない。しかし、約半年という時間を経てヴィヴィの心境に変化があったのなら、会ってみたいという気持ちが勝った。

そうかいと苦笑気味に頷いたザックは、部屋の扉を開けた。

俯《うつむ》きがちに長椅子《ながいす》に座っていた小麦色の髪の少女が、はっと顔を上げた。視線が絡み合う。気まずそうに小さく会釈した彼女の、その揺れる瞳に浮かぶのは悔恨《かいこん》と困惑と恐怖。

様々な感情が入り混じった、複雑な色だった。

2

シオリは戸口で立ち止まったまま、ヴィヴィとしばしの間見つめ合った。

謝罪したいと訪れたはずの彼女は、どう切り出したものか悩んだのだろうか。わずかに視線を彷徨《さまよ》わせたあと、無言のまま気まずそうに俯いてしまった。

俯く直前、彼女が向けた視線の先にあるものに気付いたシオリは、恋人と兄貴分を退出させた。彼らが背後に控えていたのでは、威圧感があるだろうと思ってのことだ。

二人だけで話をしたいというシオリに彼らは難色を示したものの、最終的には仕方がないというように微苦笑を浮かべて出ていった。

果たしてその対応は間違ってはいなかったようだ。ほうっと息を吐いたヴィヴィに、苦笑しながら向かい合う形で腰を下ろす。

僅かな沈黙の後、彼女は躊躇《ためら》いがちに切り出した。

「……あの」

「はい」

シオリが短く言葉を発した瞬間、彼女がびくりと身を竦《すく》ませたのが分かった。それでもぐっと堪《こら》えて言葉を続ける。

「あれから色々考えて……」

「はい」

「姉さんにも色々言われて……」

「はい」

「私、なんにも知らなくて」

「はい」

「……それで、その、まだ謝ってないって気付いて」

「はい」

記憶にある彼女の口調は、もっと歯切れが良かったはずだ。それが今は慎重に言葉を選んでいる。話し方もまるで要領を得ない。しかし、その口振りがかえって相手への配慮を感じさせた。だからシオリは、根気強く彼女の言葉を聞いていた。

けれども彼女自身がこれでは言い訳じみていると気付いたのだろう。不意に俯けていた視線を上げて勢いよく立ち上がると、「本当にごめんなさい！」と深々と頭を下げた。

「……私、シオリさんに凄く酷《ひど》いことを言いました。それに、あんなことしたのに……シーラとミアを唆《そそのか》したのは私なのに、謝らずに逃げてしまって、本当に……ごめんなさい」

相変わらず要領は得なかったけれど、必死に言葉を繋《つな》いで頭を下げるその姿に、かつての傲慢さは欠片《かけら》もない。この半年の間に、彼女に良い変化があったようだ。

謝罪の言葉を混ぜながら、彼女はぽつぽつと語り始めた。

――ヴィヴィはエンクヴィスト領との境界付近にある、山間の小さな村の生まれだ。そんな辺鄙《へんぴ》な村にあって、彼女は同世代の子供達の中では目立つ存在だった。両親譲りの器量も理由の一つだったが、とりわけ注目を集めたのは彼女が高い魔力の持ち主だったためだ。

　ヴィヴィの母方の家系には、時折強い魔力を持つ者が生まれる。外祖母や母、姉には僅かにしか受け継がれなかったその力を持って生まれたヴィヴィは、家族に大切にされて育った。

　女の社会進出が進む今の時代なら、これだけの能力があれば職業も好きに選べるだろうと、両親は村娘には十分過ぎるほどの教育を施してくれた。彼らは貯蓄を切り崩して月に幾度か教師を呼び、娘達に読み書き計算や都会仕込みの礼儀作法を身に付けさせた。

　その甲斐《かい》があったのだろうか。一緒に学ばせた上の娘は買い付けに訪れた商人に見初められ、領都トリスの裕福な商家に嫁いでいった。

　下の娘ヴィヴィも、両親の期待通り秀でた娘に育った。些《いささ》か傲慢なところはあったものの、それは若さゆえと見逃される程度のものだった。

　しかし、彼女にとって不幸だったのは、成人を迎えて数年経《た》ち「外の世界」に旅立つまでに、その芽吹き始めていた傲慢な性質を誰も真剣に矯正してやらなかったことだろう。家族や近しい誰かが指摘したこともあったが、あまり強い調子ではなかったせいか、本人も聞き流してしまっていた。

　ともかく両親亡き後に出世を夢見て郷里を旅立ち、領都トリスで冒険者となったヴィヴィは、同格の仲間を得てそれまで通りに挫折知らずの一年を過ごした。そして傲慢と偏見、思い込みを肥大化させた末にシオリに喧嘩《けんか》を売り、大敗を喫したのだった。

　そのとき彼女は、シオリの決して触れるべきではない領域に踏み込んでしまった。その恐るべき深淵をまともに覗き込んでしまったのだ。

胸を焦がすような望郷、心が焼き切れるほどの孤独、身を圧《お》し潰《つぶ》さんばかりの怒り、心が引き裂かれるような哀哭《あいこく》——それはありとあらゆる負の感情を内包した、凄《すさ》まじい底なしの絶望だった。

精度の高い幻影魔法を通してヴィヴィが見たのは、絶望の深淵に佇《たたず》む闇《やみ》色の女だ。

——人は、その身に自分一人の心を収めておくだけで精一杯の生き物だ。仮にできたとしても、誰かの心に共感し、その一部を共有する程度の器しか持たない。

それをヴィヴィは、一人の女がそれまでの人生で蓄積し続けた絶望の丸ごと全てを、二十年足らずしか生きていない未熟な身で受け止めてしまった。なまじ才能があった分、魔力を通してシオリの抱える膨大な闇に直に触れてしまったのだ。

一歩間違えれば正気を失いかねないほどの絶望的な闇に呑まれかけた。心が弱ければ——否、シオリの魔力があと少しでも強かったなら、恐怖のあまり息の根が止まっていたかもしれない。

それを考えるたびにこの身がひどく震えた。運が良かった。助かったのだ。

けれども、その晩から闇が恐ろしくなった。灯《あか》りを消して眠れなくなった。あの絡み付くような絶望と闇の淵に佇む女の姿が脳裏にちらつき、ヴィヴィを深淵に引き摺《ず》り込もうとするからだ。

翌日、ギルドに呼び出されてシオリの姿を見た瞬間、足が震えた。その足元に落ちた影の中から、あのときの粘り付くような闇の触手が伸びてくるような気がして身が竦んだ。あれほどの絶望と深い闇を抱えていながら困ったように微笑むだけの彼女が、何かひどく得体の知れないもののように思えて心底恐ろしかった。

嫌、怖い、帰りたい。

ただただ恐怖で泣きじゃくるしかなかった。そこから先の記憶は定かではない。とにかくシオリから離れたい一心で、気付いたら郷里の我が家に飛び込んでいた。

一流の冒険者になると大手を振って旅立っておきながら僅か一年で逃げ帰ったヴィヴィを、郷里の人々は訝《いぶか》りながらも「都会の水が合わなかったんだろう」と言って受け入れてくれた。

けれども中には「所詮《しょせん》は田舎《いなか》の優等生だったのよ」と揶揄する者もいた。

――事実だった。

単純に数値だけでは推し量れないものがあるということを思い知った。それが分からなかった世間知らずな小娘の末路がこれだ。ヴィヴィとミアは低能と侮った女に驕《おご》り高ぶった心を潰され、それでもなお認めることができなかったシーラは、無謀な仕事を引き受け魔獣に喰《く》われて死んだ。

それからしばらくは鬱屈《うっくつ》した日々を過ごした。冒険者時代の貯蓄を切り崩しながら、古巣の自警団で活動したり、狩りの手伝いをするだけの、ひどく地味で退屈な日々だった。

同期の出世頭として羨望《せんぼう》の眼差《まなざ》しを向けられていた、あのきらびやかな日々が嘘《うそ》のような日常。

（本当なら、今頃はもっと上のランクに昇格して活躍してるはずだったのに）

潰されたはずの慢心が頭をもたげ、一流の冒険者姿の自分を夢想しては、あのどろりとした闇の記憶が蘇って傲慢な心を塗り潰していく。

――年明け後もそんな日々を繰り返して、ようやく落ち着きを取り戻していた彼女のもとに姉が訪ねてきたのは、三月を大分過ぎた日のことだった。

初心《うぶ》な田舎娘の姿はすっかり鳴りを潜め、三児の母にして老舗《しにせ》毛皮商の女将《おかみ》としての貫禄《かんろく》が板に付いていた姉は、挨拶《あいさつ》もなく手紙一つで郷里に戻ったことを報《しら》せてきた妹を随分と気に掛けていた。末の子の乳離れを待ってから、身一つで来てくれたのだ。

姉は「義理の兄さんに挨拶もなしに」とヴィヴィを叱《しか》りつけた後で、幼い頃してくれたように抱き締めてくれた。

「あんた、一体何をやらかしたの。何かトラブルがあったって聞いたけど」

彼女の嫁ぎ先には冒険者の顧客もいる。だからある程度は聞き知っていたようだった。隠し立てをしても無駄だと悟ったヴィヴィは、促されるままに口を開く。

話の間、姉はずっと隣に寄り添い、相槌《あいづち》を打ちながら静かに聞いていてくれた。

一切合切を語り終えると、彼女は深々と溜息を吐いた。

「――そう。あんたの自惚《うぬぼ》れが強いところ、ちょっと気になってたんだけど……まさかそんなことしでかすだなんてさすがに思わなかったわ」

「……ごめんなさい」

「謝る相手は私じゃないでしょう」

「……う、ん」

姉相手には素直に言えたというのに、そういえばあの女には言ってなかったと今更ながらに気付いたヴィヴィは、言葉尻を濁す。

それを敏感に感じ取った姉は、「あんたまさか」と眉根を寄せた。そのまさかだと言えるはずもなく黙りこくるヴィヴィだったが、もうそれで全てを察したようだった。

「妬《ねた》みと思い込みで一方的に喧嘩を売って、騎士隊に突き出されるところを穏便に済ませてもらったのに、謝りもせずに逃げてきちゃったって訳ね。これはさすがに姉さんも庇《かば》いきれないわ。今度から冒険者さん相手にどんな顔して商売すればいいの。あの人達の横の繋がりって、あんたが思ってる以上に強いのよ」

「……」

ぐうの音も出ずに口を噤《つぐ》むしかなかった。

自分がしたことで姉やその嫁ぎ先にまで迷惑を掛けてしまっている。一流の冒険者どころか、これではまるで悪戯《いたずら》した子供のようだ。否、成人しているだけになおのこと質《たち》が悪い。

姉の口振りでは商売に影響は出ていないようだったけれど、事と次第によっては店の名に泥を塗りかねない所業だったのだ。もしヴィヴィがあのまま騎士隊に突き出されていたとしたら、親類縁者から罪人を出した店だと忌避されていたかもしれない。

そのことに思い至ったヴィヴィは、今更のように蒼褪《あおざ》めた。

あの瞬間、シオリへの殺意がなかったと言えば嘘になる。カッとなって、確かに魔力を込めた杖を向けた。シーラは憎悪を剥き出しにして剣を抜いたし、ミアは弓をほとんど放つ寸前だった。

どれもこれも魔獣を倒すための、殺傷力が高い武器だ。丸腰の相手に三人がかりでそんな武器を向けた――端から見れば、誰がどう見ても殺そうとしているようにしか見えない。

――シオリが抵抗しなければ、本当に殺してしまっていたかもしれないのだ。

若気の至り、挑発されてついで言い逃れできる状況にすらなかった。彼女を貶《おとし》めるために悪評を集めようとしていたのは周知の事実で、付け回していたところも大勢に目撃されていたのだから。

「私……とんでもないことしちゃった……」

呆然《ぼうぜん》と呟くヴィヴィに、姉は手厳しく指摘した。

「それは何に対して？　相手の人じゃなくて、もしかして私やうちの人に対してだったりする？」

「あ……」

「それに姉さん、相手が東方人だったなんて今日《きょう》初めて知ったわ。あんた、ほんとに……運が良かったというべきかしら。多分、状況に助けられたんだわ」

どういうことだろうと視線を上げたヴィヴィに、姉は陰鬱《いんうつ》な視線を向けた。

「あんたはトリスに出てくる前だったから知らないだろうけど、その人……前に一度、本当に殺されそうになったの。体調が良くないのに無理に迷宮に連れていかれて、身ぐるみ剥《は》いで置き去りにされたって話だったわ。それも、財産全部取り上げられて逃げられないようにされた末にだよ。新聞にも載ったほどの事件だったの。いくら移民に偏見があるったって、限度ってものがあるわ」

「え――」

絶句するヴィヴィに、姉は悼《いた》むような視線を向けた。しかしそれを本当に向けたかった相手は、きっと今この場にはいない女だろう。

――トリスにたった一人だけの東方人。それまでも目立っていた彼女は、事件でより一層注目されるようになってしまった。

「これは私の想像でしかないけど、多分その人……これ以上騒ぎになるのは嫌だったんじゃないかしら。ただでさえ大きい事件の被害者だったんだもの。このうえまた同僚に絡まれて騎士隊の世話になったなんてことになったら、口さがない人達にまたあいつかって言われかねないわ。移民ってね、ほんのちょっとのことで悪く言われるし、本人達も立場悪くしたくなくて、あんまり……波風立てたがらない人も多いから」

――だから、見逃してもらえたのか。

それは確かに姉の想像でしかない。けれども概《おおむ》ね事実だろうことはヴィヴィにも分かる。

「ど、どうしよう……私」

ヴィヴィは傲慢で無知ではあったが、事実を繋ぎ合わせて考えるだけの知恵はあった。元々頭の回転は速い方だ。

――同僚から聞かされていた彼女の人物像。真面目《まじめ》で働き者。知恵と工夫と、血を吐くような努力で立場を築き上げた才女。

愚かだった自分はそれを信じようとはしなかったけれど、冷静になった今なら分かる。彼女は決して無能ではなかった。魔力は確かに低いが、精緻《せいち》を極めたそれは恐るべき威力だったではないか。

必死の努力を重ねて結果を出したというのに、あの人は二度も殺されかけたのか。

身勝手な理由で殺されかけた彼女を、自分は同じような理由で再び害そうとしたのか。

それは彼女にとってどれほど恐ろしいことだっただろう。

あのとき見せつけられた底なしの怒りと絶望は、そういう訳だったのだ。

「わ、私……全然知らなくって、あんな酷いこと……」

「どんな理由があったって、やっていい理由にはならないわよ、ヴィヴィ」

姉は悲しそうに顔を歪めて言った。

「誰にだって気に食わない相手はいるものよ。私だってそういう人はいるし、あんただってその人のこと、なんとなく気に入らないって思ってたんでしょ。でもねぇ、それならせめて、かかわらないようにするのが最低限の礼儀ってものだと思うわ。実害がないんならなおさらね」

そうだ。自分はシオリが気に入らなかった。魔力が低いくせに評判の良い彼女が同じ魔導士として気に入らなかっただけ。シーラは恋敵を追い落とそうと躍起になっていただけだし、ミアに至っては何の関係もない、ただ友達に便乗して楽しんでいただけだ。

――未開の東方民族なんて大したことはできないはずだ、だから娼婦《しょうふ》紛《まが》いの手口で男に媚《こ》びて査定を通してもらったに違いない。そんな言い掛かりで何の落ち度もない女を中傷し、あまつさえ武力で排斥しようとした。

それがヴィヴィ達がしたことだった。

「あんた達は正義の代弁者のつもりでいたかもしれないけど、実際にあんた達がしたことは、気に入らない相手にもっともらしい理由を付けて吊《つ》るし上げて、鬱憤《うっぷん》を晴らしてただけなのよ」

姉の言葉は肉親であるがゆえに遠慮がない。厳しいと思っていた先輩達の言葉でさえ、まだ遠慮があったのだと気付かされる。

まさにあのときの状況を正確に言い当てられて、とうとうヴィヴィは押し黙った。

黙りこくったままぽろぽろと涙を流して俯く妹の背を、姉は宥《なだ》めるように叩《たた》く。

「――もう大人なんだから、どうするべきか分かるわね？」

「……うん」

ヴィヴィは頷いた。

そうして彼女は領都トリスの土を再び踏むことになったのだ。

「……私達が考えなしだったせいで、シオリさんに嫌な思いをさせたし、ほかの人達にも沢山迷惑を掛けてしまいました。本当に、すみませんでした」

深々と下げられた頭。その小麦色のふわふわの頭髪を見ながら、シオリはしばらく黙っていた。

謝罪する彼女の言葉もその態度も真摯《しんし》なものだ。本当に、心の底から自らの行いを恥じて悔いている。誰かに言い含められて渋々頭を下げている訳ではない。自らの恥を再び曝《さら》け出すことはどんなにか恥ずかしかったかもしれないのに、それを包み隠さず打ち明けて謝罪したのだ。

シオリはふっと息を吐いた。

「——あのとき、凄く怖かった」

当初、彼女達には揶揄《からか》うつもりしかなかったのだろう。しかし、どうあっても一戦交えるまで引くつもりはなかったはずだ。その後の彼女達の言い分から判断するに、一戦交えてシオリが無能であることを暴露し、皆に知らしめることが目的だったようだ。さらに言えば、ついでに脅かして泣かせるか狼狽《うろた》えさせるかでもして、留飲を下げるつもりでもあったはずだ。

そう指摘すると、ヴィヴィは気まずそうに無言で目を伏せた。肯定の意だ。

「ヴィヴィさん達にしてみれば、軽い気持ちだったかもしれません。でも貴女《あなた》方が言う通り、私はほんの少し魔法が使えるだけで、戦闘力は微々たるものです。だから期待の新人と言われたほどのヴィヴィさん達に武器を向けられたことが、本当は凄く怖かったんです」

ただ生きるために頑張っているだけなのに。せっかくあの事件で生き延びたのに、またこんな目に遭わされるのかと。もしかしたら再起できない怪我を負うかもしれない。当たり所が悪くて死ぬこともあるかもしれない。それが恐ろしかった。

そう思わせるだけのものが、あのときの彼女達には確かにあったのだ。

「――人は、『下に見ていい人』を作ると心が卑しくなる。そういう相手を作って接しているうちに、粗末に扱っていい、好きに扱っていいと思うようになってしまうんです」

その生贄《いけにえ》に選ばれるのは弱者と呼ばれるものだ。能力や経済力、社会的立場の低い者。圧倒的強者から何らかの理由で弱者に落ちる者もいるが、いずれにせよ一度弱者、それも抵抗できない人間だと認定されてしまえばどうなるかはシオリ自身がよく知っていた。ただただいいように嬲《なぶ》られて、人扱いすらしてもらえない。

そんな生贄を虐《しいた》げる「遊び」に堕《お》ちた者は、他者の尊厳に対する認知が著しく歪んでいくのだ。

かつての仲間がまさにそうだった。気の良い人達だったはずなのに、知らず知らずのうちに首謀者に誘導されていた彼らは、やがて率先してシオリを蔑《さげす》み邪険にするようになった。

――半年前に相対したヴィヴィ達の目は、そのかつての仲間がしていた目によく似ていた。その表情から滲《にじ》み出ていたのは、虐げていい人間だから何をしても許されるという悍《おぞ》ましい考えだ。

「誰かを軽蔑《けいべつ》する気持ちは否定しません。自尊心を強く持つことも悪いことではないと思います。でも、もう決して『見下して粗末に扱っていい人』を作らないでください。それは他人の尊厳を踏み躙《にじ》るだけのものではありません。自分の心さえも下劣で浅ましいものに貶める行為ですから」

結局のところ、誰かを虐げて鬱憤を晴らしているだけなのだから。

「……姉さんにも同じようなこと、言われました。Ｃ級に上がるまでは簡単だったけど、それからは全然だったから……その」

あの行為は単なる驕りからくるものだけではなかったと、ヴィヴィは白状した。

同期の中では業績が突出していた。同期がようやくＤ級に上がろうかという頃には、既にＣ級間際の成績を収めていた。けれども、そのあたりから思うようにいかなくなったのだという。

仕事を選《え》り好みし過ぎて経験を積めなかったばかりか勤務態度が決して良いものとはいえず、再教育の指示や同僚の忠告を一切無視して、割のいい仕事が回されなくなっていたのだ。

そんなときに視界に入ってきたのがシオリだった。低級魔導士で雑用係しかしていないはずの「非文明国人」が、たったの三年でB級というランクを得ていたことがひどく気に障ったのだ。

一部の同僚の——今にして思えば同類だった——の「真面目で仕事熱心なのは分かるけど、あの人の評価、いくらなんでもおかしいよね」「炊事洗濯に行水用のお湯沸かすだけだっていうし」という言葉に後押しされた彼女達は、鬱憤晴らしができる玩具《がんぐ》を見つけて大喜びで飛び付いたという訳だ。

「私を断罪したからといって、ヴィヴィさん達のランクが上がる訳ではないですよ。私が本当に不正を働いていたというならともかく、事実無根だったんですからなおさらです」

「……その通りです。結果として……自分の評価を下げちゃいました」

半年ぶりにギルドの扉を潜《くぐ》ったときにヴィヴィに浴びせられた視線は、ひどく冷たいものだった。あのとき「後押し」してくれた同僚でさえ、かかわりたくはないという態度だった。度を越した行動は、自分自身の評価を貶めるものでしかないということを思い知った。

「若いうちに——と言ったら失礼かもしれませんけど、私の故郷ではヴィヴィさんはまだ未成年ですから、そういうことにしておいてくださいね。ヴィヴィさんの歳《とし》ならまだ取り返せますから。若いからで許してもらえるうちに直すべきところは直して、頑張ってください」

二度も命の危険に晒《さら》された身としては、思うところは山ほどある。だからこれが「被害者」としての精一杯の言葉だ。

ヴィヴィは小さく頷く。

「……これからどうするつもりですか？」

「最初はまた村に戻るつもりでした。でも、ここに来るまでに色々考えて、やっぱり私……ちゃんと魔導士の仕事をしたいなって思って」

亡き両親は、都会でも通用するようにと貯蓄を切り崩してまで教育を受けさせてくれたのだ。それを無駄にはしたくない。それに、自分の力を活《い》かした仕事がしたいと彼女は言った。

「そう……ですか」

差し出した手におずおずと伸ばされた彼女の手を握ったシオリは、精一杯の微笑みを浮かべた。

「しばらくは辛《つら》い思いもするかもしれません。でも、頑張っていればちゃんと見てくれる人がきっといますから」

偏見しか向けられなかった自分がそうだったように、きっと彼女にもいつか温かく見守ってくれる人ができるだろう。そう願う。

啜《すす》り泣きを始めたヴィヴィをその場に残したシオリは、静かに部屋を出る。アレクとザックがほっとした表情で出迎え、足元をルリィがするりと撫でた。

穏便に事が済んだことを察したのだろう、気に掛けてずっと様子を窺《うかが》っていたらしい同僚達もまた肩の力を抜き、苦笑交じりに視線を交わし合っている。

幾度かシオリの肩を叩いたザックは、入れ替わりに部屋に入っていった。

ほうっと息を吐き、両手を広げて待つアレクの胸に遠慮なく飛び込む。

身体《からだ》を預けて目を閉じたシオリを、彼は優しく抱き締めてくれた。

第二章　家政魔法「初級」

1

四月に入ると晴れ間が格段に増え、積雪はますます嵩《かさ》を減らしていく。新しく雪が積もったとしても、日差しで当日中に解けてしまうことも珍しくはない日が続いた。

幸い家政魔法講座の当日も前日の大雪が嘘《うそ》のように綺麗《きれい》に晴れ渡り、抜けるような青空が降り積もった雪の白と美しい対比を成していた。

「こんだけ晴れてりゃ問題ねぇだろ」

ザックが開催可否の最終判断を下し、前日入りしていた遠方からの参加者は安堵《あんど》の笑顔を見せた。

そうしてその後まもなく、領都トリスから何両もの馬車が連なって出発した。冒険者ギルドの雪馬車二台を先頭に、トリスヴァル辺境伯家の私設兵団やロヴネル家の馬車が続き、北方騎士隊が殿《しんがり》を務めている。輸送用の大型馬車の一隊は物々しかったが、冒険者ギルドと騎士隊の合同訓練だと思ったのか、街の人々は頼もしそうに見送ってくれた。

そんな中で先頭の馬車に乗り込んでいたシオリは、緊張でこっそり溜息《ためいき》を吐《つ》いた。参加者リストを見て覚悟はしていたものの、集まった人数を実際にこの目で見たときには眩暈《めまい》すら覚えたものだ。

今も自分に集まる視線に居心地の悪さを感じている。同僚はともかくほかの支部から来た冒険者は東方人が珍しいらしく、興味深そうにちらちらと見るものだから、どうにも落ち着かなかった。

そんなシオリを気遣ってなのかどうかは分からないが、ルリィとブロゥ——せっかくだから外の空気を吸って来いとザックに送り出されていた——が、ぽよんぽよんびよよよーんと面妖《めんよう》極まりない踊りを披露して彼らの注意を引いてくれている。お陰で視線の圧力はいくらか軽くなった。

「大丈夫か？」

既に幾分気疲れしていることに気付いたアレクが、耳元で囁《ささや》いた。

「……やっぱりちょっと落ち着かないかな。でも、私も慣れる練習だと思うことにする」

気後れしていると見透かされたら、侮られてしまう。後ろ向きの態度は、ある種の人々にとっては付け入る隙《すき》になり得るからだ。虚勢でも堂々としていた方がいい。

アレクは瞠目《どうもく》した。

「なんというか……元々芯《しん》が強い女だとは思っていたが、今は衝撃を吸収してしまうようなしなやかさもある。本当に……強くなったな」

強く在ろうとするがゆえに、根元から折れてしまいそうな脆《もろ》さがシオリにはあった。しかしそれも今では、ほとんど感じられなくなったと彼は言った。

「強くなれたのは皆のお陰だよ。私をちゃんと見てくれて、支えてくれる人が沢山いるって知ったから。なにより、私の全部を丸ごと受け入れてくれたアレクがいるんだもの。だから、もう、大丈夫」

シオリ・イズミという人間を見守ってくれた人々がいる。

和泉《いずみ》詩織《しおり》という本来の姿を受け入れてくれた恋人や兄、そして瑠璃《るり》色の友人がいる。

もう一人ではない。この世界に住まう多くの人々がそうであるように、シオリにもまたシオリという存在を認めてくれる人がいるのだ。不安がないと言えば嘘になるけれど、もう自分という存在が揺らぐことはない。もう揺るがないと決めた。

だから今更「遥《はる》か東の辺境民族」だからと注目されようと、気にすることはない。「家政魔導士とやらのお手並み拝見」とばかりに幾分悪意的に見ている者がいることだって、「よくあることだ」と受け流せるだろう。

そう言って微笑《ほほえ》むシオリの肩を、愛しい恋人はそっと抱き寄せてくれた。

――その「お手並み拝見」するつもりらしい同僚達をそれとなく眺めていたヴィヴィは、彼らから視線を外すと小さく溜息を吐いた。

正式に認められたB級とはいえ所詮《しょせん》は低級魔導士。大したことがなければ指摘の一つくらいはしてやるぞという底意地の悪い考えを抱く、その気持ちはヴィヴィとしてはよく分かる。

何しろシオリ・イズミという女は、正式にギルド登録されている魔導士の中では最下位にいるとまで言われるほどの低魔力だ。そんな彼女を胡散《うさん》臭く思っても致し方のないことと言えた。だからヴィヴィとしてもそれをとやかく言うつもりはないし、そもそもそんなことを言える道理もない。

しかし、理由はどうあれ他人を見下して嘲笑《あざわら》うその面構えは、驚くほど醜悪だった。

「……私もあんな顔だったかな」

思わず落とした呟《つぶや》きを拾った迫力ある美女ナディア・フェリーチェが、苦笑気味に肩を竦《すく》めた。

「そうさねぇ。最後の頃なんかは終始あんな顔だったよ。せっかくの可愛《かわい》い顔が台無しさね」

そう言われてもう一度同僚をちらりと見たヴィヴィは、「うぇぇ……」と低く呻《うめ》いた。

彼らの表情からは醜い感情が透けて見えている。本当に常日頃からあんな態度で他人と接していたのなら「対人関係能力に難あり」として査定が通らないのも頷《うなず》けた。自分だったら、あんな無礼な態度の人間に仕事を任せたくはない。

――つまりはそういうことだったのだろう。C級からは依頼人との直接交渉が増え、B級以上は有力者からの指名依頼も多いというから、火種になりそうな人間には到底仕事など任せられないのだ。

（そりゃそうよね……舐《な》めてかかった相手が貴族だったなんてこともあるかもしれないんだもん。ご機嫌損ねたらギルドにも仕事来なくなっちゃうかもしれないんだし）

依頼人の中には素性を隠している者もいる。無礼な態度であしらった相手が、実は地元の有力者だったなんてことになったら目も当てられない。

あのシオリにしても、有力者の知己が何人もいるらしい。参加予定の使用人を率いて訪れた、名門ロヴネル家の青年とも随分と親しげにしていた。彼の主人である女伯とは愛称で呼び合うほどの仲だというから、実はシオリ自身も由緒ある家の出なのかもしれない。

うっかりするとこちらの首が物理的に飛びかねないほどの太い人脈に、田舎《いなか》娘のヴィヴィなどは震え上がったものだ。

――否、相手が誰《だれ》であろうと、最低限の礼儀を通すのは当たり前のことなのだ。その礼儀を欠いたがゆえの失敗談は数多くある。

（……そういえば、薬師みたいな専門家がいないとできない仕事、足手纏《まと》いを連れてたら効率悪いからって全部避けてたな……）

採集には自信があるという同僚や、土地勘がなければ入れない場所にも詳しいという地理マニアの同期の申し出を、素気なく断ったこともある。足手纏いだという余計な言葉を添えた断り文句で撥《は》ね退《の》けてしまった。勿論《もちろん》彼らがヴィヴィ達に声を掛けることは、二度となかった。

万事が万事そんな調子だった上に、持って生まれた才能に胡坐《あぐら》をかいていたヴィヴィ達がC級に昇格した頃には、選べる仕事が半減していた。末期の頃は、やり手の冒険者様が仕事をしてやるんだという態度で、依頼人の心証を悪くしていた覚えもある。その後の顛末《てんまつ》はあの通りだ。

今目の前で嘲笑《ちょうしょう》を浮かべている彼らは、そのほとんどがC級以下だ。昇級できないのは単純に能力値だけの問題でもなさそうだと気付いたヴィヴィは、かつての自分と重ねて頭を抱えた。

「客観的に見てこそ理解できることもあるってことさ。どうだい、ご感想は」

ヴィヴィにとっては手厳しくおっかない姐《ねえ》さんという印象が強いナディアではあるが、最低限の礼節さえ弁《わきま》えていれば、案外気さくで面倒見が良いということが分かる。そんな彼女に指摘されて、たとえ苦笑でも笑っていいものかどうか分からずに、ヴィヴィは軽く目を伏せた。

「……控えめに言っても、凄《すご》くみっともないなって。あの人達も、自分が気に入らない相手が『本当は自分よりずっと駄目な奴《やつ》』って理由が欲しいだけなんだろうなって」

粗探ししたところで自分の価値が上がる訳ではないというのに、それはなんて虚《むな》しい行為だろう。

「も、ねぇ……なるほど」

ナディアは苦笑いした。

「まぁでも、今は違うんだろ?」

「……そうですね。正直言うと、あの人のこと、まだ苦手です。でも」

同僚と距離ができてしまったヴィヴィを気遣ってか、シオリはこの講習会に誘ってくれた。立場を理解していたヴィヴィは当然悩んだが、彼女の人柄と実力を知りたいと思い直して参加を決めた。

身元不明の東方人という不利な立場から自らの地位を築いたシオリの人柄。そして恐ろしい底無しの絶望を可視化し、戦力は遥かに上回っているはずの三人を一瞬で潰《つぶ》した腕前の持ち主が、実戦ではどのように魔法を繰るのか興味があった。

——それに、闇《やみ》を纏う女へのトラウマを解消したいという気持ちもある。

「そうかい。何か得るものがあるといいね」

ナディアは笑った。かつては素直に従うことができなかった先達の、その優しい励ましの言葉に一瞬瞠目したヴィヴィは、小さく頷いた。

やがて馬車はトリスからほど近い山麓の村を通り過ぎ、目的地の森林地帯へと差し掛かる。魔獣が少なく開けた場所がいくつかあるこの地帯は、魔法の練習場所としては最適なのだ。

「おっ。新人はよく見とけよー」

幌《ほろ》の垂れ幕から森林越しに見える低山地帯をカイ・シャンヴァリ——魔導士から武闘家に転職した異色の経歴の持ち主だ——が指を差す。彼の使い魔、吹雪《ふぶき》猫のシグルドも主《あるじ》を真似《まね》て尻尾《しっぽ》で同じ方角を指し示している。

促されて見たその山の中腹、木々が疎《まば》らな場所の雪に不自然なジグザグの影が差していた。

まるで亀裂《きれつ》のようだとシオリは思ったが、実際その通りなのだとアレクは言った。

「あれは雪崩《なだれ》の兆候なんだ。ああして亀裂が走っているところや、皺《しわ》が寄っているようなところにはよほどのことがない限り踏み込むべきではない」

シオリも新人の頃《ころ》から何度も聞かされたものだったが、見慣れていなければ実際に見ても気付くのは難しい。だからこそ意識して見なければならないものもあるのだと改めて思う。

「――あとは斜面の上から雪玉が転がってきてるような場所も避けてね。ああいう急斜面だとか、草木が疎らな場所は特に雪崩が起きやすいんだ。障害物がなくて歩きやすそうに見えるだろうけど、巻き込まれたら大変だから面倒でも迂回《うかい》するようにね」

新人相手にカイの解説が続いた。

彼らの背後では、ルリィやシグルドが新人使い魔のブロゥになにやら指導しているようで、それを皆で微笑ましく見守った。

そうしているうちに目的地に到着した一行の馬車は、木々の合間の開けた場所に滑り込んでいく。いよいよだと深呼吸すると、アレクが勇気付けるように背を叩《たた》いてくれた。

2

トリスから馬車で小一時間ほど東のハスロの森は、低山地帯の裾野に広がる広葉樹林の森だ。冬でも青々とした葉を茂らせている。小川や池、開けた草地に岩場などが点在しており、新人冒険者の訓練場として利用されることが多い森だ。

今回はこの森の中ほどにある広場で講習を行うことになっていた。

先に馬車から降りた警護役の魔導士達が、広場の一角の雪を溶かしていく。

「広さはこのくらいもあればいいかな」

「そうさねぇ……見学の連中からはもう少し離したいね。あんまり近いと馬が驚いちまうよ」

「うーん、じゃあもう少し広げとくか」

幾度も指導役を務めてきた彼らは慣れたもので、あっという間に臨時の訓練場を作ってしまった。

「さ、じゃあ次の作業はシオリ、頼むよ」

「うん」

事故防止のため、訓練時には事前にやっておかなければならないことがある。一つは近隣の村への事前通達、もう一つが直前の訓練地の見回りだ。民間人を巻き込まないためには必要なことだった。

普段は身軽で五感が鋭い元猟師勢や使い魔が行う作業だったが、この日はシオリが務めることになっていた。講師による魔法の実演を兼ねているのだ。

「範囲は半径二百メテルくらいでいいかな」

「ああ、そうだな。とりあえずは近場だけで」

「君には周辺だけお願いするよ。あとは使い魔達が見回ってきてくれるからさ」

「分かりました。では始めます」

何を始めるのかと注目が集まる中、シオリは目を閉じて深呼吸した。練り上げた魔力を解放し、自分を中心に細い網の目を広げていく。

特定範囲内に存在する生物、もしくは魔素を強く帯びたものを探索する魔法だ。

――本来は室内などごく狭い範囲の魔導具や魔法石などを探す魔法だ。しかし、ある程度訓練された人間なら、魔法がなくとも感覚的に在《あ》り処《か》が分かってしまう。だからあまり活用されることはなく、初歩的な魔法書の片隅で触れられる程度のものだった。

それを実用的に発展させたのがこの探索魔法だ。放出した魔力をレーダーのように広範囲に広げ、対象物のおよその位置を特定するものである。シオリが改良した魔法だった。

　この魔法を本格的に使い始めたのは半年ほど前。あの頃はすぐに疲れてしまっていたものだった。けれども使い慣れて極限近くまで効率化した今では、よほど長時間広範囲に使わない限りは滅多に魔力切れを起こさなくなった。もう、息をするように使えるのだ。

　よく注意していなければ見逃してしまうほどの細い魔力の糸は、人々を驚かせた。どよめきがさざ波のように広がる。

「……凄い細い……」

「それに広い……先が見えねぇ」

　基本的な魔法以外はあまり触れる機会がない使用人や、付き添いのバルト・ロヴネルなどはいまいち理解していないようだ。しかし冒険者や騎士達は、シオリが何をしているのか分かったらしい。

　シオリが憂慮していた「お手並み拝見」と言わんばかりだった者達も、息を呑《の》んで表情を変えた。

「……半径二百メテル以内に人はいないよ。小動物や小型の魔獣が何匹かいるくらい」

　約三十秒ほどで魔法を解除したシオリの報告に、感嘆の息が漏れる。掴《つか》みは上々のようだ。

「そうか。じゃあ次はルリィ達の出番だな。頼むぞ」

　アレクの掛け声で、「任せて！」というように使い魔達が森の中に散っていく。探索魔法の範囲外の領域を、散歩がてら見回りしてくれるのだ。

　ルリィはともかく、虫好きのブロゥが変なものを捕まえてこなければよいがと思っていると、「今のは探索魔法の応用ですか？　道具探し用の」と受講生から声が掛かった。この探索魔法に特に強い興味を示しているのが、騎士や兵士ばかりだというのが興味深い。

「ええ、そうです。私はほとんど索敵メインで使っていますね」

「小動物と小型魔獣の区別までできるのか？」

「そうですね。魔力の質や大きさなどから大体の判断をしています。魔獣と普通の動物では、やっぱり少し違いますから」

「その辺は普通の気配察知と似たようなものか。それの範囲拡大版かな」

「でも、相手には探ってること気付かれちゃうんじゃない？」

「魔力の出力が大き過ぎると気付かれますね。でも、糸のように細いと案外気付かれませんよ。気付いても、せいぜい小さな羽虫か何かが通り過ぎた程度にしか感じないみたいで」

「なるほど、気付かれても問題にされない程度まで出力を落とせばいいという訳か」

「確かに、何かやるなって意識して見てたから『見えた』けど、そうじゃなければ気付かなかったかも。森の中に絹糸一本落ちてたって、普通は分からないものねぇ」

「でもさ、こんだけ出力抑えて範囲広げるって大変だぜ。習ってすぐ使えるもんでもなさそうだな」

講座開始前でこの熱量だ。彼らの熱意に押され気味にはなったが、それはなるべく表情には出さないように努力した。

「後で訓練方法もお教えしますから、是非参考にしてくださいね。じゃあ、そろそろ始めます」

くるりと振り返ったシオリに向けられるのは、期待と好奇心に満ちた目だ。実演で大分心証が変わったのか、冷やかし半分だった者達の表情が明らかに変わっていた。勿論まだ疑わしい目もあったけれど、当初危惧《きぐ》していた講義妨害のような事態は避けられそうだ。

――背後を護《まも》るように立っているアレク、受講生の一人として参加しているニルスやエレン、その周囲で暴発に備えて待機しているナディアを始めとした同僚の視線はどれも温かい。引率者として馬車のそばで控えているバルトが、「頑張れー」というように手をひらひらと振っている。

そんな彼らに勇気付けられたシオリは、精一杯に声を張り上げた。とりあえずは、トリスヴァル辺境伯家の私設兵団にちゃっかり紛れている辺境伯夫人は気にしないことにする。

「本日はご多忙の中お集まりいただきましてありがとうございます。事前にお知らせした通り今回の講座では、野営地での炊事洗濯や入浴などの家事に関する魔法について学んでいただきます。ですがこれらの魔法は、使い方次第で攻撃や補助魔法に転用することもできます。私のように低い魔力であっても、魔獣の種類によっては十分倒しうる威力を持つものもあります」

これを聞いた幾人かの表情が僅《わず》かに変わった。家政魔導士として後方支援に回るよりは、できればこのまま攻撃専門で頑張りたいという者達だ。元々は合成魔法が目当てだったらしいが、それ以外の魔法にも可能性があると聞いて期待したようだ。

「――今回お教えする家政魔法のほとんどは、元々は攻撃魔法として一般的に知られたものを、低魔力でも使える家事用の魔法に改良及び転用したものばかりです。私より高い魔力をお持ちの人であれば、攻撃魔法として使うこともできるでしょう。勿論そのまま日常使いにもできる便利な魔法ばかりですので、スキルアップの足掛かりとして是非覚えてくださいね。それでは、これより家政魔法の講義に移らせていただきます。どうぞよろしくお願いいたします」

ぺこりと頭を下げると同時に、拍手の音や挨拶《あいさつ》を返す声が響く。しかし中にはヴィヴィのように、なぜだか圧倒されたような表情をしている者もいて、シオリは「あれ」と首を傾《かし》げる。

すると背後のアレクが、こっそり耳打ちしてくれた。

「……多分今の挨拶に驚いてるんじゃないかと思うぞ。明らかに手慣れてるようだったからな」

「そっか、そういうところからも変に思われちゃうんだ……色々勘繰る人がいる訳だなぁ」

「東方というと、今まで交流がほとんどなかったせいか、未開拓地という印象が強いからな。そのせいもあるんだろうが……」

　東方人は未開の辺境部族という認識が根強く、無教養だという偏見がある。だからアレクの言わんとすることは分かった。

「分かってはいても、やっぱりちょっと複雑……」

　表向きは東方人ということになっているシオリとしては複雑だ。少なくとも、ヤエ本人や楊梅《ようばい》商会が持ち込んだ品々を見る限り、王国より劣っているとは思えない。

「東方から出てきた人は訳ありで貧しい人が多かったみたいだから、そう思われても仕方ないところもあるけど……実際には王国と極端な差はないんじゃないかなぁ。ある一点では劣っていても、違う点を見れば同じくらいかそれ以上のところは沢山あると思うよ」

「お前は俯瞰《ふかん》的な立場だからそう思えるんだろうが……国から出たことがなければ、なかなかそういう考えには至らないだろうな」

　アレクはそう言って苦笑いしながら、講義を始めるよう促してくれた。

――現状シオリは、ミズホ開国の混乱期に一家離散して行方《ゆくえ》知れずになっていた、さる旧家の息女らしいということになっている。日本では一般人だったとしても、王国人にしてみればただの平民とも思えない言動が多いシオリは、それなりの身分がある設定にしておいた方が都合が良いからだ。

　和泉詩織としての自分が最も近しい人達に受け入れられた今、シオリ・イズミとして生きていくことにもう抵抗はない。今後はミズホ出身者として生きていくことになるだろう。

（だから……っていう訳でもないけど、何かもっと東方との橋渡しができるといいな）

そう思いながらも気持ちを切り替えたシオリは、改めて受講生に向き直った。

「――今回お教えする魔法は五種類。水魔法を使った洗濯魔法、風と水魔法を使った粉砕魔法、土、水、火の魔法を使ったお風呂、火と風を複合した乾燥魔法、そして先ほどお見せした探索魔法の五つです。家政魔法講座と銘打っておりますので家事向けの魔法がメインとなりますが、後ほど応用方法についても説明させていただきます。ですので、攻撃魔法への応用が目的の方は、この点をご理解の上ご参加いただければ幸いです」

お願いの体裁を取ってはいるが、これは念のための予防線だ。先を焦って急《せ》かされては困る。けれども少なくとも今は、大人しく聞いてくれるつもりがあるようだ。彼らは素直に頷いてくれた。

良かったと内心安堵したシオリは、講座の開催を告げた。

「では、始めましょう」

3

一つ目は水魔法による洗濯魔法だ。五つの中では最も難易度が低い。難しいのは空中での水塊の維持と、その状態での水流の発生だろうが、実技で受講生の技術力を測るには打ってつけの魔法だ。

「洗濯は基本的に洗い、濯《すす》ぎ、脱水の三つの手順で行います。石鹸《せっけん》水で洗濯物を洗い、次に水を替えて濯ぎ、最後に洗濯物の水分を除きます。家事の中で、洗濯が一番の重労働と言われるほど時間と労力が掛かります。だから遠征では必要に迫られない限り、洗濯をすることはあまりありません。が、身体《からだ》を清潔に保つためには欠かせない仕事です。野外活動では、汚れたまま何日も過ごすことも珍しくはありませんが、汚れの種類によっては肌を痛めたり雑菌に感染する原因にもなります」

家で過ごす分には、昔のように週に一度の洗濯でも事足りるのだろう。けれども泥に塗《まみ》れ、魔獣の体液を浴びたまま幾晩も過ごすというのは、慣れてはいてもストレスにはなる。

「長期間になると士気も下がります。だから、野営中に洗濯できるのならそれに越したことはありません。魔法なら水場がなくてもできますし、時間もずっと短縮できます。大体、四、五人程度のパーティ分なら、洗って干すまでに一時間は掛かりません。あまりに酷い汚れは、手洗いであらかじめ落としておく必要はありますが、汗や埃《ほこり》、多少の汚れならこの魔法で十分洗えます。ええと……ちなみに、洗濯をご自分でしたことがある方は、どのくらいいらっしゃいますか？」

この質問には冒険者や騎士のほとんどが手を挙げた。けれども、富裕層出身の中には未経験者もいるようだ。街に戻れば洗濯屋もいるし、実家住まいなら使用人に任せればよいからだ。

「では、手回し洗濯機を使ったことがある方は」

今度は疎らに手が挙がった。使ったことはないが、見たことはあるという者もいる。

手回し洗濯機は、文字通り手動で回す洗濯機のことだ。樽型《たるがた》や円筒形の容器に石鹸を溶かした温水と洗濯物を入れ、ハンドルを回して攪拌《かくはん》する方式で洗う。

中流階級以上では洗濯機が既に一般的なようではあるが、労働階級ではまだ手洗いが基本の家庭も少なくはない。

「村で共有して、順番制で使ってたわ」

「俺《おれ》は今も昔も洗濯屋だな。金を払って洗濯機と物干し場を借りてるよ。割高だけど、トリスの洗濯屋は物干し場に暖房送風機があって便利だぜ」

ロヴネル家や辺境伯家では、注水や湯沸かし機能が付いた魔導式の洗濯機を導入しているということだったが、これは場所を取る上にかなり高価とあって、今のところは富裕層向けの贅沢《ぜいたく》品扱いだ。シオリもまだ現物を見たことはない。

「なるほど、ありがとうございます。色んな洗濯事情があるんですね。この洗濯機の機能を再現したのが洗濯魔法です。水魔法で洗いと濯ぎを、風魔法で脱水を行います。まずはお見せしますね。今回はタオル二枚でやってみます」

シオリは目の前に水塊を生み出した。空中に固定された水塊がふよふよと不定形に揺れる。

「川や井戸水だとお湯にしなければなりませんが、水魔法の水は余計な成分が入っていないので石鹸がよく泡立ちます。そういう意味でも魔法や魔導具を使った洗濯は便利ですね」

井戸水や川の水などの天然の水は、ミネラルを多く含むために石鹸との相性が悪い。それに対して、ミネラル成分が溶け込むことがない水魔法の水は軟水だ。だから石鹸カスの心配はあまりないが、以前魔力の節約で川の水を使ったときには、泡立たない石鹸と石鹸カスが付着した洗濯物に少し泣きたくなったほどだ。軟水の水道水と合成洗剤の恩恵に与《あずか》っていた、日本の生活が懐かしい。

「水は洗濯物が全て浸かるくらいにたっぷりと。そうしたら石鹸を入れて泡立てます」

水塊の中に粉末石鹸を入れながら、説明を付け加えた。

「洗剤は実際に試してみて自分が使いやすいものを選んでください。汚れ落ちは劣りますが、個人的には昔ながらの泡の実草や石鹸の木もお勧めです。簡単で使いやすいんですよ」

皆が熱心に耳を傾ける中、合成魔法目当ての受講生は退屈そうに聞き流している。

そこでほんの少し悪戯心を出したシオリは、「ちなみに石鹸水は虫を窒息させる効果があるので、いざっていうときには使えますよ。実際これで大蜘蛛《おおぐも》の群れを倒したことがあります」と付け加えてみた。すると分かりやすく反応が変わって、思わず笑ってしまう。

「――ただ、虫全般に効いてしまうので、環境への影響を考えたら広範囲に使うのはやめた方がいいですね。養蜂をやってる場所の近くなんかでは特に気を付けてください」

「ははぁ……やっぱその辺は普通の魔法と変わらないんだね。乾燥した草原や雪が積もった斜面で火魔法を使うなとか、水場で雷属性の魔法を使うなとか、そういうのみたいに」

「ええ、そうです。どんな魔法でも使うときには注意が必要です。私も大蜘蛛のときには悠長なことを言っていられない状況だったので思いっきりやってしまいましたが、なるべくなら周囲に配慮したいですね、やっぱり」

魔法は便利だ。けれども道具と同じで、使い方を誤れば大事故を起こしかねない。武器一つ振り回すにも周囲への配慮が必要なように、魔法には魔法なりの気配りが必要だ。

こうして講義の合間に雑談を挟みながら、受講生の緊張を解《ほぐ》していく。

「さて、石鹸が溶けて十分泡立ったら洗濯物を入れて、水流を起こします」

放り込んだタオルがくるくると回る。その様子が面白かったのか、何人かが楽しそうに笑った。

「一定方向に回すだけでなく、逆方向にも交互に回すとよりしっかり洗えます。この辺は手回し洗濯機と変わらないですね」

シオリは水塊の中で複雑な対流を起こしてみせた。タオルの動きで水の流れがよく分かる。

「だいたいの汚れが落ちたら、洗濯物を取り出して排水します。そのまま流す場合もありますが、もし環境への影響が気になるなら、沸騰させて蒸発させるのもいいかもしれませんね」

タオル二枚程度の水量なら蒸発させるのは簡単だ。洗濯水は急激に泡立ち、水塊を大きく広げるとあっという間に蒸発していった。

「次はまた同じように水流を発生させた水柱を作り、洗濯物を戻して泡を落とします。濯ぎは普通の石鹸の場合最低二回、泡の実草や石鹸の木は一回で十分です。もしごわつきが気になるようなら、ここで一緒に酢を入れるといいですよ」

「へぇー……？」

この辺りの反応は様々で、いまいちよく分からなかった者も多いようだ。その一方で、化学方面の知識もある薬師ニルスや治療術師エレンは、「中和かな」と理解してくれたようだった。

ロヴネル家のランドリーメイドもその一人で、魔導式の水道設備がない別荘では苦労させられたと苦笑いした。

「井戸水が合わなくて、仕上がりがひどいものだったんです。管理人の奥様に、雨水での洗濯や果実酢の仕上げ剤のことを教えていただいて、あのときは私もまだまだだと実感いたしました」

高品質の石鹸と魔導式水道の普及は、王国の洗濯事情を大幅に改善した。その一方で、洗濯の知識や技術が失われていくことにもなった。この先水道の普及が進めば、それらの生活の知恵はますます廃《すた》れていくのだろう。時代の過渡期にあるこの世界でも、技術の発展と普及と同時に失われていくものがある。そのことに寂寥《せきりょう》感を覚えたシオリは、一瞬だけ瞑目《めいもく》した。

「さて、濯ぎ終わったら、また洗濯物を取り出して排水します。最後の脱水ですが、これは少し工夫が要ります。風魔法で高速回転して水気を飛ばすのですが、そのままだと周りに水が飛び散ってしまうので、障壁の中で回転させます。やり方は氷の障壁を作る方法と、風の障壁を作る方法の二種類。簡単なのはあらかじめ氷の障壁を作ってしまうやり方ですね。ちょっとやってみます」

　タオル二枚程度なら手絞りの方が手軽なのだが、洗濯物が大量の場合はそうはいかない。だからこその家政魔法だ。

　脱水槽のような形の氷を作り、内部でつむじ風を起こして濡《ぬ》れたタオルを投入し、遠心力で脱水する。氷の脱水槽を覗《のぞ》き込んでいた受講生達は目を丸くした。

「わ、結構飛び散るんだな」

「ええ、なのでこうして壁がないと、そばにいる人が大変なことになるんですよ。今の季節みたいに雪があれば、それで作ってもいいかもしれないですね。さて、じゃあ次は風の障壁でやってみます。私はもっぱらこちらのやり方で脱水してます」

　台風の目のように中央に無風地帯がある風の渦を作り、その内側でもう一つの渦を作って同じように脱水する。

　一瞬の沈黙。そして次の瞬間には驚きの声が上がった。

「これ――もしかして二つの魔法を同時に使ってる……？」

「え、でもどっちも風魔法だろ？」

「それはそうだけど、でも回転が逆だよ？」

「そうですね。二種類の風を同時発生させています」

　――同時発動の初級技だ。

「同じ属性、消費魔力量も同じ。そして風魔法はほかの属性よりも、魔力の消費量が少なく魔力の流れを感じやすいので、合成魔法の基礎練習にはちょうどいいんですよ。火や氷とかよりはずっと危険が少ないですしね」

複数の魔法を掛け合わせて発動する合成魔法は、両手の魔力の均衡を保たなければならない。そうでなければ、魔力の出力が少ない方の魔法が掻《か》き消されてしまうからだ。

けれども、両手の魔力の均衡を保つのは存外に難しい。

基本的に利き手の方が魔力を流しやすく、術者と相性が良い属性は発動と維持がしやすい。だからよほど魔力の流れを意識していない限り、左右の均衡を保つことができない。

――この魔力の微細な流れを感じ取る鋭敏な感覚を養うことこそが、魔法の同時発動――ひいては合成魔法への近道だとシオリは思っている。

なるほど、と彼らは唸《うな》った。

「同時発動とか合成魔法っていうと、別属性の重ね掛けってイメージしがちだけど……」

「同じ属性で練習かぁ。これは盲点だったなぁ」

「そもそも風魔法には温度がないからな。熱いとか冷たいとかいう感覚に邪魔されずに済むという利点もある。魔力のバランス感覚を養う訓練にはうってつけという訳か」

最後にアレクが説明を総括してくれた。

ほかの属性魔法と違い、直接的なダメージを与えることができない風魔法は不人気なのだ。攪乱《かくらん》や障壁などのような補助で使われることが多い。そんな固定観念もまた、同時発動や合成魔法への道を閉ざす原因になっていたのかもしれない。

「――さて、脱水完了です。これで一連の作業は終わりですね。ここまでで何かご質問などがなければ、早速実践してみましょうか」

風と火の合成魔法で温風を起こしてタオルをあっという間に乾燥させると、彼らはぎょっと目を剝《む》いた。けれどもにっこりと微笑み返されて、それが刺激になったようだ。

一見地味な家政魔法の中には、いくつものヒントが隠されている。シオリよりも魔導士としての活動歴が長い彼らなら、きっと何かを掴み取ってくれるに違いない。

穏やかながらもやる気に溢《あふ》れた家政魔法講座は、こうして幕を開けた。

4

実技ではそれぞれの能力や目的に応じて、道具を持ち込んで良いことにしていた。野外活動を想定していない使用人やニルスのような初心者は、盥《たらい》やバケツに水を張るところから始めている。それでも適量を入れることができず、溢れさせたりとなかなか苦労しているようだ。

慣れているはずの魔導士でも水流の制御に難儀している者がいて、周囲に飛散させて大騒ぎしている。かと思えば苦もなく脱水の工程までできた者もいて、この時点で能力差が浮き彫りになった。

「……私、これちょっと難しいかも……」

「う……腕が震えてきた」

制御に難儀して呻いているのは、意外にも活動年数をそれなりに重ねた者や、魔力の高い者ばかりだ。冒険者としては新人ながら、自警団の魔導士として実績があるはずのヴィヴィですら思うように制御できず、水流をぐねぐねとうねらせて慌てている。

「魔力が高いと、小さな水流は制御が難しい方もいらっしゃると思います。その場合はとりあえず洗濯のことは忘れて、自分がやりやすい大きさで試してみてください。それができたら、少しずつ水流のサイズを小さくしてみてくださいね」

簡単な指針を示すと上手《うま》くできる者もいる。固定観念を取り払うのも、修行や鍛錬には大事なことだ。新しい何かを覚えようとするときには、なおさらのことだろう。

しかしそれでも上手く制御できず、歯噛《はが》みしている者もいる。

「……生まれ持った魔力頼りの戦い方をしてきた弊害が、こういうところに出るんだな」

彼らに配慮してか、幾分低めた声でアレクは呟いた。

――攻撃に特化した魔導士は、実は維持を苦手とする者が多い。発動と同時に対象に向けて放つ攻撃魔法は、基本的に維持を必要としないからだ。しかし、大した鍛錬もなしに高威力の攻撃ができてしまうと、この弱点を弱点と気付かないままでいてしまう。

豊富な魔力と、ごく単純なイメージのみで魔法を発動している彼らは、火なら発火や火球、水なら水塊か川といった単純な魔法しか使うことができず、その攻撃力は純粋な魔力頼り。だから応用が利かず、魔導士としての限界が意外に早く訪れてしまう。

「水流の制御ができないってことは、イメージと集中がいまいちってことだね。あの子達はまず、そこら辺の修行から始めた方が良いかもしれないねぇ」

巨大な渦を巻く水流を生み出してみせたナディアが苦笑気味に言った。

「……うーん、でも、どうだろう。集中力はともかく、想像力って結構生育環境とか教育に左右されるところもあると思う。だから沢山本を読んだり、色んなものを見てもらったりっていうのも大事かも。知らないとイメージすることすらできないもの」

彼らは「水が渦を巻く」という現象そのものをイメージできないのかもしれない。成人するまで郷里を出たことがなく、多くのものを目にする機会がなければ、なかなか難しいところもあるだろう。常夏の国や砂漠地帯では氷魔法や水魔法を使いこなせる魔導士が少ないという話もあるが、これもやはり実体験がないからだとされている。

――魔法は、魔力を媒体として魔素にアクセスし、思い描いた現象を具現化する技術だ。

魔素は生物の精神力に反応する性質がある。思い描いたイメージが強ければ強いほど、より正確かつ鮮明に具現化できるとされている。言い換えれば、イメージできなければ魔法は使えない。使えても威力は格段に落ちてしまう。

そこでイメージを補強するために呪文《じゅもん》を唱えるという方法もあるが、これも実際には確実とは言い難い。というのも、呪文は具現化する事象を連想する言葉を組み合わせて構築するために、ある程度の国語力がなければ構築はおろか、先人が残してくれた呪文を読み解くことさえできないからだ。

それゆえに魔法を極めたければ、まずは国語力を高めよと論じた魔法学者もいるほどだ。そして多くのものを見て知識を蓄えよと、旅行記の著作もあるその学者は教え子達にそう語ったという。

「俺なんぞは、小さい頃に隣近所の大人に連れられて街の外の世界を色々見せてもらったし、父に引き取られてからは十分過ぎる教育を受けさせてもらった。そう考えると、冒険者になるまでにそれなりの下地ができ上がっていたとも考えられる。思った以上に恵まれていたんだな、俺は」

「あたしも国にいた頃はいい先生を付けてもらったし、十三で国を出てからあちこち回って、なんだかんだで色々経験したしねぇ……」

アレクやナディアはしみじみと呟いた。

シオリ自身、それほど多くの経験をした訳ではないが、沢山の情報に溢れていたあの世界で、自然と知識と想像力が養われていたのだろう。

しかし、全ての魔導士が恵まれた環境で育つ訳ではなく、見聞を広めるために旅をしろとは一般人相手に簡単には言えない。

――言葉を理解し呪文を構築する国語力を養い、具現化する事象をイメージできるだけの知識と経験を蓄える、その手段として最も手近なものが、読書ではないかとシオリは考えた。

「……ギルドに図鑑とか寄付しようかな」

あるいは幻影魔法で、様々な自然現象を見せてもいいかもしれない。

勿論、生来的な得手不得手はあるものだ。経験や知識を積んだからといってそれを活《い》かせるとは限らない。でも、選択肢を用意して悪いことはないだろう。

（必要なときに好きなだけ調べて読むことができるって、本当に贅沢なことだったんだな……）

苦戦している受講生に助言しているナディア達を見ながら、そんなことをしみじみと考える。

「なんか、もっと気軽に勉強したり本を読めたりできる場所、あってもいいよね」

王都や各領都には公営の図書館があり、領民であれば誰でも利用できることになってはいるが、利用者は知識階級ばかりで気軽な雰囲気ではない。かといって私設の図書館は会員制がほとんどで、同好の士のサロンのような場所が多く、こちらも一般人向けとは言い難い。

だから本が読みたければ貸本屋に行くか、懐に余裕があれば古書店か書店で買うかのどちらかだ。

しかし本を買い揃《そろ》えて勉強するという考えは、読み書き計算を習う程度の人々にはそこまで根付いていないようだった。書物は嗜好品《しこう》、贅沢品だからという考えがまだ残されているからだ。

一応冒険者ギルドにも図書スペースはあるが、冒険者が手放した不用品ばかりで十分ではない。

「どうした、難しい顔をして」

アレクはなにやら考え込んでしまったシオリを不思議に思ったようだ。

「……あ、うん。実践も大事だけど、知識を身に付けるのも大事だなって思って。ギルドにもちゃんとした図書室があったらいいなって思ったんだけど」

置くのは実用書だけではない。図鑑や事典、旅行記、随筆、小説など、様々なジャンルの本を置くのだ。それらからも得られる知識は多い。すぐとは言わずとも、いつかどこかで役立つ知識というものだってある。家政魔導士としての技術や経験も、それらの組み合わせで成り立っているのだから。

「知識の蓄積……か。図書室は確かにあってもいいな。お前の教本も置いてみたらどうだ。家政魔法もいいが、野営料理の本もあってもいいな」

「アレクってば……」

家政魔法の教本を作ってみたいという気持ちはあるが、それにしてもこの恋人は随分と気が早い。

「まぁしかし、出版手続きはギルドでもできる。挿絵が必要なら、ロヴネル家が相談に乗ってくれるんじゃないか。もしかしたら伝手《つて》があるかもしれんぞ」

「そうだね……バルトも来てるから、ちょうどいいかも。あとで聞いてみるよ」

同僚に時折配布しているレシピ表も、一冊に纏めればもっと使いやすいだろう。

——日本という国が存在したあの世界で生きた証《あかし》を、シオリは何一つ持ってくることができなかった。唯一持ち込むことができたのが、この身に蓄えた知識だ。その知識をもとにして作り上げた魔法と料理は、これだけ多くの人々の興味を惹《ひ》いた。

　それらのものを――この世界で生きた証を、本という形で残すことができたとしたら。それが誰かの役に立つかもしれないのだとしたら、それはとても嬉《うれ》しいことだとシオリは思った。

「――しかし、足りない知識を補う施設……か。我が国は大分庶民の教育が進んでいると思っていたが、こうしてみるとまだまだ全然足りないんだな」

　新たな計画を漠然と練り始めたシオリの横で、ぽつりとアレクが呟く。

「単純に知識不足なだけで、それを少し補ってやればまだ十分な伸びしろがある者が沢山いる。学ぶ機会がなかったばかりに、才能に気付かないままの人生を送るというのはあまりに勿体《もったい》ないな」

「自分の才能に気付かないままっていうのは、教育先進国でも同じだよ。選択肢が多過ぎて、どういう道が自分に合ってるか分からなくて、それでかえって悩む人だって多かったもの」

「それはまた……随分と贅沢な悩みだな」

「まぁね。でも、気軽に調べたり学べたりする場所があるっていうのは凄くいいと思う。特に冒険者って、身分や年齢がほかの職業以上に入り乱れてるから、スタート地点での基礎教育や知識に大分差があるでしょ？　それで受けられるはずの依頼を受けられなかったり、上手に依頼を選べなくて、本当は能力があるかもしれないのに経験が積めなくて昇進できないっていうの、結構あると思うよ」

　シオリが冒険者登録したのは二十八歳と、平均よりもかなり遅い。外見や言葉などの条件も圧倒的に不利だった。けれども四年ほどで同年代と遜色《そんしょく》のないランクに昇進できたのは、欠点を補えるだけの知識があったからかもしれない。

「どう学んでいいかすら分からないっていう人は多いと思う。だから、冒険者にもそういう手引きをする場所がちゃんとあるといいなって」

冒険者ギルドにも新人教育や読み書き計算を教える制度があるが、長くても三ヶ月ほどだ。実力主義の冒険者には、現場に出てこそという考えがあるためだ。

「でも、もうちょっと腰を据えて勉強できる環境があれば、能力の底上げができるんじゃないかな。甘い考えかもしれないけど……その知識に救われて、死ぬことだって減るかもしれない」

「枠組みを作れば、そこに冒険者としての知識や技術を集約できるという利点もある……か」

「うん。それに引退した人に講師をしてもらえば、再就職支援にもなるんじゃないかなぁ」

それでも伸び悩む者、知識を得ただけで満足してしまう者も中にはいるだろう。

しかし、養成学校で一定水準の教育を受けている騎士隊を見れば、「養成所」という仕組みは決して無意味ではないはずだ。勿論自由度の高さが売りの冒険者だから、そこで学ぶか否かも自由だ。

（好きなときに学べる場所。学び方を選べる場所……）

シオリは恋人の横顔をちらりと見る。実技に取り組む受講生を眺めている彼は、真剣な面持ちで何かを考え込んでいた。

――シオリもアレクもこの国では「弱者」で、それがゆえに苦労の連続だった。そんな自分達のような人間のための受け皿があってもいいのではないかと、以前彼が語ったことがある。

今ここにこうして、身分や業種を超えて一つの場所に集まったのは、手持ちの技術をさらに磨くため、あるいは新しい道を模索するためだ。何かを学ぼうとしているこの光景には、枠組みはやはり必要なのだと考えさせられる。それも臨時ではない、常設の枠組みだ。

――どっと受講生が沸いた。最後まで苦戦していた一人が、この場に集った「仲間」の助言を得てようやく水流の維持に成功したのだ。

「……養成校、かぁ……」

今の自分には過ぎたものかもしれない。でも、自分なりのやり方が何かあるはずだ。

まだ輪郭がぼんやりとしか見えないけれど、それを考えてみようとシオリは思った。

5

「では最後に脱水します。『脱水槽』は水でも風でも、どちらでもお好きな方でやってみてください」

大半が氷魔法を選んだが、チャレンジ精神が旺盛な何人かは風魔法の同時発動に挑戦している。同じ属性とはいえ、異なる動きをする風の維持には苦戦しているようだ。

しかし熱意は失われてはおらず、熱心に魔法を繰っている。

「あ、魔力が強い方は気を付けてくださいね。二つの風を近付け過ぎると、洗濯物が捻《ね》じ切れるかもしれませんので」

「え？」

首を傾げる彼らの前で、逆回転する小さな竜巻を二つ生み出して手布を放り込んだ。くるくると回転する手布が狭間《はざま》に入り込んだ途端に、びりっという音が聞こえた。魔法を解くと、ばらばらになった布片が雪の上に散らばる。

「私だとこのくらいが限界ですが、魔力が強ければ攻撃手段にもなりますね」

「……そうかもしれないけど……魔獣を風で捻じり切るとか、結構えげつなくない……？」

黙りこくって布片を眺めていたその魔導士がぼそりと呟いた。

「う……まぁ、確かに……」

本来切れそうもないもので力任せに捻じ切るなど、そこはかとなくぞっとするものがある。

「でも、慣れれば火属性よりはずっと魔力消費量が少なくて済むんですよ。雪海月《ゆきくらげ》のように、大群で空を飛ぶ魔獣には結構有効かもしれませんね」

「まぁなぁ……俺も中級魔導士の中では下の方にいるからさ。魔力量が抑えられるっていうのは正直魅力なんだよな」

いざとなれば手段を選んではいられない。

一瞬、激辛オイルを希少種の魔獣にぶちまけたことを思い出したシオリだったが、すぐに首を振って記憶を頭の隅に追いやった。

その間にも彼らは、逆回転を手掛かりに「新魔法案」を披露し合っている。

「これ、逆回転する渦巻く火炎を二重に発生させたら……大型魔獣もいけるんじゃないかしら」

「うわっ、やめろよ想像するだけでぞっとする」

「あらでも、生の肉片が散らばるよりずっといいかもしれないわ。消し炭か悪くても焼いた肉だし」

「いやー……問題はそこじゃないっつーか……」

わいわいと盛り上がっている彼らの輪からそっと抜け出したシオリは、次は氷魔法で脱水に挑戦している受講生達に視線を向けた。

氷魔法組もほとんどは問題ないようだったが、魔法で何かを形作る作業に難儀しているのが数名。

初心者や低級魔導士ばかりではなく、意外にも中級魔導士がいたことには驚かされた。

初めはそれを冷やかし交じりに眺めていた者も、居た堪《たま》れなくなってきたのだろう。次第に困ったような表情を浮かべ始めた。助言をするべきか否か悩んでいるようだ。

「――くそっ、なんでだよ！　たったこれだけのことなのに！」

魔法で何かを形作る作業は案外難しいものだ。全体の造形が歪《いびつ》だったり、内側の空間が狭過ぎたりと、思う通りにできず苛立《いらだ》ちを募らせた同僚のヨエルが、とうとう投げやりな声を上げた。

「初心者だってできてるってのに、何で俺にはできないんだ！」

初心者というのはニルスのことだろう。ヨエルの隣でそつなく「課題」をこなしていた彼は、困ったように曖昧《あいまい》な笑みを浮かべた。元々素質があったのだろう、初心者という割には綺麗な形だ。

「ああ、くそっ！」

作りかけの脱水槽を力任せの火炎弾で破壊し、悔しそうにその場に蹲《うずくま》ってしまったヨエルを、どう声を掛けたものかと人々は遠巻きに見つめていた。

シオリはごくりと唾《つば》を飲み込んだ。彼に声を掛けるべき適任者は、講師である自分なのだ。

意を決して彼に歩み寄る。

「……できないことが分かっただけでも収穫だと思いますよ」

いくつか年下の――しかし魔導士としては先達の青年はちらりと視線を上げた。苛立ちが入り混じった胡乱《うろん》げな視線だ。

「自分が何が苦手か分かれば、対策はできます。その弱点を克服するもよし、いっそのことすっぱり諦《あきら》めて得意な分野を極めるのもいいと思います」

誰しも得手不得手はあるものだ。それを克服するために努力することも必要なのだろうが、世の中にはどう足掻《あが》いても克服できないものもあるということを、シオリは身を持って知っていた。

要はその不得手を認めることができるかどうかだ。認めなければ先に進むことはできない。

「せっかくですから、一通りやってみて自分の長所と短所を見極めるのもいいと思いますよ」

疑わしそうにシオリを眺めていた彼はやがて、視線を落としてぽつりと言った。

「でも惨《みじ》めだろ。皆上手くやってるってのに、俺だけ失敗してばっかりでさ。器用なあんたには分かんないだろうけど」

反抗。拒絶。

その惨めな気持ちはよく分かる。でも。

シオリはぐっと唇を噛み、不幸自慢にならないよう慎重に言葉を選びながら口を開く。

「私だって惨めでしたよ。なにしろ……ええと、貴方《あなた》は初級魔法の火球をフルで何発撃てますか？」

突然何を訊《き》くのかと妙な表情を作ったヨエルは、それでも少し考えてから答えてくれた。

「数えたことはないけど……三、四百くらいかな……？」

「なんだ、俺よりずっと多いじゃないか」

ぼそりと呟いたアレクに一瞬驚いた表情を作った彼は、「私は三十です」というシオリの言葉にはとうとう目を剥いた。周囲からもどよめきの声が上がる。

「さん……三十って。噂《うわさ》に聞いていたよりも酷《ひど》……いや、大変だな」

酷いと言い掛けて言い直した彼に、思わず苦笑してしまった。けれども言い直してくれたのは、気を使ってくれたからだ。それができる優しさが彼にはある。今はただ不貞腐《ふてくさ》れているだけなのだ。

噂以上の低魔力ぶりに絶句してしまったヨエルに、シオリは言葉を継いだ。

「訓練初日は十発で倒れて、そのまま三日間起き上がれませんでした。伸びしろもなくて、今でもようやく三十発撃てるかどうかです」

低級魔導士の中でも最低クラスと言われる所以《ゆえん》だ。

「だから、あんなに魔力がないのに魔導士登録なんかしてって、最初は結構言われました。今は少なくなりましたけど、それでもまだ色々言う人もいます」

視界の片隅でヴィヴィが気まずそうに視線を俯《うつむ》けたのが見えた。彼女だけではない、何人かの同僚が視線を交し合いながら微妙な表情を浮かべている。彼らにも心当たりがあるのだろう。

「でも武器の適正はないし、冒険者以外の仕事は東方人だと雇ってくれるところもなくて、私にはもう魔力くらいしか頼るものがありませんでした。だから、それならやれるところまでやってみようって思ったんです。今でももどかしかったり悔しかったりすることもありますけど……それでもこうして後方支援専門の魔導士として認めてもらえるようになりました。火球が三十発しか撃てなくても、指名依頼をいただけるようになったんです。だから、きっと貴方なりの道があると思いますよ」

彼はしばらく無言で考え込んでいた。けれどもやがて溜息を吐くと、仕方がないというふうに首を振りながら苦笑いした。

「――あんたよりずっと魔力があるのに、ぐだぐだ言って悪かったよ」

両手を軽く掲げたのは降参の意だろうか。

「なんか俺の方が居た堪れなくなってきた。器用っつっても、魔力がそれじゃあ……大変だよな」

「そうですね。お陰様で、少ない魔力をやりくりするのが得意になりました」

「やりくり、かぁ……なるほど、噂通りお袋さんみたいだなぁ」

「はい？」

ぼそ、と付け加えられた言葉に目を瞬《まばた》かせる。けれどもそこははぐらかされてしまった。

——実はシオリは、若手の一部に「心の母」と慕われていた。そのほとんどは、幼少期に何らかの事情で母親と引き離されている。甲斐《かい》甲斐しく面倒見が良いシオリに、母親の面影を見ているのだ。

「……やりくりなんて考えたこともなかったな。撃てるだけ撃って、足りなくなったら回復薬飲めばそれで良かったし」

潤沢な魔力があれば、その力を上乗せして攻撃力を上げることができる。だから大した技巧がなくとも高威力の攻撃ができてしまう。彼の場合はそれが欠点になってしまったのだろう。

「私がそんな戦い方をしてたら、火球三、四発くらいで卒倒しますよ。だから」

氷魔法を繰って氷柱を作り出したシオリは、「見ててくださいね」と言って指先に精神を集中させた。そして指先のただ一点に集めた魔力を解き放つ。細く鋭い針先のような火の矢——否、熱線が、じゅ、という音を立てて氷柱を両断した。上半分がずるりと滑り落ち、滑らかな断面を見せる。

「おお……」

「ひぇっ……」

感嘆と悲鳴が入り混じった声が上がる中、シオリはにこりと微笑んだ。

「私程度の魔力では、火球を何発撃っても大したダメージにはなりません。なので、数発分の魔力を針先のように一点に集中させて、破壊力を上げるんです。そうすれば少ない魔力でも致命傷を与えられます。まぁ、これでもあっという間に魔力切れになるので、滅多には使わないんですけれども」

氷柱の見事な切断面を眺めていた騎士の一人が、「あ、これ水圧切断機みたいだな？」と呟く。父親が石工だというその騎士は、工房にあった魔導具が似たような仕組みだったと語った。

「そうですね。それと理屈は同じです。『面』で当てている攻撃を『点』にして、圧を高めるんです」

「――あんたも、これで魔獣を倒したりしたのか？」

ヨエルの質問にシオリは頭を振った。

「残念ながら魔力不足で、ランクが低い魔獣を少しだけです。なので、南瓜《かぼちゃ》とか冬キャベツとか、硬くて大きい野菜を切るときにたまに使うくらいで」

「野菜！？　野菜かよ！」

とうとう彼は笑いだしてしまった。

「うん、悪いけど、やっぱ弱点があるんだなって思ったら、なんか安心しちゃったよ。でも、俺にはその一点集中の方が合ってるかも。魔法で何かの形を作るって、どうもイメージしにくいし」

ヨエルの言葉にはいくらかの諦念《ていねん》もある。けれども少しは気が晴れたようだ。

「でも、せっかくだからもう少し頑張ってみるよ。苦手だって自分で思い込んでるだけかもしれないし。ありがとう、センセー」

「ええ。どういたしまして」

会話を終えてすぐに魔力回復薬に口を付けたシオリを見て、ヨエルは「うわ。ほんとに少ないんだなぁ……」としみじみ呟きながら手元に集中し始めた。

固唾《かたず》を呑んで見守っていた人々も、ほっと息を吐いてそれぞれの課題や仕事に戻っていった。

「――なんとか持ち直したようで、良かったじゃないか」

場が落ち着いたところでアレクに声を掛けられ、シオリはほっと息を吐きながら微笑んだ。

「うん。最初はどうなることかと思ったけど」

自らの弱点と向き合うこと。それは自尊心との闘いだ。ある意味では「理想の自分像」との決別ともなるこの闘いから抜け出すことは、決して容易《たやす》いことではない。

「私にもまだ『なりたい自分』みたいなものがあるよ。もっと魔力があったらなって今でも思うことがあるの。やっぱり魔法使いらしく戦ってみたいなって。でも、そういう気持ちをほかのものに向けられたら、きっといい方向に向かう。あの人もそうなったらいいなって思うよ」

氷魔法を繰る青年の眼差《まなざ》しからは焦りが消えていた。落ち着きを取り戻し、真剣に目の前の課題に向き合っている。

「そうだな。何もかも完璧《かんぺき》である必要はない。妥協点を見つけるのも成長には必要なことだしな」

彼を見つめるアレクの目は、懐かしいものを見るように穏やかだ。自らが通った道を、あの青年の姿に重ね合わせているのかもしれない。

「――あの」

感慨に浸る二人の背後から、遠慮がちに声が掛かった。今度は辺境伯家の兵士だ。まだ少女といっていい年頃で、身に纏う制服も装飾が少ない簡素なものだ。どうやら見習いらしい。

「脱水槽を作るのに土壁じゃ駄目ですか？　あたし、土魔法の方が得意なんです。岩や石があればもっと手軽だし……」

「うーん……土魔法は、脱水の制御に失敗したとき洗濯物が凄く汚れてしまうんです。なので、個人的にはあまりお勧めはできないかなぁ……」

　これを聞いた彼女は、あ、と声を上げた。

「そっか。こすったら汚れちゃいますね」

「ええ。どれだけ押し固めてもこればかりは……それに、岩や石の場合も表面が滑らかでないと、洗濯物が触れたときに破れてしまうんですよ」

「ああ……」

　何かに気付いた彼女は、悪戯《いたずら》っぽい笑みを浮かべた。

「……ということは、もしかして破きましたね？」

　鋭い指摘にシオリは「う」と低く呻く。実は岩場で洗濯槽を作ってみたことがあったのだが、タオルが僅かな突起に引っ掛かってずたずたになってしまったのだ。

「……そうですね。破ったり汚したりしました。色々試してみて、氷か風に落ち着いたんですよ」

「そっか。そうですよねぇ。やっぱ最初は失敗しますよね」

　何やら納得したように頷きながら、彼女は大人しく定位置に戻っていった。

「どんなに素晴らしい技術も、最初の誰かの苦労があってこそのものなのよねぇ」

　そう呟いたエレンは、氷柱の真上を火球で炙《あぶ》って溶かしている。内側の表面は滑らかで、脱水槽としては申し分ない。

「シオリの考え方を参考にしてみたの。最終的に同じ形になれば良い訳よね。そこに至るまでの過程は、自分がやりやすいようにすればいいのよ」

　ふふ、と彼女は妖精《ようせい》のように可憐《かれん》に微笑んだ。

　二段階の作業で脱水槽を作り出す彼女の手法を真似て、苦戦していた者もなんとか使い物になる形にできたようだ。ヨエルもその一人で、仲間達に「おめでとう」と肩を叩かれている。しかし彼としては思うところがあるようで、お手本通りのやり方に再び取り組んでいた。

「……君は柔軟だなぁ。僕も負けていられないよ」

「あら、これは競争じゃないわよ」

魔力が尽きそうになって魔力回復薬を呷《あお》りながら言うニルスに、エレンは苦笑している。

「いやぁ、久しぶりに闘争心に火が付いたなぁって思ってさ。たまにはこういうのも必要だなって」

薬師としての活動歴が長く、Ａ級になって数年のニルスは、何年も安定した生活を送っている。三十を過ぎてからは誰かと競うこともなくなったという彼は、久々の機会に少し興奮気味だ。

「それにしても、属性魔法って疲れ方が段違いね。魔力があっという間に尽きてしまうわ」

「相性もありますしね。エレンさんの場合、使い慣れてないっていうのもあると思いますけど」

治療術師の彼女が属性魔法を使うことはほとんどない。洗浄用の水魔法か、手元を照らす光魔法を使う程度だ。

「火魔法は特に魔力を食うからな。慣れていないとあっという間に魔力を持っていかれる」

「それ自体が動力源になるくらいだからね。それだけ消費量が多いってことだよ」

「魔導具並みに使える、火炎を打ち出せるような杖《つえ》があるといいんだがな」

「飾りに魔法石が付いた杖なら沢山あるけど……」

「今のところアクセサリー程度か、せいぜい歩行補助にしかならないわよねぇ。精神集中用なら指輪や腕輪の方が遥かに手軽だもの。荷物にもならないし」

属性付きの魔法石は、それ単体ではほとんど効力を発しない。魔力の自然回復を僅かに助けたり、多少の熱や冷気を感じる程度だ。これを動力源として様々な用途に使えるようにしたものが魔導具だが、内部構造が複雑で小型化が難しいらしい。

　武器となればなおさらで、今のところは軍事用の大型魔導具ばかりのようだ。

「そういえば、何年か前に王都の武器メーカーが火炎弾を打ち出せる杖を売り出してたことあったじゃない。あれって結局どうなったのかしら。使ってる人を見たことはないけれど……」

　ふと思い出したようなエレンの言葉に答えたのは、武闘家のカイだ。

「ああ、あれね。アホかってくらいくっそ重くて、鈍器にしかならないって不評だったみたいだよ。俺も見に行ったけど、どう見てもオークとかトロール向けのこん棒だったもん。棒術士には少しは需要あったみたいだけど」

「そ、それは……普及しませんよね……」

「テストの段階で問題にならなかったのかしら……」

　売れると本気で思ったのか、それとも実はジョークグッズの一種だったのかは分からないが、オークやトロール向けの鈍器と評されるような代物を魔導士向けに売り出そうとしたメーカーのチャレンジ精神には頭が下がる。

「ま、肉弾戦ができる魔導士なら使えるんじゃない？」

「……お前じゃあるまいし、そうはいないだろうそんな魔導士は……」

　元魔導士とは思えない筋骨隆々の肉体を眺めて引き気味なアレクに、カイはにやりと笑った。

「お陰様で良いヒントになったよ。魔法剣士がいるくらいなんだから、肉体派の魔導士がいたっていいじゃないって思ってさ」

「まぁ、あの杖が切っ掛けだったの!?」

「まーねー。武闘派魔導士みたいなカテゴリなかったから、分かりやすい武闘家にしちゃったけど、心は今でも魔導士のつもりだよ。まぁ、今にして思えば、シオリみたいにオリジナル職業作って登録しちゃえば良かったんだけど」

「魔導士じゃなくて、魔闘士、とか？」

「うわ、なんかかっこいい。それいいね。それで登録し直そうかな」

以前実兄が遊んでいたゲームの登場人物の職業名を気に入ったようで、カイは手帳にメモ書きしている。本当にまた職業変更するのだろうかと、シオリは少し気になってしまった。

「……しかし、こういう場もなかなか新鮮でいいね。意外な発見があるし、これだけ同業者が揃うとお互いの強みと弱みがよく分かる」

「ええ。交流の切っ掛けにもなってるみたいだし、やって良かったなって思ってるところです」

競争心剥き出しの者や、未《いま》だにどこか冷めた雰囲気の者も勿論いる。けれども思い切って質問したり助言したりと、概《おおむ》ね良い雰囲気だ。冒険者ギルドという枠を超えた、異業種間の意見交換も刺激になっているようだ。

「これも回数を重ねると、妙な競争意識や派閥なんぞができたりするんだろうが……面白そうだな。俺も魔法剣士を集めてやってみるか」

アレクは本格的に魔法剣士の交流会を検討しているようだ。

これまでがそうであったように、技術を秘匿して独自性を護るのも決して悪いことではない。しかし、団体行動が多い仕事では全体の能力値の底上げも必要だ。生還率の向上にも繋《つな》がるからだ。

技術とそれを活かす技量は、生き延びる術でもある。

「なんでもそうだが、生きて帰らないことにはどうにもならんからな」

「そうだね。出し惜しみしないで色々教えられたらなって、今改めて思った」

シオリにとってこの講座は、親切にしてくれた人々への恩返しの意味合いもある。

まだ講座は始まったばかりだ。残りの課程でも全力を尽くしたい。

頃合いを見計らい、手を叩きながらシオリは声を張り上げた。

「――さて、一通りの作業を行いましたが、ここまでで何か質問はありますか？　なければ纏めに入りたいと思います」

何人かが考え込む仕草を見せたが、とりあえずは問題ないようだ。中には衆目の面前であることに気後れしている者もいるようだったが、後で再度質問の時間を取り、書面での質問も受け付けると告げると、幾分ほっとした表情を見せた。

小さなトラブルはあったが、なんとか一つ目の講義はこなせたようだ。

ほっと息を吐くシオリの横から、栄養剤と魔力回復薬の瓶が差し出される。アレクは「お疲れ」と言って、優しく微笑み掛けてくれた。

第三章　家政魔法「中級」と緊急依頼

1

十分ほどの小休憩はなるべく身体《からだ》を休めてほしいと思っていたのに、熱心に練習を続ける者が意外に多く、「あんまり根詰めると持たないよ。ほどほどにしときな」とナディアに忠告されていた。

慣れない新魔法の習得には魔力を余分に消費してしまう。そのうえ普段以上の集中力を要するのだから、ひどく疲れてしまうのだ。まだ講習は始まったばかりだから余力は残しておいてもらいたいものだが、「これは仕方がないな」とアレクが苦笑いしながら眺めていた。

「ああいうのには俺《おれ》にも覚えがある。お前もなんだかんだで最初はかなり無茶をしたんだろう？」

「……う。言い返せない」

シオリは首を竦《すく》め、彼は「やっぱりか」と噴き出した。

とにかく必死だったのだ。冗談抜きで生きるか死ぬかの瀬戸際だった。

こうして熱心に自主練習を続けている彼らも、現状を打破したいと手掛かりを求めてきたのだ。力不足でパーティが組めずにいる者。長年過ごしたパーティを自ら離れた者、あるいは離れるように勧められた者。負傷が元で武器を持てなくなり、わずかな魔力を頼りに別の道を選ぼうとしている者――立ち止まりたくないというその気持ちはよく分かる。

シオリはヨエルに視線を向けた。休憩中でも練習を続ける受講生の中に、講義中癇癪《かんしゃく》を起こした彼の姿がある。カイに促されて大人しく自主練習だけはやめたようだったが、手帳に熱心に何か書き付けていた。気付いたことや、助言されたことなどを全て書き留めているようだ。

その姿が数年前の自分の姿と重なった。

自分には何もないと絶望していた日々は、シオリにも確かにあった。

後から役立つこともあるかもしれないと手当たり次第になんでも覚えて、知識と技術の引き出しを増やそうと躍起になっていたあの頃《ころ》。あのときは辛《つら》かったけれど、そのうちに自分のやり方を見付けて、今ではその経験を教えるまでになっている。

ヨエルはきっと今が一番辛い時期なのだ。しかし、そこから脱出する日は必ず来ると信じたい。あの努力が報われる日があると信じたい。

――彼に仲間の一人が声を掛けた。一言二言言葉を交わし、彼ははっとした表情になる。それからすぐに手帳に何かを書き留めていた。

（頑張ればああして助けてくれる人だっているんだもの。だから、諦《あきら》めなければきっと……）

シオリは口の端に笑みを浮かべながら、懐中時計を確かめる。休憩は終わりだ。

「――そろそろ時間です」

シオリの声掛けに、適当な場所に散ってそれぞれに過ごしていた受講生が定位置に戻る。

「それでは次、風魔法を使った粉砕魔法『フードプロセッサー』についてお話ししますね。これは先ほどの『脱水』の強化版で、かなり応用的なものです。なので、とりあえず今は基本だけということでしたら、離れた場所で練習をしてくださっていても構いません。勿論《もちろん》途中参加もできますし、話の途中で抜けてもいいですよ」

この提案に数人の受講生が手を挙げた。一時間目で得た手応えをなんとか形にしたいようだ。監督役を引き受けた同僚が彼らを引率し、邪魔にならない場所まで連れていってくれた。

「さて、では始めましょうか。この『フードプロセッサー』は食材を切り刻んで混ぜる調理器具を再現したもので、対象物を潰《つぶ》して攪拌《かくはん》、粉砕するなどします。普通はすり鉢や肉挽《にくひ》き器を使って行う作業を、風魔法あるいは氷魔法との併用で行います。ただしあくまで専用道具の代用品的な使い方で、使える素材にも制限がありますので、そのつもりで聞いていただければ幸いです」

　風は分散しやすく、一定の威力を保ったまま対象物に衝撃を与えることが難しい。だから制限があるのは、魔力量の問題というより風魔法そのものに限界があると考えてもいいかもしれない。

「『脱水』の応用では逆回転する風の渦で対象物を切断しましたが、この『フードプロセッサー』もまたその応用です。まずは潰して混ぜる作業をやってみますね」

　ガラス容器の中にあらかじめ用意していた蒸かし芋を入れ、きっちりと蓋《ふた》をする。その上に手を当てて集中し、容器の内部で風魔法を発動した。二つの小さな風の渦が絡み合い、蒸かし芋が逆回転する渦の中で壊れ、潰れていく。ガラス瓶にぶつかり飛び散った欠片《かけら》が再び風に巻かれ、互いに高速でぶつかり合いながらペースト状になっていく様子がガラス越しに見えて、「わ、面白い！」と歓声が上がった。

　でき上がったマッシュポテトは、熟練の料理人が丹精込めて仕上げたものには敵《かな》わないが、家庭用としてはまずまずの出来栄えだ。

「これ、生芋じゃなくて蒸かしたのを使ったようだけど、柔らかくないと駄目なのかい？」

手元を興味深く覗《のぞ》き込んでいたニルスが訊《き》いた。

「そうですね。あとは生の根菜や葉野菜のような繊維質で平たいものは少し難しいので、加熱して小さく刻むなどの下処理が必要なんです。この点は私も改善の余地があると思っていますが……」

「そっかぁ。いやぁ、調合の道具って細かい部品が多いものもあって、洗って乾かすのが結構手間でね。それに重くってさ。旅先に持っていかずに済むのなら楽だなぁって」

粉砕や圧搾用の手回し式調理器具や調合道具は一般にも普及しているが、頑丈な金属部品が重くて携帯には向いていない。一応携帯用の調合道具一式はあるらしいが、冒険者向きではなく遍歴商人向けなのだそうだ。ニルスのように危険地帯に直接踏み込む業態の職業には重く嵩張るものばかりで、持っていく道具類をどう吟味するかが課題なのだと彼は言った。

「できればその場で調合したいこともあるんだよ。素材のままだと長持ちしないのもあるからさ。冷凍したら駄目になっちゃうのもあるし」

「うーん、ならその場合は、蓋をしたすり鉢を入れ物に使った方がいいかもしれませんね。風魔法だけでは限界があるので、凹凸のある容器で物理的に効率を上げるんです。魔法だけに頼って魔力量を増やすと、容器ごと爆発する危険がありますから」

そう言った途端、何かを察したニルスが「あぁ……」と嘆息し、視界の片隅でナディアがさっと目を逸《そ》らしたのが見えた。「カレー鍋爆散事件」を知る同僚達も苦笑いしている。

以前シオリの「フードプロセッサー」に興味を示したナディアが、自分もやってみたいと言ったことがあった。それがどういうことになるか二人もあまり深くは考えず、料理途中のカレー料理でやらせてみたら、密閉された鍋の中でナディアの強い風魔法が弾《はじ》けて鍋が破裂してしまったのだ。

魔法の失敗や暴発で事故が起きることは珍しくはないが、あのときは爆発したのがカレー料理だったということもあって、ある意味ではより悲惨なことになってしまった。ナディアと二人で咄嗟《とっさ》に障壁を張ったから怪我《けが》もなく済んだものの、飛び散ったカレー料理で野営地が惨憺《さんたん》たる有様になったことは今でも語り草となっている。

幸い気密性の低い鍋だったからその程度で済んだ。もし圧力にも耐えられる頑丈な鍋だったら、魔法障壁でも防ぎ切れない爆発だったかもしれない。負傷者が出なかったから笑い話で済んだが、そうでなければ重傷を負いかねない事故だったのだ。あのとき普段温厚なクレメンスが激怒し、ナディアが土下座する勢いで謝り倒していたのもそのためだ。

（まぁ、あの経験で密閉空間内で魔法を使うときは要注意だって知ったんだけれど……）

理屈では分かっていても、実際に体験してみないと理解できないこともある。

事件を知る者の間で何とも言えない空気が漂い始めた中、受講生の一人が遠慮がちに手を挙げた。

「えと……今の、魔力量を増やすと容器が爆発するっていうの、ちょっとよく分からなくて」

「ああ……それはですね」

少し考えてからシオリは言った。

「魔法で生み出した風が容器の容量を超えてしまうので、容器がその圧力に耐えられなくなってしまうんです。中身が腐って缶詰が膨らんだり、発酵が進んだ瓶詰の蓋が吹き飛ぶことがあるでしょう。それと大体理屈は同じです。ただ単に魔力を流し込むだけなら問題はないのですが……」

魔素とそれにアクセスするための魔力は、基本的には透過性が極めて高い。密閉容器内を満たしたとしても、余剰分は自然と流れていく。

しかし魔法で具現化した現象はそういかない。容器の容量を超えれば当然破裂する。急激な温度変化を起こすことも、容器の耐性を考えれば危険だ。魔導具が重く頑丈で、小型化、軽量化が難しい理由の一つでもある。現状、小型化に成功しているのは魔法灯くらいだった。

「なるほど……よく分かりました」

「でも、使いようによっては攻撃手段にもなりそう。木の実を破裂させたりとか」

「手元にあるんならともかく、木に生ってる実に魔力を集中させるってのは難しそうだけどな」

「じゃあ、魔獣の体内を直接……って、あ、いやこれはいくらなんでも……」

「それはお前……さすがに最終手段だろ……」

越えてはいけない一線の図り合いには苦笑するしかないが、アイデアの出し合いは大歓迎だ。

「ごく小さな空間内で魔力を操作するこの『フードプロセッサー』も、魔法の精度を上げる訓練になります。魔力が強い方が練習するときには、弾けても危険が少ない入れ物を使うと良いでしょう。個人的なお勧めは……水葡萄《みずぶどう》の皮ですね」

この提案には受講生の間にも苦笑が漏れた。

水葡萄はアルファンディス大陸北西部で年間を通して収穫できる、蔓性《つるせい》植物の果実だ。一粒が大振りの林檎《りんご》ほどもある。一抱えもある一房が芋類並みに安く、平民なら子供の頃間食代わりに飽きるほど食べさせられた想《おも》い出が必ずあると言っていいほどだという。

この柔らかいゼリー状の果肉を啜《すす》って食べた後には、半透明のシャボン玉のような皮が形を保ったまま残るという不思議な果物で、この皮が練習に適しているのだ。

これなら僅かな出費で腹を満たせるうえに、練習もできるという訳だ。

「まじかー……」

「水葡萄はもう一生分ほど食わされたわー……」

そこかしこで苦笑が漏れた。彼らもまた幼少期に散々食べさせられたのだろう。

「しかし、この魔法があれば野営料理の幅が広がるねぇ。挽き肉は作れるのかい？　ここまでの説明だと少し難しそうだけど」

そう訊いたのは最近料理に凝っているという他支部の魔法剣士だ。ランクはＣ級。前衛職ながら腕力魔力どちらにも難があり、パーティに誘われることが最近ではめっきり減ってしまったそうだ。そこで多少は腕に自信がある料理で付加価値を付けて頑張ってはいるものの、今度は持って行ける調理器具に限りがあって困っていたという。

「やっぱりさ、冒険中は疲れるじゃん？　手作業で肉を叩《たた》いたりとか野菜を潰したりとか、結構しんどいんだよね……」

「ああ……それは分かります」

現状肉や魚は串焼き、汁物は缶詰や瓶詰を煮込んだ簡易シチューが精一杯だと彼は言った。彼の場合はなまじ前衛職なために激しい動きが多く、そのうえさらに野営地で一仕事となると、体力的には相当厳しいようだ。

「調理の手間を減らす方法やレシピなどはまた今度お教えするとして……硬いものや弾力があるものを細かく刻むとなると、純粋な風の力だけでは難しいんです。なので少し小細工します」

風だけでは折るか千切るかが精一杯だ。切り刻むとなると、実は上級魔導士以上でも難しい――というよりは不可能なのだ。

「……え？」

この言葉におよそ半数が首を傾《かし》げた。理科的な知識の差からくるものだろうか。顔ぶれから察するに、恐らくは読み書き計算以上の教育をほとんど受けていないだろう者達だ。

「……え、でも、魔力が強い人とかは風で切ってたりもしてますよね？」

「風で切っているように見えますが、実際には風で巻き上げた小石や草葉などが、高速でぶつかって切れているんです。それでも切り傷ができる程度で、刻むとか切断するというのは無理でしょう」

アレクやナディアも、シオリの言葉を肯定するように頷《うなず》いた。

「そうだったんだ……知らなかった」

「精度を上げれば切れるもんだとばかり思ってた」

（本当に基礎知識にもかなりのムラがあるなぁ……これは本格的に図書室の充実を考えた方がいいかも。兄さんにもお願いしてみよう）

様々な現象を魔法で具現化する魔導士には、それらを再現するための理科的な知識が必要だ。その知識がないばかりに能力を活《い》かせないというのは、あまりにも勿体《もったい》ない。

（そういう意味では、ランヴァルドさんって魔法の先生としては本当に優秀だったんだなぁ……）

――新人時代にシオリの指導教官を務めてくれたのはナディアだが、先代ギルドマスターのランヴァルド・ルンベックもまた、気紛れに指導してくれたことがあった。

彼はシオリが所属していたパーティと結託し、本来シオリが受け取るはずだった報酬を着服していた。今思えばその行為自体が既に彼の企《たくら》みの一部だったのだろう。しかし、魔法だけにとどまらない多岐にわたる講義は有意義なものばかりだった。

『なるほど、君には思ったよりも教養があるようだ。ならば魔力は少なくとも、それを活かす方法を編み出すことができるかもしれんな。まぁ頑張ってみたまえ』

そう言って幻影魔法を教えてくれたのもあの男だった。

王都の名門校で教鞭《きょうべん》を執れるほどの実力がありながら、実家から勘当されて地方都市で冒険者をするしかなかったという彼が、ギルドを解雇された後どうなったかは分からない。

相応の罰を受けることを条件に自由の身になったということと、ギルドの教本にもなっていた著書の一部が絶版となったということしか聞かされてはいなかったけれど、一部では「あの男も随分と勿体ないことをしたものだ」と惜しむ声もあったという。

——やるせない想《おも》いに沈みかけたシオリの思考を、引き戻す者があった。

「……ふむ。報告書によると、君は風魔法で馬車の幌《ほろ》を切り裂いたということだが、それにも何か仕掛けがあるのだな？」

そう訊《たず》ねたのは、ブロヴィート駐屯騎士隊の元隊長レオ・ノルドマンだ。あの雪狼《ゆきおおかみ》襲撃事件の折に重傷を負い、剣を握ることができなくなって後方支援部隊に配置換えとなったそうだ。痛ましいとは思うが、配置換えは本人の強い希望だということだった。剣が握れなくとも、騎士としての働き口はいくらでもあるというのが彼の弁だ。魔力はそれほど多くはないが、家政魔法を習得し、趣味の料理の腕を活かして騎士隊の食事事情を改善したいのだという。

けれども、記憶にあるよりは随分と華奢《きゃしゃ》になってしまった姿があまりにも痛ましい。そのことを極力考えないようにしながら、シオリは答えた。

「はい。風の中に氷の刃を混ぜました。こんなふうに」

鋭い氷の刃が紛れた強風が広場を吹き抜け、木々の枝葉を切り裂いていく。

ただ幌を切るだけなら氷魔法だけでも良かっただろうが、あのときは幌内に充満していた強力な催眠ガスを拡散させる必要があった。だから風と氷魔法の合わせ技を使ったのだ。

「噂《うわさ》に聞く同時発動か……なるほど、低級魔導士なのか上級魔導士なのかいまいち判別できなかったとは聞いていたが、そういうことだったのか」

「ええ。特に私は魔力が低いので、魔法を併用した方が効率が良い場合もあるんです」

「――魔力が低いからこそ、か。そこに付いて回る偏見と闘いながらの研究は容易ではなかっただろうが……」

シオリの苦労を気遣うその言葉には、彼自身の未来への不安と諦念《ていねん》が滲《にじ》んでいた。剣技はともかく、魔力はシオリよりいくらか多い程度だろう彼自身のこれからを思ってのことだ。冒険者以上に、騎士隊は性別や身分に対する差別や偏見が根強いという。騎士として三十年近くを過ごした彼の強い決意を秘めた瞳《ひとみ》の奥には、紛れもない諦念が見え隠れしていた。

――低魔力の人間が合成魔法や同時発動に手を出せば、多くの者は嗤《わら》うだろう。ろくな魔法も使えない癖に難易度の高い魔法を操れるはずがない、仮にできたところで大した威力はないだろうという偏見が確かにある。

けれども、優れた魔導士が挑戦すべきものという固定観念があったからこそ、これらの技術は今まで発展してこなかったのだとシオリは思っている。確かに覚えることに難儀はしたが、低級魔導士でも使うことはできる。そして大した威力はないだろうが、役には立っている。

「まぁ、確かに随分嫌な思いはしましたけど、戦い方は人それぞれですから」

魔法はあくまで目標に至るための手段の一つに過ぎない。そう考えれば、それに付随する常識など些末《さまつ》なことだ。

「……ストリディア王国が近隣諸国に抜きん出て発展した理由の一つに、これまで軍事利用が主体だった魔法技術を、いち早く民生転用したことが挙げられると聞きました。初期の頃は、せっかくの軍事技術を民間のためなんかに使って勿体ないと、随分批判も多かったと聞きます。でも、それまでの常識を捨てて偏見と戦いながら研究を続けた人達がいたからこそ、今の王国は一般市民に至るまで高い水準の生活ができるようになったんです。安全確保のための常識まで捨ててはいけませんが、気持ちの問題で割り切れる程度の『常識』であれば、そんなものはむしろ邪魔なので忘れてしまいましょう。あり得ないと思うことにこそ、ヒントが多いんですから」

シオリにしてはなかなかの思い切った発言に、アレクやナディアは目を丸くしている。しかし、幸いレオ達の心には届いたようだ。

しばらくじっと考え込んでいた彼は、やがて自嘲《じちょう》気味に笑った。

「本当は私もまだ、自分の状況に納得していないのだろうな。これまで培った経験や技術が通用しない、まったくの新たな道を探さなければならないという覚悟が、まだ……足りていないのだろう」

「心中お察しします。でも、今まで経験してきたことの中にも、新しい道に活かせるヒントはきっとあると思いますから」

五年前はただの事務職員だった自分がなんとか冒険者業を続けていられるのは、それまで蓄積した知識や経験があったからだ。

一見何のかかわりもなさそうな事柄にも、ヒントになるものはきっとある。これまで騎士として隊を率いていたレオなら、より具体的にそれらを活かせるはずだ。

「――そうだな」

ふ、と息を吐いたレオは、今度は少し吹っ切れたように笑った。

「本音を明かせば、実のところは誰《だれ》かに『お前ならやれる』と背中を押してもらいたかった。それが駄目ならいっそ、ここが諦めどきだときっぱり言って欲しかったんだが……幸いここには『お仲間』が沢山いる。何を悩むことがあると思い直したよ」

何かに強制的にこれまでの道を絶たれたという意味では、彼はシオリと似たような境遇だ。そしてここには彼と同じように、愛用の武器を手放さなければならなくなった同士もいる。

「お互い『同期』として頑張りましょうや、騎士さん」

レオと同じ、中年期に差し掛かる年頃の元槍《やり》使いが彼の肩を叩く。武器はもう握れなくなってしまったが、どんな形でもいいから仕事を続けたいと語っていた男だ。その左手の指のほとんどが、半ばから失われていた。

この場に漂う空気には一抹の寂寥《せきりょう》感が確かにある。しかし、己一人ではないという孤独感が薄れてきたのだろうか、徐々に希望と仲間意識が生まれつつあった。

「――さぁ、先を続けましょう。皆さんに知っていただきたい魔法はまだほかにもありますから」

彼らの分岐点の道標《みちしるべ》となれるかどうかは分からないが、道を見付ける切っ掛けになれればいい。これから行く先を模索しているのはシオリも同じだ。彼らを通してこれまでを振り返り、こうして教えることで気付くこともあるだろう。自分の世界が、また少し広がるかもしれない。

（切っ掛けを、大事にしたいなぁ……）

「詩織」を取り戻す切っ掛けを作ってくれた恋人の紫紺色の瞳を見上げて、シオリはそう思った。

2

「……うーん……全然駄目じゃん」

　ぼこぼこと怪しげな泡を噴き上げる泥沼を前に、ヴィヴィはがくりと肩を落とした。

　講師役のシオリの説明通りに「風呂」を作ってみたはいいが、「浴槽」の強度がまったく足りない。そのうえ水を熱し過ぎたのだろう、見る間に土が溶け崩れて、煮え滾《たぎ》る泥沼と化してしまった。

　その地獄のような様相に同僚達が盛大に引いている。けれども、やっぱり皆似たような状況で、周辺一帯がまるで底なし沼のようになっていた。

　――「風呂魔法」の手順は、まず土を熱消毒して浴槽の形に押し固め、水を入れて加熱する。

　話だけ聞けば随分と簡単そうにも思えたけれど、これが存外難しい。十分に固めたはずの浴槽が、水分を含んで溶け出してしまう。

　シオリが手本に作った見事な露天風呂を眺め、それから自作の泥沼に視線を移した誰かが、げっそりと呟《つぶや》いた。

「……風呂ってか、いっそ攻撃に使った方が良さげ」

「だよなぁ……でも」

　攻撃や足止めになかなかの効果を発揮しそうではあるが、今回ばかりは基本のまま覚えたいというのが本音だった。攻撃手段ならいくらでもあるだろうが、野営地で風呂に入る手段などそうはない。

野営地で温かな風呂に浸かるというのは、このうえなく魅力だった。

攻撃力の強化はともかく、この風呂魔法だけはなんとかものにしたいと彼らは考えていた。一度でもシオリの世話になったことのある者ならなおさらそう思う。

「魔獣の血と泥でどろっどろのまま飯食って寝るなんて、考えるだけでも気が滅入るってもんさ。そこをさぁ、『食事ができるまでの間にお風呂をどうぞ』って石鹸《せっけん》とタオルを差し出されたときには、楽園はここにあったのかと思ったね」

「大袈裟《おおげさ》ねぇ……」

「いやまぁそうなんだけどさ。でも、これだけは是が非でもモノにしたい……」

「うん、それは分かる」

衣服の汚れは、最悪着替えさえあればどうとでもなる。しかし、身体の汚れまでは如何《いかん》ともしがたい。水魔法でざっと洗い流すくらいはできるが、せいぜいその程度だ。

熱弁を振るう先輩魔導士から目を逸らしたヴィヴィは、泥沼をなんとか元に戻す。といっても完全な元通りという訳にはいかず、大雨の後のようなぬかるみが残ってしまった。

これをシオリ・イズミという女は、ほぼ元通りの地面に戻すのだという。ほぼ、というのは元々生えていた雑草までは戻せないという意味で、上を歩いても気にならない程度にはできるらしい。

どこまでも細かな作業に特化した魔導士だ。しかも、いとも容易《たやす》く合成魔法を使ってみせた。魔力量にさえ目を瞑《つむ》れば、上級魔導士以上の精緻《せいち》な技巧だった。

低級魔導士でありながら技術力は自分などよりも遥《はる》かに上というその事実が、ヴィヴィに敗北感を味わわせていた。

その間にも魔導士達の会話は続いていた。

「私の魔力であのくらい魔法を極めたら、結構いいとこまで行けそう」

「そうだなぁ。家事レベルの魔法でも、俺の魔力なら……って思うわな」

「さっきの土魔法にしてもさ、応用すれば土で串刺しとか魔法でも物理攻撃ができそうだよな。今まで目潰しとか落とし穴作るくらいしかしたことなかったけど」

「……つっても、風呂作りで躓《つまず》いてるようじゃ、先は長いわ」

「だよねぇ。あー、岩場だったら浴槽なんて簡単にできるんだけどな」

「というか俺、そもそも岩が土とか砂からできてるってこと自体今日《きょう》初めて知ったわ」

「考えてみたら、土魔法で干渉できるもんな。あんまり深く考えたこともなかったけど」

「……魔力が足りないなら、知識と想像力で補う、かぁ。なんか俺、知らずに損してることって多い気がしてきた。シオリよりずっと魔力も経験もあるはずなのに、いまいちパッとしねぇもん」

　せっかくの能力も知識なくしては活かせない。知識がなければイメージすることすらできない。よほどの高魔力でもない限り、魔力のみに頼った魔法では遅かれ早かれ行き詰まってしまう。

　――個人が知識を得ようと思ったら、一番の近道は書物を読むこと。しかし、平民が読書を嗜《たしな》むようになってからまだほんの数十年。読み書き計算などの基礎教育が行き渡るようにはなったが、勉強のために自発的に書物を買うという発想にまで至る者は、労働階級出身者にはそれほど多くはない。

「――そうか。君達、そもそも岩の成り立ちを知らなかったのか。魔力量の割に単純な魔法ばかり使うと思っていたが、なるほど、道理でな……」

　トリス支部では五指に入るという上級魔導士ダニエル・クロンヘイムが、ようやく合点がいったといった顔で頷いた。彼は研究目的で参加した一人だ。

「普通知ってる人ってそんなに多くないんじゃないっすかね？　偉い家庭教師がいるとか、王都の学院に行ってるようなお貴族様はどうだか知らんっすけど」

「貴族って小さいときから勉強漬けなんでしょ？　そこからして有利だわよ」

「確かに、有名な魔導士って、だいたい貴族とかお金持ちの人だもんね。前のマスターだって貴族だったっていうし。あの人、何冊か本出してたし、結構有名だったんでしょ？」

「確かになぁ……」

「だが、シオリの知識量は別格だぞ。専門家と呼べるほどではないようだが、とにかく知識の幅が広い。特に魔導士には有利な理系の知識が豊富だ。一般家庭の出身だとは言っていたが、いったいどこで覚えたのやら。本を読み慣れている様子ではあったが」

「僕、ちょっと名の知れた家庭教師を付けてもらってたけど、岩の成り立ちなんて習わなかったな。理系の授業なんてせいぜい天文と気象を少し齧《かじ》る程度だった。学院に行けばもっと幅広く習うのかもしれないけど」

「あぁ、腹違いの兄貴が通ってた学院では一通り習ったみたいだぜ。トップクラスの学院だともっと学科が細かく分かれてるらしくてさ。地質学や気象学、海洋学なんてのもあるみたいだな」

「わたくし、こう見えて女学院に通わせていただいた身ですけれど、女学院はどこもマナー教育や花嫁修業が基本でしたわ。語学や音楽に、歴史と……あとは経済や社会の成り立ちなんかも多少は学びましたけれど、気象や地質まではさすがにありませんでしたわね」

「……じゃあ、シオリはそういうの全網羅してる女学院に行ってたってこと？」

「女学院でそこまでってのは聞かねぇよな。東方だと違うのか？」

「どうなんだろ。でもなんか凄《すご》い色々知ってるじゃん。そりゃ、王国の常識には随分疎いけどさ」

「学校に通ってたって話は聞いたことあるなぁ。でも、本人が努力家ってのも大きいんじゃないの？ギルドで下働きしてたとき、休憩時間とか空いてる時間ずーっと勉強してたみたいだし。あの頃のシオリ、仕事してるか勉強してるかのどっちかだったでしょ。下手《へた》すると、今はもしかしたらあたしらよりも王国のことに詳しいかも」

「はー……勉強かぁ……勉強ねぇ……つーかオレ、まず勉強のやり方が分かんねぇわ」

「あたしもー。絵や写真を眺めるだけでも違うって言ってたけど、そのくらいでいいならあたしにもできそう」

「シオリさんに何か良さそうな本、訊いてみる？」

「そうだね。俺も兄貴に頼んで本送ってもらうかな。なんなら皆で集まって勉強会……っていうか、まずは読書会でもやってみる？」

「あら、いいわねぇ。もっとも、それでシオリくらいになれるかっていうと微妙だけど」

「あのなぁ、それを言うなよ。悲しくなるだろ……」

「――俺さぁ」

憶測交じりの噂話と相談を終えて風呂作りに再び挑戦する中、それまで黙々と魔法を繰っていたヨエルがぼそりと言った。

「……ぶっちゃけると俺、シオリさんが低級魔導士で良かったたって思ってるよ」

その口調に嘲《あざけ》る調子は微塵《みじん》もない。しかし人を見下げるような言葉に、彼のそばにいた人々の手が止まった。発言の意図を探るような視線がヨエルに集中した。

「あれで上級魔導士だったりなんかしたら、俺……嫉妬《しっと》でどうにかなってたかも」

あまり考えないようにしていたが、本音では妬《ねた》ましかった。五年にも満たない年月であそこまで魔法を自分のものにした彼女が羨《うらや》ましいと彼は言った。

それだけの努力をしたのだということは、あの目立つ風貌《ふうぼう》の彼女を揶揄《からか》い交じりにずっと見ていたヨエルには分かった。あれは血が滲むような努力あってこそのものだ。それが分かってはいても、彼女があっさり上級魔導士になっていたら、きっとヨエルは素直に祝福できなかっただろう。

「あの人、あれで魔力がもっと高かったら、多分、そのうち……大魔導士にだってなってたかもしれない。でも、低魔力だから」

続きの言葉はなかったが、言わんとすることは分かった。

何人かは彼に侮蔑《ぶべつ》の目を向けた。しかし何人かは目を伏せた。積極的に賛同する気にはなれなかったが、それでも彼の気持ちが理解できてしまったからだ。

実状はどうあれ、シオリの魔力は低級魔導士の域を出ない。彼女が魔導士としてのこれ以上の出世はないことに安堵《あんど》しているばかりか、そのことで少なからず留飲を下げている——それは決してヨエルばかりではなかったのだ。恥ずべきことだとしても、綺麗事《きれいごと》では片付けられない感情がある。

「——分かる」

ヴィヴィもまたぽつりと言った。

「だから私もそれを認めたくなくって、あの人にちょっかい掛けたの。そんなに優秀なら本当かどうか私達が実力を確かめてやるって、皆で取り囲んで……攻撃しようとしたの」

事件を匂わせる発言に、事情を知らない者は息を呑《の》んだ。しかし、何があったかを知る者達は、ヴィヴィの告白に静かに耳を傾けた。彼女が良い方向に変わりつつあることを知っていたからだ。

「低級魔導士なのにあの待遇なんだもん。なんか、どうしても認められなくて。絶対何か裏があるでしょって思ったの」

――魔法を魔法として成すには想像力と集中力が必須だと、初級魔法の教本には記されている。けれどもそれを大事だと思ったことは一度もなかった。そんなものがなくとも、念じて腕を振るいさえすれば、簡単に「魔法」として具現化するからだ。

だが、それができるのは人並み以上の魔力があったからだ。持って生まれた魔力頼りの技だった。だから、攻撃力だけなら既に上級魔導士並みとまで言われているヴィヴィにとって、むしろ想像力と集中力に頼らなければ魔法を使うこともできない輩《やから》など、取るに足りない存在だった。

その取るに足りない存在だったはずのシオリに、魔法で負けた――それは偏《ひとえ》に、ヴィヴィの想像力の欠如がもたらしたものだ。自惚《うぬぼ》れ、凝り固まった考えで物事を見ていたからこそ、あんな馬鹿《ばか》げた事件を起こしてしまったとも言える。

「今だから訊くけどさ。三人がかりで負かされたって本当かい？」

この場の監督役を務めていたカイが静かに訊いた。

「……はい」

ヴィヴィは認めた。

「上級魔導士並みの君と、魔法剣士や弓使いまでいるパーティが彼女一人に負けちゃったって訳か」

「……そうなんです。幻影魔法だけであっという間に」

あのとき何があったのか、シオリが何をして彼女を打ち負かしたのか。その詳細を当事者の口から初めて聞いた同僚達は、驚きの声を上げた。攻撃魔法ですらない、実用性が低いとまで言われていた幻影魔法で実力を遥かに上回る相手に勝ったのだ。

「幻影魔法にあんな使い方があるなんて知らなかった。想像してもみませんでした。でも、あの人が低級魔導士だったから助かったんです。でなければ私、きっと死んでました」

――この世の全ての絶望を煮詰めたような、あの底なしの闇《やみ》に心臓を握り潰されて。

あの日シオリは、想像力で戦いに勝った。そしてヴィヴィは、その想像力で死にかけた。

「だから、あの人が低級魔導士で本当に……良かったんです」

シオリの些細《ささい》な魔法で死ぬほど恐ろしい目に遭った彼女の嘘《うそ》偽りのない本音は、その場に沈黙をもたらした。

「……そうだなぁ。君は色んな意味で助かったんだ。それに気付けたっていうのは、成長した証拠だよ。そっちの君も。自分の中の嫉妬心を認めて言葉にするっていうのは、なかなかできるもんじゃない。二人とも、今の気持ちを大事にしなよ」

そう言って笑うカイに、ヴィヴィとヨエルはこくりと頷いた。


――その頃一方のシオリは、少し離れた場所で噂されているとは思いもせず、受講生一人一人の様子を見て回っていた。

「そう、そんな感じに……そうですね、綺麗です。でも、もう少し硬い方がいいかもしれません」

受講生が作り上げた「浴槽」をチェックし、一言助言を添える。見た目には表面が滑らかで硬度も十分なように思えるが、手で触れてみるといくらか心許《こころもと》ない感触だった。

中級魔導士になったばかりだという娘は素直に頷く。

「ええと……よいしょ。このくらいですか？」

「ええ……いいですね。じゃあ次はお湯を入れてみてください」

「はい」

元々器用なのか、彼女は溢《あふ》れさせることなく適量の水を満たす。けれども加熱のし過ぎで沸騰させてしまい、彼女は「あ」と声を上げた。

「大丈夫。浴槽の崩れはありませんし、あとは適温にすればいいだけです。水を足すか、氷魔法で冷やすか……得意な方法で水温を下げてみてください」

「はーい。じゃぁ……」

少しの間考えた彼女は、氷魔法を唱える。水と上位属性の氷との親和性が高いらしい彼女は、見る間に熱湯を適温まで下げてみせた。

「良いですね！　さすがです。風呂魔法はほとんど完璧《かんぺき》ですね」

「やったぁ……！」

嬉《うれ》しそうに笑った娘は、「でも」と苦笑いした。

「今まで自分は火魔法が得意だと思ってたんです。でも、今日初めて分かりました。私、水や氷魔法の方が得意だったんですね」

「威力は火魔法の方が大きいですし、雪国で水や氷よりは火でダメージが入りやすい魔獣も多いからそう思いがちなんだと思いますよ。」

「そうですねぇ。水と氷魔法の研究、もっとちゃんとやってみます。それに、火魔法の練習も」

「ええ。頑張ってください」

「はい！」

うきうきと復習を始めた彼女の微笑《ほほえ》ましい姿に口元を緩めながら、シオリは視線を巡らせた。

浴槽作りで苦労している者もいるようだったが、「洗濯」や「フードプロセッサー」を経て大分慣れたのか、試行錯誤して自分なりのやり方を探していた。

各人各様の風呂は興味深い。分厚い氷で形作った浴槽や、土魔法で寄せ集めた砂利を敷き詰めた風呂など、なかなかに独創的なものもある。

「氷のお風呂ですか。綺麗ですね」

分厚い氷の浴槽を作った同僚に声を掛けると、彼は得意げにやりと笑った。

「うん、だろ？　むかーしお貴族様のお屋敷で見たガラスの浴槽を参考にしてみたんだ」

「ガラスのお風呂!?　それはまた贅沢《ぜいたく》ですね……」

「うん。屋敷が建つような値段で作らせたって言ってたよ。でも俺のは氷なんで、お湯が冷めやすくってさ。温度が下がらないように魔力を注ぎ続けなきゃいけないっていう難点があるんだけど」

「注ぎ続ける魔力があるというのが羨ましい限りなんですが……」

「はは。まあでも俺の場合、あんまり遠くまで魔力飛ばせないからさ。浴槽から離れられないんだよね。皆が入り終わるまで、間近で入浴風景を眺めてなきゃいけないっていう」

「それはさすがにちょっとな……」

若干呆《あき》れ気味なアレクに、その魔導士は「改善の余地ありありだよねぇ」と苦笑いした。

少し離れた場所では、騎士隊のレオ・ノルドマンや、兵士に扮《ふん》した辺境伯夫人モニカ・オスプリング――ごく一部を除いて気付いた者はいないようだ――らが、自作の風呂とシオリの「手本」を見比べて意見を交わし合っている。きっちりと役割分担がなされている組織ならではの意見が多い。

「いっそのこと天幕用の防水布を敷くという手もあるな。それなら地面に穴を開けるだけで済む」

「多少荷物が嵩張るけれど、悪くはないわね。馬車を使えるのなら、かえってその方が現実的だわ」

「ですな。支柱なしの防水布だけなら背嚢《はいのう》に収まりますし」

「だがよぉ、水を貯《た》めるようにはできてねぇだろ？　長い時間持つかねぇ」

「戻ったら試してみるか」

言いながらも彼らの目は、散策から戻った使い魔達に向いていた。その視線は明らかにルリィとブロゥを捉えている。

「……スライムを……風呂の底に敷くってのは……」

「確かに水漏れはしないだろうが……」

「……敷くというよりは沈めているのではあるまいか」

「そうね……さすがにスライムにも言い分があるのではなくて……？」

自分達が話題にされていることに気付いたのか、「なになにー？」とでもいうように、スライム達はしゅるりと彼らに近寄った。ぽよぽよと弾むブロゥの触手には、巨大な虫の羽や抜け殻が握られている。珍しい色合いなのは、変異種のものだからだろうか。この雪の中でよく見つけたものだ。

「……それ、兄さんには見せない方がいいかも」

こっそり耳打ちすると、ブロゥは「分かった！」というようにぽよんと弾む。

結局それらはトリス孤児院に寄付することにしたようだ。それなら子供達もきっと喜ぶだろうし、虫嫌いな兄貴分も一安心だ。

「覚えがいい奴《やつ》は魔力の練り上げが大分上手《うま》くなってるな。無駄が減ってきている」

預かってほしいと手渡された「戦利品」をしまい込みながら言うアレクに、シオリも頷く。

「うん。私も負けていられないなぁって思った」

「お前の向上心には心底感心させられるな……」

苦笑いしたアレクだったが、「まぁ、かくいう俺も新技の開発でもしてみるかと思い始めたところだ」と魔法剣の柄に手を掛ける。

「仲間の援護があったとはいえ、ザックなんぞは大剣一本でドラゴンを倒してみせたんだ。俺も負けてはいられない。お前との今後のことを考えれば、余計にな」

そう言って肩を抱き寄せたアレクは、僅かに熱を灯《とも》らせた紫紺の瞳を細めて笑った。

楽しげに受講生の輪に入っているルリィから視線を外したシオリもまた、愛《いと》しい恋人を見上げて微笑んだ。

3

初めはどうなることかと気を揉《も》んでいたこの家政魔法講座も、受講生の熱心さに押されて次第に一コマの時間が長くなり、前半三時間の予定を大幅に過ぎてようやく昼休憩を迎えた。

ここは家政魔導士として温かい昼食を振る舞いたいところではあったけれど、それは付き添いとして来ていたロヴネル家の料理人が用意することになった。

見習いとはいえ名門貴族家の料理人が作る食事だ。庶民は生涯口にすることはないだろう名家の料理が振る舞われ、そこかしこで小さな歓声が上がっている。

　前夜から手間暇掛けて滑らかに仕上げられた根菜のポタージュスープは、疲れて食欲がなくとも栄養補給ができるように。スパイスと醤油《しょうゆ》バターが効いた炙《あぶ》り肉と茸《きのこ》ソテーのサンドウィッチは、働き盛り食べ盛りの舌と腹を満たせるように。

　どちらも食欲をそそる香りと絶妙な味付けで腹持ちも良く、少ない量でも満足できるように考えられていた。ロヴネル女伯の野外活動向けに考案されたそのメニューは、女伯の婚約者デニス・フリュデン発案で、シオリの野営料理を参考にしたものらしい。

「なるほどなぁ。ロヴネル家の味はどうだか知らんが、これは確かにシオリの味だ」

　サンドウィッチを一口食べたアレクは、そう言って笑った。

「美味《おい》しい……有名な伯爵家の料理が食べられるなんて、夢みたい」

「あたし、家族に自慢しちゃう」

　名門貴族家の野遊び料理に沸き立つ同僚の後ろで、ニルスはポタージュスープだけを口にしてげっそりと横たわっている。魔力切れだけは本人の努力で免れたものの、完全な魔法疲れだ。

「お疲れのようですね」

「うん……ほんと、しんどい。凄く疲れるとは聞いてたけど、これほどだとは思わなかったよ。なんか、経験したことのない変な疲労感……生命力をまるっと抜かれた気分」

　適性があったのか初心者ながらも器用に魔法を繰っていたが、楽しくなってやり過ぎてしまったようだ。手持ちの魔力回復薬は全て空にしてしまい、憐《あわ》れんだ同僚達からの「お裾分け」が、まるでお供え物のように彼の枕元に並べられている。

「おまけに回復薬飲み過ぎてお腹《なか》苦しい……」

彼の使い魔にしてアルラウネのイールは、呻《うめ》いている主《あるじ》を甲斐《かい》甲斐しく看護している。無論それはあくまでイール基準で、端から見れば実に気怠《けだる》げで面倒くさそうなのだが、頭上の葉を自ら千切り、搾り汁を一、二滴ほど主の口に含ませていた。

ごく少量なら気付け薬になるらしく、ニルスはそれでいくらか回復したようだ。しかし、周囲に並ぶ薬瓶と顔色悪くぐったり横たわるその様が、まるで二日酔いの酔っ払い男のようだった。

医師資格を持つ薬師とは思えない体たらくには、思わず皆で苦笑いしてしまった。

――魔力回復薬は様々な素材から抽出した高濃度の魔素を、特殊な薬液に溶かしこんだものだ。この薬液は魔素を吸着しやすく逃しにくいという特徴があるが、味に癖があって飲みにくいという欠点がある。それを解消するために添加した甘味料が腹に溜《た》まるという訳だ。これほど短時間で大量消費していたのでは、それは腹も膨れるだろう。

(ゲームだと回復薬をがんがん消費してたけど、現実にやったらお腹いっぱいだよね)

回復アイテムがゲームのように肉や穀類だったなら、摂取カロリーも荷物も大変なことになってしまう。回復アイテムが肉で嬉しいのはスライムくらいだろうなと、足元のルリィを眺めながらそんなことを考えてしまった。

「……まぁでも、回復薬の必要量がだいたい分かったよ。それに多分、慣れたとしても疲れることは疲れるだろ? 魔力もだけど、体力配分も考えないと肝心の野営地で使い物にならなくなるね」

思案するように眉間《みけん》に皺《しわ》を寄せたニルスに、シオリは頷く。

「ええ、そうですね。道中は皆と同じように歩きますし、戦闘中だって後衛職とはいってもそれなりに動きますから。それに、今の仕事と家政魔導士を兼任したい人は、魔力や体力の配分には本当に気を付けた方がいいと思います。特に前衛の人はどうしたって運動量が多いですから、気力体力が持たないんじゃないでしょうか……」

「あぁー……」

「さっきも言ってる奴いたけど、そりゃそうだよな」

前衛職の同僚は揃《そろ》って唸《うな》り声を上げた。

道中では戦闘をこなし、さらに野営地での仕事も待っているとなれば、その疲労具合はこれまで以上のものになる。どれだけ仲間を癒せたとしても、自分が疲れ切ってしまっては意味がない。

「……なので、できる仕事の範囲を自分の働き方に合わせて考えておいた方がいいと思います」

「そうだな。家政魔導士として何ができて何ができないのか、あらかじめ周知しておく必要もあるんじゃないか」

昼食をすっかり平らげたアレクが口を挟む。

「家政魔導士はシオリ独自の職業だ。イコールシオリという図式が成り立っている以上、家政魔導士を名乗れば少なくともトリス支部ではシオリの水準を期待してしまうだろう。いざ野営地に着いて、風呂がないとか食事がいまいちとかいうことになったら、正直がっかりするだろうからな……」

「それは……そうね。確かにその通りだわ」

エレンも頷く。

「新しい職業なのだもの。まずは家政魔導士を定義しておく必要があるかもしれないわね」

「そうだなぁ……しかし、基準をシオリレベルに設定されるとさすがに困るかな」

「実際、シオリ殿はどれだけの仕事をするんだ？」

騎士レオ・ノルドマンの質問に、シオリは少し考えてから答える。

「ええと……野営地での仕事に限れば、炊事洗濯、お風呂や寝床の用意でしょうか。場所や季節によっては、空調魔法で結界内の温度や湿度を調整しています」

「寝床の用意？　敢《あ》えて挙げたということは、天幕を張るのとは違うのか」

「ええ。寝ているときの身体の負担を少なくするために、地面の湿気を飛ばして少し柔らかくするんです。土や雪で簡易ベッドを作ったりもしますね」

「土で簡易ベッド……というと、ああ。報告書にあったな。襲撃事件のときに救護所で作ってくれたという」

「はい、それです。ベッドは起き上がるときの身体への負担が少ないので、遠征中は結構喜ばれるんです。怪我をしたときや疲れが酷《ひど》いときは特に」

ブロヴィート村の雪狼襲撃事件では多数の負傷者を収容できる場所がなく、駐屯騎士隊の備品も足りなかった。救援部隊が来るまでは、野外に間に合わせの簡易ベッドを作って凌《しの》いでいた。

「なるほど。仲間の疲れを癒し気力を回復させ、戦力を維持する、それが家政魔導士の本分という訳か。兵站《へいたん》術に通じるものがあるな」

現代日本の普通のＯＬだったシオリに軍事知識はほとんどないが、レオが言わんとすることは理解できた。

「軍事のことはあまりよくは分かりませんが……仲間が全力で戦えるようにサポートするのが私の仕

事だと思っています」

　目を細めてシオリを眺めていたレオは、幾度か小さく頷きながら遠くに視線を向けた。森林の向こう側から細い煙が幾筋も棚引いている。きっと近隣の村のものだろう。抜けるような晴天の下に広がる穏やかなその光景は、平和そのものだ。

「――後方支援職は前線には立たずあまり目立つこともない、決して華やかとは言えない仕事だ。しかし部隊を縁の下で支える、なくてはならないものだ。だが、平和な時代が長く続いた我が国は、大規模に部隊を展開するような戦争経験がある騎士は、もうほとんど退役してしまってほんの一握りしかいない。三十年勤めた私でさえ、若い頃――もう二十年になるか――国境地帯の小競り合いに何度か駆り出された程度だ。今では短期日程の魔獣討伐や野盗狩りがメインなせいか、補給部隊を必要とする場面があまりなくてな。だからだろうな……特に若い世代中心に兵站を軽視する傾向がある」

　傷病兵としてやむを得ず後方支援部隊に配置換えとなったレオは、そのことに改めて気付かされ、危機感を抱いたそうだ。

「確かに国内は平和だろうが、二つ先の国や海峡の向こうでは内乱や領土争いが続いているところもある。隣の帝国は解体されたばかりでまだしばらくは不安定な状態が続くだろうし、この国だっていつ巻き込まれるか分からないからな。備えておくに越したことはないだろう」

　ここまでの講義を受けて、余裕があるうちに家政魔導士を育成し、部隊に組み込んでしまえば良いのではないかと思ったそうだ。

「まぁ、今の私にそこまでの権限はない。だから、有効性を自分自身で示して働き掛けていくしかないだろうがな」

ベテラン騎士であるレオの話は、若年層にはいまいち理解できなかったようだ。けれども何人かは兵站術に興味を示したようだ。それを見たアレクが言った。

「興味があるならザックに訊いてみるといい。分かりやすく教えてくれるだろう」

「——え、兄さんって軍事に詳しいの？」

訊くとアレクは耳元で囁《ささや》いた。

「あいつの実家は武の名門だからな。そっち系の教育は一通り受けているはずだ。結局あまり使うことはなかったようだがな……」

「あ……そっか」

兄代わりのザックは、名門貴族の元跡取りで王子の側近を務めていたという。若くして亡くなったその王子達が健在だったなら、国防機関を取り纏《まと》める役職に就いていたかもしれない。

(何が切っ掛けで人生が変わるか……本当に分かんないな)

二人の王子が健在ならザックはそのまま城勤めを続けていただろうし、前王の庶子であるアレクは城に召し上げられることもなく、それまで通り庶民として暮らしていただろう。冒険者にだってなっていなかったかもしれない。

そうしたら異世界から落ちてきた自分はザックに助けられることもなく、アレクにも、ルリィにさえ巡り合えないままそこで命を落としていたかもしれない。

ここに集った全ての人々にもあっただろう膨大な数の分岐点の先が、今ここでこうして一つに交わることになった。今この場においての切っ掛けを作ったのが自分だとするなら、巡り合わせとは本当に不思議なものだ。

（もしかしたら、今日ここで大きく人生が変わる人だっているかもしれないんだな……）

それが良い分岐点であればいいと、シオリは切に願う。

運命のあの日、後に兄となる男に拾われ、良き友となる人々や親友となる魔獣に出会い、そして唯一となる男に巡り合えた自分のように。

――根菜の甘みと塩気のバランスが絶妙なポタージュスープを飲み干し、ほうっと息を吐く。

「ご馳走《ちそう》様でした」

給仕役を率先して引き受けていたバルトが空になったカップを目敏《めざと》く見付けて、「美味《うま》かったでしょ」と得意げに笑う。

「あ、そういえば」

水魔法を繰って皿洗いを手伝いながら、ふと思い出したシオリは訊いた。

「挿絵画家さんにはどうやって依頼したらいいかな？　私みたいな外国人でもお願いできるもの？」

「挿絵画家なら伝手《つて》があるよ。なんなら俺が口利きするけど。なに、本でも出す予定あるの？」

「うん。野営料理とか家政魔法の本を出せればなって思ってて。まだ具体的には全然なんだけどね」

「魔法書はともかく、料理本は伝手の伝手を頼ることになるけど、それでも良ければ声掛けしてよ。力になるからさ」

「わ、ありがとう。じゃあそのときにはよろしく。仲介料ってどのくらい払えばいいもの？　何冊かは寄贈するつもりでいるけど」

「おっ、それはバルトやおやじさん――ああ、料理長だよ――が喜ぶよ。依頼料は内容や量にもよるけど、俺に礼がしたいってのなら」

バルトはにやりと笑った。

「友達価格ってことで、フリーズドライ食の詰め合わせでも送ってくれたら嬉しいな。あれ、夜食にちょうど良くってさ」

「そういうのでいいなら。あ、でもデニスには脂っ気の少ないのをって念押しされてたんだけど、それでいい？」

先日会ったときには、彼の従兄弟《いとこ》にして同僚のデニス経由で注文がなされたが、何か思うところがあるのか「腹には溜まるが脂分の少ない携帯食を」と言われていた。彼なりに大食漢のバルトの健康を気遣っているらしい。

それを聞いた彼は「うへぇ」と呻いた。

「あいつ、俺の世話係かなんかかよ。いやまぁ、ちょこっと目方増えたのは確かなんだけどさ……」

彼の祖父が犯した罪の後始末や、仕える主の婚姻準備などで野外活動がめっきり減り、書類仕事ばかりで身体を動かす機会が今はほとんどないという。

「運動しろ……と言いたいところだが、時間が取れないほど忙しいとなると、そのために外に出るのも億劫《おっくう》だろうな」

城暮らしをしていたアレクには覚えがあるのだろう。言葉の端々には同情が溢れていた。

「そうなんだよね。かといって屋敷の中を走る訳にもいかないから、階段を上り下りしてみたりはしてるんだけどさ。なんかすぐ疲れちゃって長続きしないんだよ」

「外に出るのが難しいなら……踏み台昇降とかどうかなぁ。階段の上り下りよりはずっと楽で長続きするよ」

「踏み台昇降？　なんだいそれ」

「その名の通り、踏み台を上り下りする運動。部屋の中で簡単にできるけど、意外に効くんだよ」

子供の世話で気軽に運動に出掛けることもできず、ストレスで過食に走ってしまった義姉が辿《たど》り着いたダイエット方法だ。シオリ自身も半信半疑でこっそり試してみたが、思いのほか効果があって驚いたものだ。なにより、テレビを見ながら気軽にできるのが良かった。

「階段より低い踏み台を使うから、あんまり疲れないよ。最初は一日十分くらいから始めて、慣れたら少しずつ時間を延ばすといいよ」

実践を交えて解説すると、バルトは興味を持ったようだ。

「部屋の中でできるってのはいいね。書類読みながらでもできるかな……っと、なんだ？」

話途中で不意にバルトが言葉を切った。微《かす》かなどよめきが上がったのだ。

人々が指し示す方向、前方の山の中腹から巨大な白煙が上がっていた。

雪崩《なだれ》だ。往路で見掛けた、兆候が出ていたあの山だった。

「あっ……」

「崩れたか。誰か巻き込まれていなければいいが」

アレクは唸った。あの山の麓には村が点在しているのだ。

「危険なのは分かってるだろうけど……」

この国の民、それも山に近い地域に住む人々にとっては常識だ。雪崩自体もさほど珍しいものではなく、雪の白煙が薄れた頃には興味をなくしたのか、ほとんどが談笑を再開していた。

それでも領主夫人としては把握しておく必要があるのか、モニカが兵士に命じて伝書鳥――それも高速通信用の特別な魔獣を飛ばしていた。

　シオリは懐から取り出した懐中時計を見る。そろそろ昼休憩が終わる時刻だった。

　講義予定の魔法はあと二つ。深呼吸して少し緩んだ気持ちを引き締めると、一瞬だけ山の方に視線を向けてから、シオリは講義の再開を告げた。

4

「――さて、午後は火と風魔法を組み合わせた乾燥魔法と、魔力放出による探索魔法の二つについて解説させていただきます。どちらもある程度魔法の扱いに慣れていなければ難しいのですが、希望が多かったので、今回の講座に組み込ませていただきました。とはいえ」

　一旦言葉を切ったシオリは、にこりと笑った。

「合成魔法は私独自のやり方で、もしかしたら少し癖があるかもしれません。ですので、あくまで参考として見ていただければと思います。まずは一回お見せしますね。過程が分かりやすいように、ゆっくりやってみます」

　魔法を使い始めてまだ三年。それも低級魔導士とあって、合成魔法の使い手であることには半信半疑の者も多かった。けれどもここまでの講義で実力は認めてもらえたのか、皆真剣そのもので侮る様子は既にない。

　シオリは深呼吸すると、両の手のひらに意識を集中する。

「右に火魔法、左に風魔法……」

――右手から生まれた熱気と左手から生まれた風が、溶け合うように混じり合い、一つになる。春風のような暖かな風が、人々の合間を吹き抜けていった。

たちまち感嘆の声が上がった。口笛まで聞こえて、シオリは思わずにこりと笑った。

「これが乾燥魔法です。主に洗濯物や入浴後の濡《ぬ》れ髪の乾燥などに使っています。あとは――」

ふわりと風の塊を膨張させて、人々を包み込む。

「――範囲を広げて暖房代わりにもします。もう少し火力を上げると、暑さや乾燥に弱い魔獣を弱体化させることもできます。ちなみにこのくらいの温度なら、雪海月《ゆきくらげ》は干乾びて落ちてきましたね。全てに試した訳ではありませんが、冬の魔獣になら効く可能性は高いです」

さすがに幻獣雪男については触れなかったが、シルヴェリアでの雪海月との戦闘を幻影魔法で再現して見せると、大きな反響があった。

相棒への好反応に見事な得意顔を決めるアレクとルリィの横で、「大したもんだ」と同僚達も感嘆していた。

「何かコツはありますか？」

「沢山練習したら俺にもできるかな」

「効率のいい練習方法ってある？」

「ちょ……ちょっと待って。順番に説明するので」

興奮気味に詰め寄られて、シオリは半ば仰《の》け反《ぞ》るような形になった。

「まず、合成魔法は特別なものだという固定観念は捨てましょう。それは私が使えるようになったということからも分かると思います。なので、まずは挑戦してみましょう」

合成魔法は成功者が少なく、記録に残っている限りでは全て上級魔導士以上の肩書を持っていたという。だからきっと、魔法を極めた者でなければ成功しないという思い込みがあったはずだ。

その思い込み自体が、魔法の発動に重要な想像力を阻害するものとなる。だから、まず一番にその思い込みを捨ててしまえばいい。

「――合成魔法が難しい最大の理由としては、やはり二つの魔法のバランスを保つことが難しいからでしょう。だから成功させるためには、バランスを崩す原因を可能な限り排除する、これが大事なのではないかと思います。一番確実な方法は、両手からの魔力の出力量を同量にすることです。しかし、それ以外にも大事なポイントがあります」

それは二つ。

一つ目は、魔力出力量が多い方の手――魔法にとっての利き腕の見極め。

二つ目は、自分と相性が良い属性とその順位の確認。

「一般的には利き手、そして自分と相性が良い属性ほど魔力の出力が大きい傾向にあるようです。なので、相性が悪い属性を利き手で、相性が良い属性を逆の手に割り振ることによって、左右のバランスを調整するんです」

――シオリは風魔法との相性がいい。対して火魔法は苦手な属性。そして利き手は右だ。だから利き手で苦手な火魔法を、逆の手で得意な風魔法を使う。そうすることで、左右の魔力量の差をある程度は埋めることができる。

「……それは考えもしなかったな」

しばしの沈黙の後、ぼそりとアレクが呟く。

「単純に両手の魔力量を同じにすればいいのだと思っていた」

「だとしても、やっぱり簡単な話じゃあないねぇ」

ナディアが眉根《まゆね》を寄せる。

「そうです」

シオリは頷いた。

「多分これは、魔力が多い人ほど難しいことだと思います。魔力量が多いと魔力を押し出す力が強いので、その分微調整が難しいと思うんです。逆に魔力が少ない人は、元々が体内を巡る魔力の流れが緩やかなので、微調整がしやすいとも言えます。なので、低魔力の人の方が合成魔法に向いているのではないかと、私は考えています」

「……それこそ考えもしなかったよ」

元は上級魔導士だったカイは深々と嘆息し、研究目的での参加だというダニエルも「確かに理に適《かな》っている」と呟いた。

「その説の証明はまだこれからだ。だが成功者が少なかったのは、本来最も向いていたかもしれない層が対象外とされていたからなのだと考えると、複雑でもあり愉快でもあるな」

「なんにせよ、せっかく糸口らしきものを掴《つか》んだんだ。試してみる価値はあるな」

アレクが言うまでもなく、皆の表情を見ればやる気に満ちているのが分かる。

早く試したくてそわそわしている受講生に苦笑しながら、シオリは話を纏めた。

「合成魔法成功のポイントは三つ。一つ目は、両手の魔力出力量の確認。これは、両手で同時に魔力を放出してみれば確かめることができます。二つ目は、相性が良い属性の見極め。最初は風魔法と火魔法で確かめてみましょう。両手同時にそれぞれ初級魔法を使って確かめてみてください。あまり意識せずに自然体でやってくださいね。掻《か》き消されずに残った方が、相性が良い属性です。三つ目は、両手の魔力出力量を可能な限り同じにすること。普段から杖《つえ》などを装備している場合は左右のギャップが大きいかもしれませんが、頑張って練習してみてください。まずは左右同じ属性でバランスを保つ練習から始めると良いと思います。集中力を高めて魔力出力を精密に操ることができるようになれば、合成魔法を使うことはできなくても魔法の威力自体は上がるんです。損にはなりません」

杖。集中力。

この二つの単語を聞いた瞬間、ヴィヴィの肩がぴくりと動いた。新人の頃、指導教官から指摘されたことを思い出したからだ。

『貴女《あなた》、魔力は凄いけど集中力に欠けるのよね。発動までに時間が掛かってるし、せっかく練り上げた魔力があちこちに散っちゃってるの。それで魔力量の割には威力がないのよ。だから、良かったら杖を装備してみない？　集中しやすくなるわよ』

そう言って手渡された杖は、確かに注意力散漫なヴィヴィを補ってくれた。指先に魔力を集めるということがいまいち理解できない彼女だったが、杖という分かりやすい指標ができたことで集中できるようになった。一発の威力が上がり、魔力の無駄遣いが減ったのだ。

あのとき貰《もら》った杖は買い替えて既に手元にはなく、教えてくれた魔導士もまもなく結婚を機に引退し、今はもうトリスから離れている。

（そういえば、買い替えたのは先輩が辞めてからだったっけ……）

シンプルな意匠はヴィヴィの趣味ではなかったが、それでも自分のためにと用意してくれた杖を、本人の前で買い替える気にはならなかった。

――そのくらいの気遣いは、あの頃のヴィヴィにはあったのだ。

しかし、その後しばらく手元に残していたその杖は、順調に業績を伸ばしてＣ級に昇格したとき、不意にくだらないものに思えて処分してしまった。

『教官って言ったってその場限りみたいなもんだし、もうあんたはあの人と同じ中級魔導士でしょ？同格なんだから、そんな気ぃ使わなくてもいいんじゃない？』

シーラのそんな言葉に後押しされたというのもある。

片田舎《かたいなか》の小領主、騎士爵の娘で、実兄が所属している北方騎士隊にも顔が利くというのが自慢だったシーラ・アンデル。そんな準貴族のお嬢様とお近付きになれたことは、当時のヴィヴィにとってもまた自慢だった。高貴な人の後ろ盾を得たような気になっていたのだ。

（……まるっきり物知らずの田舎者じゃんね）

自分も、シーラも。

その世間知らずの小娘達が行きついた先は言わずもがなだ。

――高く伸び切った鼻っ柱を叩き折られて郷里に逃げ帰り、半年足らずで再び舞い戻ったヴィヴィに対する同僚の態度は硬く、ギルドではずっと一人きりでいることが多かった。

決して存在を無視されている訳ではない。話し掛ければほとんどは邪険にせず答えてくれるし、必要があれば向こうから話し掛けてもくれる。ただ、積極的にかかわろうとはしないだけだ。

あの日、姉が「どうしても気に入らない相手なら、せめてかかわらないようにするのが最低限の礼儀だわ」と言った、その通りの態度だった。

そんな中で自らの過ちが招いた孤独を甘んじて受け入れていたヴィヴィは、孤独であるがゆえに周囲を観察することが増えていた。同僚の顔色や表情を眺め、聞こえてくる会話に耳を澄ます。そうしているうちに気付いたのは、自分の世界があまりにも狭いという事実だった。

(普通に貴族っているじゃんね……)

わざわざ喧伝《けんでん》しないだけで、準貴族のシーラなどよりもずっと身分の高い貴族は、自分が思うよりも多く同僚の中に紛れていたのだ。

高貴な身分の人が平民と同じように生活し、遠征に出向いて同じ釜の飯を食うという生活を、いとも平然と行っている。あの頃の自分達以上の成果を上げている者は沢山いる。

そんな中で、新人の期待の星、騎士爵家の令嬢ご一行様とばかりに振る舞っていた自分達は、どれだけ滑稽《こっけい》に見えていただろうか。

(恥ずかしくて死ねる……)

なんなら土を掘って、あの頃の自分を埋めてやりたいとさえ思う。

「——体内を巡る魔力を自在に操り、集中力を極限まで高めると、こういうこともできるようになります」

羞恥心《しゅうちしん》で悶《もだ》えていたヴィヴィは、シオリの言葉にはっと顔を上げ、そして目を剥《む》く。

——彼女は予備動作の一つもなく、直立の姿勢を保ったまま合成魔法を使ってみせたのだ。

「……凄く疲れるし、かえって効率的ではないので、普段はやらないんですけどね」

絶句している人々を前に、魔法を解除したシオリは眉尻《まゆじり》を下げて笑った。

魔導士が魔法を発動するとき手を掲げるのは、それが魔力の集中に必要な動作だからだ。それを助けるための杖という道具まであるというのに、彼女はそれらの一切を使わずにやってのけた。極めて高い集中力と技術力を要する合成魔法を、補助的な動作の一切もなく、ただ何もない中空に意識を集中するだけで成功させたのだ。

「……なんつー姐《ねえ》ちゃんだよ……」

誰かがぼそりと呟くのを尻目《しりめ》に、ヴィヴィは手元の短い杖に視線を落とす。報酬を貯めて買った、お気に入りの杖だ。

（集中力、かぁ……）

その杖を腰に戻し、両の手のひらに火と風の魔法を発動させた。

右手の炎が激しく燃え上がり、左手の風がきゅるるると奇妙な音を立てて掻き消える。

ヴィヴィは火の属性と相性が良く、風魔法はほとんど使わない。だからこれは予想通りだ。

けれども次は右手で風を、左手で火を生み出すと、何故《なぜ》か風が激しく渦巻いて火を掻き消してしまった。

「……あれ？」

火属性はヴィヴィの最も得意とする属性だ。いくら左右で出力差があるとはいえ、苦手な風魔法にいとも簡単に掻き消されるはずはない。漠然とした焦燥感に駆られたヴィヴィは、今度は両手に火を生み出した。しかしその結果に愕然《がくぜん》とする。

右手の炎はごうごうと燃え盛るのに対して、左手は蝋燭《ろうそく》の炎のようにちろちろと揺れるだけだ。

「え……嘘、なんで……」

それぞれが合成魔法に挑戦し始める中、ヴィヴィは一人呆然《ぼうぜん》とした。左手から放出される魔力量があまりにも少ないことに気付いたからだ。

何度試しても結果は変わらない。左手の魔力放出量は低級魔導士以下だ。以前はどうだっただろうか。ここまで両手の出力量が違っていただろうか。いや、左右差はもっと少なかったはずだ。

以前はできていたことが、今はできなくなっている。

ヴィヴィは立ち竦んだ。心の奥底にほんの僅かに残されていた、「それでも最終的には自分の方が上」という優越感が見る間に萎《しぼ》んでいく。

どうしたら元通りになるんだろうと、助けを求めるように視線を巡らせたヴィヴィと、シオリの視線がぶつかった。


「どうしました？」

受講生の合間を巡回していたシオリは、不安げにこちらを見たヴィヴィに近寄った。

「あの……ええと」

「はい」

「左手の……魔力が凄く弱くなっちゃってて……どうしたらいいかなって……」

弱くなったということは、以前はそうではなかったということなのだろう。

両手で幾度も魔法を発動してみせたヴィヴィの顔には、焦りが滲んでいた。

「ああ、これは……お前、杖は右手に装備だったか？」

隣で黙って見ていたアレクが訊いた。ヴィヴィはこくりと頷く。

「杖を使うようになると、どうしても装備した方で魔法を使う頻度が高くなる。多分お前も、杖を装備したことでほとんど右手しか使わなくなってたんじゃないか？　多分そのせいだろうな」

ほとんど使わなくなっていた左手の魔力の巡りが、悪くなったという訳だ。

（こんなふうになるんだ……）

話には聞いていたが、実例を初めて目の当たりにしたシオリは瞠目《どうもく》した。

「俺の利き手は右手だが、こっちには剣を装備してるからな。そのお陰で魔法は左手で撃つことが多い。だから俺の場合、利き手ではない方が魔法の扱いには慣れているし、魔力の巡りもいい――が」

そこで言葉を切ったアレクの眉尻が下がる。

「そうは言ってもこれは極端だな。もしやお前、咄嗟のときでも杖を装備した右手だけしか使ってなかったんじゃないか？」

そう言われてヴィヴィはしばしの間考え込んだ。

「分かんないです……けど、でも……もしかしたら……そうかも」

新人の頃、指導教官にも指摘されたと彼女は言った。

左からの攻撃に右手で反撃している、そのために無駄な身体の動きが増えて、戦闘中大きな隙《すき》になっている――そう指摘されていたそうだ。

結局その癖はどうしても直らないまま、強力な二人の仲間を得たお陰でさほど不便に思うこともなく、そのまま一年以上を過ごしてしまったらしい。

「うーん……今後現場に復帰するつもりなら、その癖は直した方がいいでしょうね。そのうち難しい現場に入ることも増えるでしょうから」

明言はしなかったが、現状難しい立場にあるヴィヴィは、当面は一人で依頼を受けることになるだろう。それなら、戦闘の不利になる癖は可能な限り直した方がいい。

「集中力に不安があるなら、装備を指輪か腕輪に替えてみたらどうでしょう。両手に同じものを装備して、意識的に両手を使うようにするんです。魔法石を嵌《は》めたものにすれば、そこに意識を集中しやすいですしね」

装備を見る限り、ヴィヴィは持ち物に拘《こだわ》りがあるようだ。可愛《かわい》らしい意匠の装飾品なら、きっとやる気が出るはずだ。

「指輪か腕輪……」

「冬は手袋で隠れるからな。上から装備できる腕輪の方がいいんじゃないか」

二人からの助言に、しばらく考えていた彼女は頷いた。その視線がシオリの左手に向けられる。

「……その腕輪もそうなんですか？」

「え？」

ヴィヴィの目はシオリの左腕を飾る腕輪を捉えていた。

「あ、これは……その、お守りです」

「お守り……」

歯切れの悪い返答に首を傾げた彼女は、シオリの横でにんまりと笑うアレクを見て察したようだ。

「あー……その……うん、はい、ゴチソウサマです……」

ヴィヴィは幾分呆れたような、食べ過ぎで胸焼けしたような表情でぼそぼそと言い、それを見ていた人々から忍び笑いが漏れる。

躓き、悩みながらも、こうして概ね和やかな空気で午後の講義は進んだ。

――が。

受講生達の談笑と魔法の音に紛れて、微かな鐘の音を聞いたような気がした。

気のせいだろうか。そう思ったシオリだったが、何人かが同じように訝《いぶか》しげな表情で耳を済ましていることに気付く。

――風に乗って流れてくる、半鐘の連打の音。

「非常信号だわ」

真っ先に反応したのは、辺境伯夫人モニカ・オスブリングだ。

火事か、災害か、それとも野盗の襲撃か。

火急の事態を報《しら》せる半鐘の音は途切れ途切れで、いずれの信号なのかは判別できなかった。しかし音が聞こえてくるのは、あの雪崩が起きた方角なのだ。

モニカは横に控えている兵士に何事かを指示した。彼は小さく頷くと、踵《きびす》を返して馬に飛び乗る。様子を見にいくのだろう。

「……大事でなければいいがな」

アレクの口振りは願うようなそれではあったが、その表情からは不吉な予感があるのだということが窺《うかが》い知れた。

そして、これは大事になるという予感はシオリにもあった。

果たしてそれから五分としないうちに、兵士は馬に乗った見知らぬ男と連れ立って戻ってくる。

偵察に放っていた辺境伯家の伝書鳥が戻ったのは、それとほとんど同時だった。

「助けてくれ！　雪崩に人が巻き込まれた！」

　馬から降りる僅かな時間すらもどかしいといった様子で、その男は叫んだ。帽子も手袋もなく、着の身着のままで飛び出してきたのだろう。剥き出しの手や乱れた髪の合間から見える耳が、冷えて真《ま》っ赤《か》になっていた。

　村の近くに実習中の冒険者の一団がいるということを先触れで知っていた男は、とにかく助けが欲しい一心でここまで駆けてきたのだ。その途中で兵士と行き会ったのだろう。

「崩れた範囲が、広くてっ……、何人も巻き込まれてっ……俺達だけじゃ探し切れないんだっ！　頼む、手伝ってくれ！」

　男の言い分を聞き、戻った伝書鳥に括《くく》り付けられていた紙片に素早く目を走らせたモニカは、「行きましょう」と鋭く言った。その瞳がシオリとアレクを捉える。

「皆様に辺境伯家より緊急依頼です。雪崩被災者の捜索及び救助活動。よろしくお願いしますわね」

　アレクは固唾《かたず》を呑んで見守る彼らを見回した。皆頷く。

「その依頼、承った。シオリ」

「うん」

　この場の責任者として、シオリは講義の中断を告げた。

「緊急依頼のため、この講座の参加者は全員このまま救援活動へと移行します。残りの一つ、探索魔法は現地でお教えします」

「Ｄ級までと一年未満の新人は救護活動の補助を。ニルス、悪いが纏め役を頼まれてくれ」

「分かった。任せてくれよ」

ニルスは力強く頷いた。午後の講義を座って見学していた彼は、顔色が悪いながらも既に臨戦態勢に入っていた。

「よし。じゃあ移動するぞ！」

「――了解！」

「りょーかい！」

号令で皆一斉に動き出す。

緊急事態に手慣れている辺境伯家と騎士隊の一団は、早々に移動を始めた。

バルト率いるロヴネル家一行は、同行を申し出てくれた。

「救援活動を支援するよ。なんでも言い付けてくれ」

領主一族に仕える彼らは、救援活動の訓練を一通り受けているという。実績もある彼らの申し出はありがたかった。

初めての事態に狼狽《うろた》えている新人をニルスとエレンが元気付けながら馬車に押し込み、シオリ達は手早く荷物を纏めて馬車に分乗する。

「ルリィとブロゥもよろしくね」

走り出す馬車に揺られて、二匹のスライムは任せろと言わんばかりにぷるるんと震えた。

目指すは山の麓の村、エクレフ村だ。

第二話　標の星

第一章　帝国のキメラ

1

エクレフ村はトリス近郊の低山地帯に点在する村の一つで、山裾のなだらかな傾斜地に百戸余りの集落を作っていた。夏には青々とした牧草が生い茂る、緑豊かで長閑《のどか》な酪農の村だ。

　そんなエクレフ村は今、悲鳴と怒号で溢《あふ》れていた。男達はありったけの農具を持ち出して倒壊した家屋を掘り起こし、女達は非常事態が理解できずにはしゃぐ幼子を強引に家に押し込みながら、不安げに彼らの作業を見守っていた。時折聞こえる嘆きの声は、被災した家屋の住人だろうか。

　冒険者ギルドとロヴネル家の馬車が村に滑り込むと、一足早く到着していた騎士隊のレオ・ノルドマンが目敏《めざと》く見つけて手を振った。

　けれども彼が駆け寄るよりも先に、村人に取り囲まれてしまった。

「お願いです、うちの人が帰ってこないんです！」

「うちの子もなんだ、出掛けたっきり帰ってこない！」

「まだ子供が小さいの！　あの人がいなかったら私、どうしたらいいの……！」

　取り縋《すが》って懇願する彼らは必死だ。雪崩《なだれ》に巻き込まれた誰《だれ》かの家族なのだろうが、口々に言い募るその内容はいまいち要領を得ず、困惑したシオリは同僚達と顔を見合わせた。

「どうか落ち着いてくれ。順を追って説明する」

人垣を割って現れたレオがどうにか彼らを宥《なだ》め、そして簡潔に状況を教えてくれた。

「四名が救出済み。だが、まだ三名が倒壊家屋の下敷きになっている。それから朝方狩りに出た六名が、まだ戻らないらしい」

「巻き込まれたのか」

訊《たず》ねるアレクにレオは渋面を作ってみせた。

「それは分からん。だが魔獣を追ってこの谷から山に入ったまま帰らないそうだ」

「うわ、まじかよおい……」

「何故《なぜ》そんなことを。どう見たって危険だろうに」

驚きの声が上がるのも無理はない。朝に見たあの山肌の亀裂《きれつ》は崩落寸前だったのだ。麓の住人なら誰でもそのことには気付いていたはずだ。

「……夜中に村外れの牛舎がスノールムに襲われたのです」

幼子を抱えたまま泣き崩れる若い母親の肩を抱いて慰めていた老婦人が、気まずそうに事情を説明してくれた。

雪国の山間部に棲《す》むスノールムは、淡青色の体毛に覆われた蛇に似た魔獣だ。凶暴な肉食獣だが動きは鈍く、一般の猟師でも十分に太刀《たち》打ちできる程度のものだ。豪雪にも耐えうる頑丈な家畜小屋を破壊するほどの力はなく、ましてや結界を越えることなどほとんどない。

数日前から村の近くを這《は》い回った跡があることに気付いてはいたものの、そんな理由からそれほど気に留めてはいなかったという。

ところが今日《きょう》の朝、村外れの牛舎の扉が破られているのが発見された。中の乳牛が何頭か食い荒らされて惨憺《さんたん》たる有様で、生き残りの牛はひどく怯《おび》えて乳を出さなくなってしまったという。

「変異種かもしれない、このままだと村人も襲われかねないからと言ってあの人達はすぐに出掛けていきました」

スノールムは、一度手を付けた獲物は自らのものとする習性がある。「食い掛けの餌《えさ》」がある牛舎には必ず戻ってくるはずだ。そのうえ結界を越えて頑丈な小屋を壊したとなれば、危険性の高い変異種の可能性もある。

だから腕自慢の猟師が討伐隊を結成し、山に入っていったということだった。夜行性のスノールムが寝ているうちに、巣を急襲しようという訳だ。

「この山では雪崩は珍しくありませんから、踏み込んではいけない場所や、万一のときに避難できる場所は皆よく知っているのです。だから斜面は避けて行ったはずなのだけれど……この時間まで帰ってこないのだもの、巻き込まれたのかもしれないわ」

雪崩の予兆があっても近付かなければ大丈夫だと、これまでにも何度か山に入ったことがあるという。そして、そのいずれも何事もなく無事帰還していた。

だが、今回の雪崩はこれまでにない規模で起きてしまった。その避難場所であるはずの尾根や森を巻き込み、村外れの集落に到達してしまったのだ。この分では巻き込まれている可能性は高い。

――慣れからくる油断だ。

「……よし分かった。手分けして探そう」

しばし考え込んでいたアレクは言った。

「まずD級以下と一年未満の新人は、さっきも言った通り救助活動の補助。辺境伯家か騎士隊のレオ殿の下に付いてくれ。ニルスは人員の割り振りを頼む。C級以上は二つに分けて、遭難した討伐隊の捜索に当たる。一班のリーダーは俺、二班はナディア、引き受けてくれるか」

「勿論《もちろん》さ。任せとくれ」

ナディアは大きく頷《うなず》いた。

「俺《おれ》達は救護所の手伝いをするよ。必要なら炊き出しもする」

バルトは遠巻きにしている村人に声を掛け、配下を率いて先に救護所へと向かった。

「俺達も行こう。まずは襲撃のあった牛舎で侵入経路を確認する。それから捜索に出発しよう」

「アレク。私は先に家の下敷きになってる人を探してくる。場所の特定だけでも手伝いたい」

探索魔法を使えば生存者の位置特定ができるはずだ。

彼は頷き、そうしてくれと言ってくれた。

「分かった、それならお前は行ってくれ。後で俺の班に合流してくれればいい」

「うん。じゃあまた後で」

アレクはシオリの肩を一つ叩《たた》いて微笑《ほほえ》んだが、それも束《つか》の間、早速班分けを始めた。

取り纏《まと》める役割は彼が引き受けることが多い。それは周りも認めているようで、誰も異論を唱えることはない。アレクよりベテランはほかにもいるが、彼に任せれば間違いないという確かな信頼があるようだった。人の上に立つ仕事が向いているのだろう。

「――我々も行こう。こっちだ」

レオの誘導で被災現場に向かったシオリは、その無惨な状況に息を呑《の》んだ。押し寄せた雪が家屋を圧《お》し潰《つぶ》し、ひしゃげた屋根や崩れた壁の合間からは、へし折れた木材が飛び出している。

この瓦礫《がれき》の中に人がいる――そう思うと血の気が引いた。

「エレン、君は現場で応急処置を頼む」

「ええ、分かったわ」

「薬師と治療術師は救護所で怪我《けが》人の治療に当たる。新人の子は僕らの手伝いを、それ以外はレオさんと辺境伯夫人の指示に従って救助に回って」

「清潔な水や沸かし湯が沢山必要になるわ。講義の後で大変だけれど、魔導士さん達お願いね」

現場を見るなり状況を判断したニルスとエレンは、素早く指示を出した。彼に従い、それぞれが与えられた現場に散っていく。

「シオリ殿」

「はい」

レオに促されて、シオリは頷いた。

現場には村の狩猟犬も投入されていた。しかし、訓練された災害救助犬のようにはいかず、普段とは違う村の空気に興奮しているようだった。捜索は難航しているのだ。

「探索します」

「頼む」

探索魔法の邪魔にならないよう、一時的に救助作業を中断することに村人達は難色を示した。一刻も早く下敷きになった隣人を助け出したいという彼らの気持ちはよく分かる。ほんの一瞬でも作業の手を止めたくはないのだ。

けれども辺境伯夫人に「人力で探すよりはずっと早いわ」と促され、渋々退《ど》いてくれた。

——倒壊した家屋は三軒。うち一軒は全員助け出されたというから、探索するのは二軒だ。

深呼吸したシオリは魔力を解放し、探索の網目を伸ばす。幸い被災者はすぐに見つかった。柔らかく優しい気配と、それに包まれた頼りない小さな気配だ。

（どうか、無事でいて）

「――いた！　その飛び出した太い柱の右、約二メテル下！　二人一緒です！」

「は⁉　もう見つけたのか⁉」

村人が大きくざわめく中、兵士や騎士が素早く動く。

瓦礫を除《の》けていくと、戸棚と壁材の合間の僅《わず》かな隙間《すきま》にくすんだ金髪が見えた。上を振り仰いだ女は埃《ほこり》と血に汚れて蒼褪《あおざ》めてはいるが、助かる希望が見えて安堵《あんど》したのだろう、口元に微《かす》かな笑みを浮かべた。その腕の中には小さな子供を抱えている。

瓦礫の隙間が運良く障壁の代わりとなって、下敷きになることを避けられたようだ。

「いたぞ！　生きてる！」

「毛布持ってこい！」

瓦礫が取り除かれ、人々に引っ張り出されて母子が地上に顔を出すと、周囲から歓声が上がった。駆け寄った男は彼女の夫だろうか。

「大きな挫滅創《ざめつそう》や打撲痕《だぼくこん》はなし。大丈夫よ、このまま救護所に運んでちょうだい」

母子をざっと診察したエレンに肩を叩かれた男は、「ありがとう」と涙ぐんだ。毛布に包まれた母子は、男に付き添われて救護所へと運ばれていく。

「凄《すご》い精度だな。これは是非とも覚えなければなるまい」

「お役に立てて幸いです」

レオの称賛に小さく微笑んだシオリは、しかしすぐに口元を引き締めた。まだ一人残っている。

もう一軒は既に、受講生の一人が見様見真似《みまね》で探索を始めていた。魔力垂れ流しで精度など度外視のものだったが、今は生存者の発見が第一だ。しかし小さな気配すら見つけることができず、その顔には徐々に焦りの色が浮かんでいく。代わりにシオリが探ってみたが、結果は同じだった。

不吉な予感が脳裏を過《よぎ》ったそのとき、辺境伯夫人が口を挟んだ。

「中にはいないのかもしれないわ。外に押し出されたか、元々家の外にいた可能性も」

独身時代に騎士隊所属だった夫人は、災害救助に携わったこともあるという。被災したと思われていた行方《ゆくえ》不明者が、実は外出していて無事だったこともあったそうだ。

けれども村人の話では、この家の住人はやもめ暮らしで行動を把握している家族もおらず、彼が当時どこにいたのか誰も分からないという。

「周りを探してみます」

「頼む」

倒壊した家屋の周囲には、大きな雪の塊が複雑に積み重なっていた。

雪崩発生から一時間強。雪の下敷きになっていたら無事ではないかもしれない。だが、それでも。

雪の中を慎重に探る。途中で魔法灯や給湯器のものらしい魔法石に触れた。しかし、生き物の気配はない。

けれども、裏庭だったという場所に探索の網を伸ばしたそのとき、微かな気配に触れた。弱々しいそれは、魔法石でもなければ小動物や魔獣のものでもない、確かに人が纏う魔力の気配だった。

「あっ……！」

「いたか⁉」

「その木と瓦礫の間にいます！」

人々はシオリが指し示した場所に一斉に駆け寄った。

一足先にしゅるりと移動したルリィが、伸ばした触手である一点を指し示す。大きくひしゃげてはいるが、なんとか原形をとどめている物置小屋だ。壊れた小屋と庭木に身体を挟まれた状態で、初老の男が倒れている。意識はないのか目を閉じてぐったりとしていたが、村人が呼び掛けると微かな反応があった。

「おい、しっかりしろ！」

「こんなところにいたのか！」

「掘り起こせ！」

男の様子をちらりと見たエレンは、彼の容体が気に掛かるのか「手伝ってちょうだい」と言った。

「隙間からでいいから身体を温めてあげてくれる？　人肌くらいの温度よ。あまり熱いと身体に負担が掛かるから、それだけは気を付けて」

「ええ、分かりました」

救助作業の邪魔にならない位置に膝を付いた二人は、男に応急処置を施した。

シオリが隙間から温風を吹き込む横で、エレンは各種の治癒魔法と並行して、明らかに市販品ではない飲み薬を少しずつ男に含ませている。医師だけが使うことを許されている特殊な薬らしい。陽光の下でも分かるほどの不思議な光を放っているのは、原料の薬草に発光成分が含まれているからだ。

「長い時間圧迫されると、そこに毒が溜《た》まることがあるの。少し兆候があるから飲ませたけれど……もしかしたら後遺症が出るかもしれないわね。後で点滴してもらわないと」

「挫滅症候群……ですか」

僅かに目を瞠《みは》ったエレンは、治療の手は休めず説明を続けてくれた。

「東方ではそう言うのね。こっちでは圧迫中毒症っていうのよ。飲み薬や点滴で治療するの。ここ数年で確立された治療法なのよ」

「はぁ……凄いですね……」

総合的には向こうの世界より遅れている医療技術も、ある点においてはこの世界の方が遥かに優れている。治癒魔法や薬効の高い薬草、有効成分を多く含む魔獣素材がそれを可能にしているのだ。

挫滅症候群や破傷風などは治療法が確立されているようで、医師資格を持つ冒険者は応急処置用の薬品類を携帯しているという。「シオリは知ってるかもしれないけれど、破傷風は東方のお医者様が第一人者なのよ」とエレンは教えてくれた。

処置を続けるうちに男が目を覚ます。ほとんど同時に最後の瓦礫が除けられた。彼は速やかに担架に乗せられ、救護所に運ばれていった。

これで村内の被災者は全て救助された。命に別状はないが、重傷者はいくらかの後遺症が残るかもしれないということだった。

レオはそれに思うところがあるようで、瓦礫の撤去を指示しながらもどこか物憂げな表情だった。利き腕の負傷で剣を持てなくなった自らの境遇と重ねているのかもしれない。

「……よし、もう一仕事。ルリィもお願いね」

アレク達はこの先の牛舎で魔獣の痕跡を調べ、行方不明の討伐隊が向かった先の目星を付けているはずだ。それに合流しなければならない。

一度深呼吸したシオリはルリィと共に駆け出した。

2

「牛舎なんか調べてどうするんだ。そんなことより早く奴《やつ》らを助けてやってくれないか」

魔獣被害に遭った牛舎の調査より遭難者を優先してくれと、その若者は不満を隠しもしなかった。

彼の気持ちは分かるが、何事にも手順というものがある。

「無駄足と二次被害を防ぐためなんだ。どうか理解してくれ」

目撃情報とは違う、それも危険度が高い魔獣だった場合、派遣したパーティを危険に晒《さら》すことになる。アレク自身、事前情報の誤りで交戦か撤退かの二択を迫られた経験があった。

特に今回は変異種かもしれないという前情報もあるのだ。できる限りの下調べをし、調査結果によっては捜索方針を見直さねばならない。

渋る若者を説き伏せたアレクは、冒険者を率いて問題の牛舎に向かった。

若者は終始不満げだったが、結果としてアレクの判断は正しかったことになる。

――問題の牛舎を見た瞬間、誰もがその惨状に息を呑んだ。木造の扉や壁の一部が無惨に壊され、周辺の雪には夥《おびただ》しい血の痕《あと》があった。犠牲になった家畜の肉片らしきものが交じっていることに気付いた誰かが、不快感に呻《うめ》き声を上げた。

「これは酷いな。想像以上だ」

「……だねぇ……」

ナディアもまた口元を隠して顔を顰《しか》めた。

ありふれた平穏な日常的風景が惨殺現場と化した様子はあまりにも陰惨で、魔獣の死骸《しがい》に慣れているはずのアレクでさえ嘔吐《おうと》感を覚えたほどだ。

凄惨《せいさん》な現場には慣れていないのか、何人かはすっかり怖気《おじけ》づいていた。彼らは山には連れていかない方がいいだろう。この様子では、咄嗟《とっさ》のときにいつも通りの立ち回りができないかもしれないからだ。

思案しながら視線を巡らせると、ヴィヴィの姿が視界に入る。そのときはさしたる疑問を抱かなかったが、小屋に視線を戻した瞬間ふと思い至り、アレクは「いかん」と声を上げた。

「ヴィヴィ。そういえばお前、Ｄ級だったな」

Ｄ級以下は村での仕事を指示したはずだったが、捜索隊の班分けのときには当たり前のようにそこにいたから、アレクもうっかり失念していた。

一瞬怪訝《けげん》な顔をした彼女は、すぐに気付いて気まずそうに目を泳がせる。

「あっ、すみません、つい……忘れてました」

確かにかつてはＣ級だったが、降格処分で今はＤ級の身分のはずだ。半年ぶりの仕事で失念していたのだろう。

「まぁいい。俺も気付かず悪かった」

アレクは苦笑した。

「一応C級レベルの能力があることは分かってるが、戻っても構わんぞ。どうする」

ヴィヴィはいくらか悩む素振りを見せた。けれども「いいえ、大丈夫です。子供の頃から自警団に入ってましたし」と首を振った。

「私、これでもこういうのは見慣れてますから。山の中に住んでたから、魔獣に襲われて家畜が酷いことになるのってそんなに珍しくなくて」

小規模な集落では子供が自警団に入ることも珍しくはなく、若手ながら山狩りの経験はそれなりにあるのだと彼女は言った。遭難者の捜索に参加したことも一度や二度ではないという。

広範囲に及ぶ捜索作業には、正直に言えば一人でも多くの人出が欲しかった。経験があるのならありがたい。

「そうか、分かった。だがまぁ無理はするなよ」

「はい、分かりました」

ヴィヴィはナディアの班だ。面倒見の良い彼女なら、いいようにしてくれるだろう。

「おーいアレクー」

先に小屋を調べ始めていたカイが不意に声を上げた。その表情は困惑気味だ。

「ちょっと見てくれよ。どう思う？」

壁の低い場所を顎《あご》で指し示されたアレクは、言われるままに覗《のぞ》き込む。

壁から扉に掛けて走るその傷は、何か硬く鋭いもので深く抉《えぐ》り取られてできたものだと分かる。断面はささくれて一定ではなく、何度も執拗《しつよう》に削り取ったようだった。その「凶器」の直径はおよそ三十センチメテルほど。大口を開けて牙《きば》で齧《かじ》り取れば、こんな形になるはずだ。

だが。

「——大き過ぎやしないか」

「だろ？」

カイは頷く。大人しくそばに佇《たたず》んでいたブロゥも、不思議そうに身体を捩《よじ》る。

「変異種にしてもちょっとどうかなって思うんだよね」

「そうだな……」

壁の噛《か》み痕はスノールムによく似ていた。だが、変異種だということを考慮しても違和感は残る。

「これって本当にスノールム？　こういうことする奴で、スノールムに見間違えるような魔獣ってほかにいたっけ」

「いや……どうだろうな。ナディアはどうだ？」

近隣諸国を渡り歩いた彼女なら心当たりがあるのではないか。しかしナディアは生憎《あいにく》覚えがないと首を振った。

「そうか……」

念のため、ほかの者にも訊《き》いてみたが、これといって思い当たる魔獣はいないようだ。

アレクは辺りを見回した。だが周辺は村人達に踏み荒らされて痕跡《こんせき》は見当たらない。小屋の中も既に大方片付けられているようで、残念ながらこれ以上参考になるようなものは見つからなかった。

「おい、本当にスノールムだったのか？　誰か直接姿を見た者は」

村人に声を掛けると、姿は誰も見ていないが、雪に残された移動痕は確かにスノールムのものだったと言った。

「結界の外に多分まだ残ってるはずだ。こっちだよ」

幸い魔獣の侵入経路は雪崩の被害を受けてはおらず、無惨に食い千切られた結界用の柵《さく》が応急処置で塞《ふさ》がれている以外は、ほとんどそのままの状態に保たれていた。この陽気で溶けたのか、雪原に魔獣の痕跡はなかったが、その先の小さな木立の中には村人の足跡に交じって僅かに残されていた。

「確かにスノールムに似ているようではあるが……しかしこれは」

その不思議な波模様の移動痕は、確かに見慣れたスノールムのものだ。抜け落ちて散らばる淡青色の体毛が、彼の魔獣であることを示している。

だが、その場にいた誰もが違和感を抱く。村人に踏み荒らされて大分掻《か》き消されてはいるが、移動痕が些《いささ》か大きいのではあるまいか。変異種で片付けるにはあまりにも大きい。

不気味な沈黙が下りる中、ぐるりと辺りを見回したアレクの視線が、ある一点を捉える。

木立の向こう側、移動痕が消えた先にある雪穴だ。

直径数十センチメテルの雪穴は移動痕から離れた場所で、スノールムとはまるで無関係に見える。何の予備知識もなければ動物が潜り込んだ跡か何かだと思うだろう。

しかし強烈な既視感に襲われたアレクは、慎重に歩み寄った。

よく見ると雪穴の周辺には、淡青色の体毛に交じって薄いガラス片のような鱗《うろこ》が煌《きら》めいていた。だが、スノールムには雪に潜る習性もなければ鱗もない。

（同じようなものを、前にどこかで見たことがある）

それほど昔ではない、ここ数年のことだ。

（どこでだったか……）

この数年の記憶はドルガスト帝国で積み重ねたものばかりだ。その大半を帝都で過ごしていたアレクにとって、雪が積もる時期に野外にいた期間は相当に限られる。

――小屋の齧り痕。夥しい血痕《けっこん》と肉塊。大きな波模様の移動痕。そして雪穴と鱗。

連想式に手繰り寄せた記憶が、不意にある一点で像を結んだ。

全体像はスノールムによく似ている。だが、その頭部はドラゴンのような形状の――。

「……ユルムンガンドか……!?」

小さな叫びは、思いのほか辺りに響いた。

「え、ユルム……何？」

「何っすか、それ」

王国ではあまり聞き慣れない名に、ほとんどの者は目を瞬《まばた》かせた。だが、その名を知る者達には大きな衝撃を与えた。それはドルガスト帝国の忌まわしき遺産の一つだったからだ。

スノールムの変異種の交配と選抜を繰り返して作り出した優れた個体に、近縁種の小蛇竜を掛け合わせて生まれた合成魔獣。スノールムの凶暴さと耐寒性、小蛇竜の咬合《こうごう》力と機動性を備え持つ、軍事用の魔獣なのだ。

しかし命に無理に手を加えた弊害か、十度を下回る気候でしか生きられず、その多くは実戦投入される前に死に絶えたと聞く。それゆえにその存在を知る者はあまり多くはなく、現に近隣諸国では名前さえ知らない者も多い。

だが、生き延びた個体がいたのだ。それらが王国トリスヴァル領と接する帝国南部地域に細々ながらも定着し、年に一度は人里を襲うなどの被害を出していた。

小さな集落を一晩で食い尽くしたこともあるほどの凶悪な魔獣は、棲息地《せいそくち》となっている地域の悩みの種だった。アレク自身、帝国潜入中に領主の依頼でこれを討ち取ったことがある。

帝国南部を治めるウラノフ選帝侯――ストリィディアと裏取引していた内乱の主導者で、潜入していたアレクに「遠縁の小領主の子息」という身分を用意してくれた男だ――が頭を下げて頼んだほどだ。あまり目立ちたくはなかったが、やむを得なかった。重要な拠点の一つが、ユルムンガンドに襲われた村の近くにあったからだ。

――この合成魔獣は、稀《まれ》に国境の山岳地帯を越えることがある。トリスヴァル領ではアレクが知る限り一度もないが、同じく帝国南部と一部が接しているエステルヴァル領では、この数十年で幾度か目撃情報が出ている。自分が知る限りでは二度ほど討伐されたこともあるはずだ。

しかしギルド間で情報共有されるほど記録は多くはなく、知る人ぞ知る魔獣として名前を知られるに留《とど》まるのみだ。

「ユルムンガンド……そうか、じゃあこの雪崩はそいつの仕業かもしれないって訳か」

「恐らくは」

掛け合わせた小蛇竜の性質が色濃く出たのか、ユルムンガンドには雪中を移動するという習性がある。積雪の表層を剥《は》ぎ取るように移動するため、雪崩を誘発するのだ。

帝国では、例にないほどの規模で発生した雪崩は、ユルムンガンドの関与を疑えとまで言われているほどだ。

「でも、確かなのかい」

ナディアの疑問はもっともだ。だからアレクは、「移動痕なら余所《よそ》での仕事中に一度見たことがある」と事実の一部をぼかして打ち明けた。

「あとは文献からの知識だけだがな」

「なるほどねぇ。まぁでも、条件は揃《そろ》ってんだ。何かとんでもない奴がいるって想定で動いた方がいいだろうね」

――ナディアには一度も、己の身の上や「上得意からの長期の仕事」についてを打ち明けたことはない。だが、アレクの亡き異母兄の婚約者、そしてその異母兄の側近だったザックの知己だ。その関係からアレクの事情を察しているらしい彼女は、「余所での仕事」に思うところがあるのか、こちらの言い分を信用してくれた。

これまで何度も同じように助けてくれた「義姉上」の気遣いには感謝するばかりだ。

「状況が変わった。同時にユルムンガンドの討伐も行うことになる。全員で山に入るのは危険だ。方針を変えよう」

捜索隊の面子《メンツ》もこの意見に異存はないようだった。

「直接山に入るのはＢ級以上が妥当だろうね」

「だな。まずは全員で雪崩の下流域を捜索。これは使い魔と……早速だが探索魔法で行う。ここに生存者がいなかった場合、Ｂ級以上を捜索班と待機班に分けて行動開始だ。待機班はまた雪崩が起きた場合の対処。もし本当にユルムンガンドだった場合、再崩落と再襲撃の可能性が高くなる。これは辺境伯家と騎士隊にも話を通しておかねばならんな」

連絡役として同行していた騎士は、手筈《てはず》が整い次第報《しら》せると請け合ってくれた。

「なぁ。話途中で悪いんだけど」

そう言って手を挙げたのは、ヨエルだ。

「下流域の探索魔法は俺達C級に任せてくれよ。後のことを考えたらあんたらと……特にシオリさんは温存しといた方がいいだろ。その代わり、俺達は魔力の出し惜しみしないで全力で探すからさ」

王国人にとってはほとんど未知の魔獣、それも積雪の内部を移動するような相手に、C級ではあまり戦力にならないかもしれない。だが、生存者を探すことくらいはできるはずだ。そのくらいはしなければ、今回のこの講座に参加した意味がないと彼は言うのだ。

「……その人の言う通りです。私達に今できることは、探索魔法と雪崩の対処しかないもの」

遭難者の捜索経験もあり、二次災害への対処もできるというヴィヴィも遠慮がちに同意した。

「小川の蜥蜴《とかげ》」だったとはいえ、この若さで実力とそれなりの経験があったのだ。以前のあの傲慢《ごうまん》な態度はそこにも理由があったのだろう。しかしこの一歩引く態度は、半年前を思えば随分な成長を見せたものだと感慨深くすらあった。

「よし、分かった。では下流域の捜索はお前達に任せる。現場の指揮は……」

ぐるりと見回すと、他支部の冒険者が名乗りを上げた。

「それは俺達が引き受ける。訳の分からねぇ危険な魔獣とやり合うってんなら、俺達余所者が交じるよりはいつもの慣れたメンバーで行った方がいいだろ？」

「ああ、そうだな。じゃあ山に入るのは俺達に任せてもらおう」

「おう、頼んだぜ」

これで瞬く間に編成が決まった。遭難者の捜索及びユルムンガンド討伐隊はアレクとシオリ、ナディア、カイを始めとしたトリス支部の精鋭達だ。

使い魔ルリィは救助者搬送の実績もある。ブロゥと共に必ず役に立ってくれるだろう。カイの使い魔シグルドも、優れた視覚と聴覚を活《い》かしてくれるに違いない。

別行動中だったシオリも幸いすぐに駆け付けてくれた。別れてから合流するまでに僅か三十分ほどであったが、被災者は全員救助したということだった。

その手際の良さには驚くばかりだが、のんびりしている暇はない。

「シオリ、予定が変わった。捜索と並行して魔獣討伐をすることになる」

帝国産の合成魔獣と聞いて顔色を悪くしたシオリは、強張《こわば》った表情で「分かった」と頷いた。

「私は警戒と探索担当だね。広範囲で凄く疲れるかもしれないから、サポートをお願いできる？」

遠慮がちなシオリから助けを求められることなどかなり稀で、アレクは僅かに目を見開いた。

だが、素直に頼れるようになったのだということが嬉《うれ》しく、「勿論だ」と微笑んだ。

「よし、じゃあまずは探索魔法の説明を頼めるか。下流域の捜索はヨエル達に任せることにした」

ヴィヴィやヨエルを始めとした彼らの表情は真剣そのものだ。

時間はなく説明は一度だけ、それも時間が経過した今、生存者がいる可能性はかなり低い。

でも、それでも。

――一縷《いちる》の望みを賭けての大規模捜索は今、始まった。

3

雪崩の下流域は、目算で幅、距離ともに約百メテル、深さは三メテルほどだ。

　発信機《ビーコン》のような便利な機器はなく、騎士隊の災害救助犬もない今、捜索は完全に手作業となる。捜索棒で雪の上面を突き刺し、埋没した対象物を探すという極めて根気がいる作業だ。捜索範囲が広ければ広いほど時間も掛かる。

　けれども数人の魔導士が探索魔法を用いれば――勿論これは対象が生存しているか、魔素を強く帯びたものを携帯している場合に限るが――短時間で済むはずだ。

　それに、遭難者の中には魔法の心得のある者がいる。そのうち一人は使い魔を連れているということだった。生存の可能性は通常よりは高い。そのはずだと信じて、一同はシオリの「講義」を待った。時間の猶予はなく、説明は一度だけ。だから皆真剣そのものだ。

「探索範囲が広ければ広いほど位置特定の精度が落ちます。特に皆さんは初心者です。なので今回は一人当たりの範囲を狭く取りましょう。一人に付き縦五メテル、横十メテルずつ。これを二人組で交互に行います」

　一人が探索魔法を展開する間、もう一人は五メテル先に立ち、小休止を兼ねて相手の魔力の流れを見ながら位置特定の補助を行う。

　足りない人員は、辺境伯家や引率役を引き受けてくれた他支部の冒険者、医療班の手伝いを任せたD級以下の一部から特に魔力量の多い者を割いて補った。

　また、生存者がいた場合に備えて、救出作業に当たる人員も村人の中から確保済みだ。彼らはいつでも飛び出せるように、探索範囲の両端に控えている。

「やり方は、基本的には指定範囲内に魔力を放出する、ただこれだけです。このとき、魔力を途切らせないように気を付けてください。途切れると対象を感知することができません。放出した魔力は自分の身体《からだ》の一部と考えて、途切れないように丁寧に流してくださいね。一度やってみます」

深呼吸したシオリは、右手を起点に魔力を放出していく。いつもの網の目ではなく、誰の目にも分かりやすい一枚板のようにだ。その魔力によって「拡大した右手」を、ゆっくりと下方向に移動させていく。

「私の場合は平面をスライドさせて探すのが限界です。でも魔力量が多いのなら、探索範囲を一つの『箱』として捉え、その中に魔力を満たすようなイメージで立体的に探索するやり方もあります。このように」

探索範囲をごく狭い範囲に切り替え、『箱』を満たしていくように魔力を流し込む。

――説明しながら探索した範囲内には、残念ながらそれらしき気配はない。

「探索魔法で対象に触れると、直接触れたときと似たような感覚があります。私達が普段から行っている気配察知と同じように、一般的な植物の場合は触れてもほとんど気配を感じることはありませんが、人間を含む動物や魔獣などは、どれほど弱っていても必ず何らかの手応えがあります。なので、慣れていなくてもそれなりに気配は感じられるものです。根気よく探ってみてください」

気配察知という言葉を聞いた瞬間、ヴィヴィが気まずそうな顔をした。自警団の頃《ころ》から集団行動が基本だった彼女は、完全に仲間頼りでその技能は身に付いていないという。それを気にしてのことだろうが、魔導士が本気で探索魔法を使えば、必ず何らかの形で気配を感じるはずだ。

――魔力という「身体の一部」で、直《じか》に対象に触れるからだ。

大丈夫だと頷いてみせると、はっと息を呑んだヴィヴィはこくりと小さく頷き返す。

「以上、説明は終わりです。何かご質問は」

ぐるりと見回してみたが、特にはないようだった。

元々が初心者向けの魔法書に載っているような、室内探索用の魔法だ。気配察知を覚えればある程度の場所は分かるからと不人気ではあるが、一度は使ったことがある者も多い。だから魔力使用量にさえ目を瞑《つむ》れば、きっと上手《うま》くいく。

「あとは実践あるのみだな。皆、やってやろうぜ」

引率役を差し置いてのヨエルの音頭取りには苦笑する者もあったが、ともあれ、この場はもう彼らに任せて問題ないだろう。

「よし、俺達も行くぞ」

勇気付けるようにアレクに肩を叩かれて、シオリは頷いた。

足元のルリィとブロゥも、力強くぷるるんと震えた。


山に分け入っていくシオリ達を見送る時間も惜しんで、下流域捜索班は指定の位置に付く。緊張はあるが不安はない。交わす言葉は少なくとも、仲間達が共に在るからだ。

目的のために心を一つにする。互いの心を預け合う。それこそが仲間であり、パーティプレイの基本でもある。

――非常時であることに後ろめたさを感じながらも、ヴィヴィは自分がその「仲間」の内に在ることに喜びを見出していた。

（……こういうのって、なんだか久しぶりな気がする……）

シーラやミアとパーティを組んだばかりの頃は、こんな気持ちだった。

年長者の指示で全てが決められていた郷里の自警団とは違い、仲間と意見を出し合いながら助け合って仕事をこなしていくことが、ひどく嬉しかったことを覚えている。

そんなきらきらと輝いていた心が曇り始めたのは、一体いつからだっただろう。自分が世界の中心であるかのように錯覚して、優れた仲間と「その他の愚物」で区別し始めたのはいつからだったか。それどころか仲間うちでさえ、騎士爵のお嬢様とお友達係の付き人のような関係になっていた。

きっと、何もかもが対等な仲間ではなかったのだろう。シーラにとって、自分が友達だったのかどうかすら今となっては分からない。

(でも、本当は……周りの人達皆が仲間だった)

仲間だからこそ、非常時には全てのしがらみを忘れて手を取り合うことができる。

「気合入ってんな」

この場でのパートナーであるヨエルが、ヴィヴィの様子にふっと笑った。

「予備の回復薬は沢山ある。出し惜しみしないで全力でやってやろうぜ」

「はい！」

返事をしたヴィヴィに頷き返した彼は、そのまま歩いて五メテル先の定位置に付く。

引率役の魔法剣士が合図の手を掲げた。捜索開始だ。

その場に膝を付いて深呼吸したヴィヴィは、魔力を解放する。利き手の右手から流れ出ていく魔力が途切れないよう慎重に、ゆっくりと。

前方のヨエルと隣の魔導士を目印に、縦五メテル、横十メテルの「魔力の板」を作り上げる。

たったそれだけの作業ですら、精神力がごっそり刈り取られるような感覚があった。魔力量の多さが仇《あだ》になって、体内から押し出されるように魔力が垂れ流しになっている。

けれども今はそれでも構わないのだ。とにかく生き物の気配を探れればそれで良い。

受け持ちの領域からはみ出た「探索フィールド」がヨエルに接触した瞬間、人肌に触れたような感覚が過った。

「これが生き物の感覚……」

呟《つぶや》いた途端に「探索フィールド」が途切れそうになり、慌てて意識を集中した。しかし、その集中するという動作自体が引き金となって必要以上に魔力が放出され、ひどい脱力感がヴィヴィを襲う。

これを維持するだけでも相当な労力だ。あらかじめ膝を付いていて正解だった。立ったままでは崩れ落ちていたかもしれない。

「……ぐっ……」

唇を噛み締めて呻き声を押し留《とど》め、「探索フィールド」をゆっくりと下方に下ろしていく。三メテルという深さは体感ではいまいちよく分からなかったが、それは魔力の流れを見ていたヨエルが「多分そのくらいで十分だ」と教えてくれた。

大きな溜息《ためいき》と共に探索を解除したヴィヴィは、ぐったりとその場に手を付いて身体を支えた。

「きっつぅ……！」

同じく座り込んだ隣の魔導士も呻いている。

「こりゃあ使い方をちゃんと覚えないとぶっ倒れるぞ。魔力が一気に持っていかれちまう」

魔力を瞬間的に打ち出す魔法とは違う。維持と制御にこれほど労力を要するとは思わなかった。

「――魔力の流れを見るように、捜索対象も直接見て探せれば楽なんだけどな」

最初の区画に生物の反応はなし。それを身振りで告げる魔法剣士を眺めながらヨエルが呟く。

詳しい理由は未《いま》だ不明らしいが、体内から放出しない限り、生命体が持つ魔力は直接見ることはできない。ただ気配として感じるだけだ。しかもそれは、生命活動が停止した瞬間消失してしまう。それゆえに魔力は生命力そのものだと唱える学者もいるようだが、魔力量と寿命は決して比例するものではなく、やはり謎《なぞ》は多い。

そもそも一定量以上の魔力を有する者が、意識してようやく見ることができるような代物だ。確かに存在していながら、魔力というものはそれほど曖昧《あいまい》で不可思議な存在だった。

――魔素を媒介して魔法という現象を具現化するための、魔力。

魔力も魔法も、ヴィヴィにとってはいつでも好きなだけ使える便利な道具に過ぎなかった。それが一体どういうものなのかを、実はあまりよく知らないのだ。

(……もっと、ちゃんと色々知りたい。知らないことばっかりじゃん)

そして自分も、シオリのように新しい魔法を作り出してみたいとヴィヴィは思った。

そこに到達するためには、持って生まれたものだけでは不十分だ。己の未熟さを改めて思い知りながら、ヴィヴィはヨエルと交代で探索を進めていった。

一度は微かな生命反応に色めき立った。けれども急いで掘り起こしてみれば、そこにいたのは逃げ遅れた小さな一角兎《いっかくうさぎ》でひどく気落ちしたものだ。

けれども諦《あきら》めずに探索を続けていく。幾度目かの交代でくたくたになりながらも魔力を解放したヴィヴィは、ある地点で「あっ」と叫ぶ。

――生命反応がある。それは隣の領域との境界付近で、探索の網をこちらにはみ出してきた魔導士も、一拍遅れて「何かいる！」と叫ぶ。

「さっきよりも大きい！」

反応があった地点を二人がかりで探ると、間違いなく生き物の反応があった。それも二つだ。

「人間かも！」

「二人か……？」

魔導士が呟くが、ヴィヴィは曖昧に首を振った。

「分かんない。けど、両方の気配の感覚？　が、なんかちょっと違う気がする」

何がどうとは説明することはできなかったけれど、二つの気配には僅かな差異がある。

「使い魔連れの奴かもしれねぇな。人と魔獣は気配が違うだろ」

「とにかく掘ってみよう。何か生き物がいることは確かなんだ」

村人と協力して掘り進めると、周囲から歓声が上がった。人の姿が見えたからだ。

若い男と使い魔であろう双頭の犬オルトロスが、折り重なるようにして倒れていた。

「よく圧し潰されずにいてくれたもんだ」

誰かが呟く。彼らは避難壕のような僅かな隙間の中にいた。男か使い魔のいずれかが、咄嗟に魔法障壁を張ったらしい。

「引き上げろ！　大分衰弱してる。急げよ！」

衰弱が酷《ひど》いのは男に覆いかぶさっていたオルトロスの方だ。恐らく主《あるじ》を護《まも》ろうとしたのだろう。

この魔獣は獰猛《どうもう》な外見とは裏腹に温厚で賢く、酪農が盛んな地域では番犬や猟犬として重宝されていた。ヴィヴィの村でもオルトロス飼いが幾人かいたほどだ。

そのオルトロスのお陰なのかどうか、幸い男の方はすぐに目を覚まして弱々しい呻き声を上げた。その呻き声に微かな呟きが交じる。

「いい、喋るな。無駄に体力を使っちまうよ」

ヨエルの声掛けにも耳を貸さず、男は首を振った。ぐったりと脱力していた腕をどうにか持ち上げて、彼の袖口《そでぐち》を掴《つか》む。男は必死で何かを伝えようとしているようだった。

気付け薬を含ませるといくらか気力が回復したようで、彼はなんとか声を絞り出す。

「ドラゴンみたいな頭の、でかい変な蛇だ。スノールムじゃ、なかった。二匹……」

掠《かす》れた声で告げられた言葉は、奇妙にその場に大きく響いた。

アレクの見立て通り、問題の魔獣はユルムンガンドだろう。しかし、現場に残されていた痕跡は一匹分だけのはずだ。それがもう一匹山に潜んでいたということか。

人々の顔が緊張に強張った。

「でも、胴体はスノールムとそっくりで、ただの変異種だろうって、おやじさんが」

そこで彼は言葉を切ったが、その目尻《めじり》から雫《しずく》が落ちる。

途切れた台詞《せりふ》の先を察して、その場に重苦しい沈黙が下りた。

——恐らくその「おやじさん」は、命を落としたのだ。

「村に、報せろって、俺だけ……でも、雪崩が……」

一番身軽な彼が、増援を求めるために下山させられたようだ。途中からは相棒に促されてその背に跨《またが》っていたという。どうやらこの使い魔の衰弱具合には、そのあたりにも理由があるのだろう。

しかし村まであと僅かというところで、雪崩に巻き込まれたらしい。

「大丈夫。ついさっき捜索班が山に向かったんだ。トリス支部の精鋭だぜ」

ヨエルがそう伝えるといくらか安心したのだろう、男は強張る顔を緩めて「良かった」と呟く。

「それで、その魔獣が出たのはどのあたりか分かるか？」

男は喋《しゃべ》るのも辛《つら》いのか、顔を歪《ゆが》めながらも小さく頷いた。

「ロサシェナの谷、東の尾根の、すぐ下――」

それは雪崩の起点の、尾根を挟んで真裏にあたる場所だという。

彼らが奇怪な魔獣と遭遇した時刻と、雪崩発生時刻はほぼ一致する。遭難者の最終目撃地点と雪崩発生地点も近く、巻き込まれた可能性はますます高くなった。

「彼らに報せましょ。私の使い魔を飛ばすわ」

トリスヴァル領東部のシェーヴェリ支部から来たという魔導士が、メモ書きした紙片を使い魔の小鳥に括《くく》り付けて何事かを小さく囁《ささや》いた。小鳥は「きゅーい！」と一声上げ、薄紅色の羽を羽ばたかせて飛び立った。山に向かった捜索班に、遭難者の最終目撃地点と魔獣の数を報せるためだ。

小鳥は瞬く間に見えなくなった。男とオルトロスも村に運ばれていく。

そうして捜索活動が再開される中、ヴィヴィは一瞬だけ山に視線を向けた。春の息吹を感じる雪解けの山は美しい。しかしそのどこかに不気味な魔獣が潜んでいる――そう思うと身が震えた。

エクレフ村の住人にとって、雪崩も魔獣も日常的なものだった。きっと今回もいつものように、何事もなく終わるはずだったのだろう。

けれども慣れと油断、驕《おご》り、知識不足――そういったものが積み重なった末に、日常を悲惨なものに変えることもあるのだということを、ヴィヴィは今まざまざと思い知らされていた。

(——全部終わったら、お墓参りに行こう)

経緯はどうあれ、シーラはヴィヴィの仲間で友人だった。共に在り、共に過ちを犯したのだから、仲間として一度は花を手向けに行くべきだろう。

彼女の遺髪は一族の墓所に納められたというが、できればその躯《むくろ》が眠る地に行きたいとヴィヴィは思った。そのためには、シーラを埋葬したという彼女の指導教官に頭を下げなければならないだろうが、そうすることに最早《もはや》躊躇《ためら》いはなかった。

そして墓参が終わったら、勉強するのだ。沢山本を読み、色んな人に話を聞いて、そうして知識を蓄えて、技術を磨いていくのだ。

——後にトリス魔法工科大学の教授職に就いた彼女は、教え子にこう語っている。自らの失敗を認め、未熟さを自覚することこそが、成長の第一歩であるのだと。

4

山は恐ろしく静かだった。雪崩に怯えてか、それとも帝国のキメラに怯えてなのか、不気味に静まり返った山を見上げたシオリは、無意識に手首の腕輪を撫《な》でる。

アレクの瞳《ひとみ》と同じ色の魔法石が嵌《は》め込まれたそれに触れると、恐怖心が和らいでいく。

これから目指すのは雪崩の発生区だ。ユルムンガンドが潜んでいるかもしれない場所。

この魔獣の雪中への侵入口は雪崩の発生区付近に集中していることが多く、巣穴はその近辺にある場合がほとんどだからだとアレクは言った。

「スノールムの性質を受け継いだのか、ユルムンガンドは夜行性なんだ。だからよほどのことがない限り、日中は巣穴にいるはずだ。大抵侵入口近くの薄暗い木立や洞窟に巣を作る。もし村の猟師が奴らと遭遇したとするなら、その近くの可能性が高いんだが……」

そこで一旦言葉を切ったアレクは、眉尻を下げた。

「実際彼らが最終的にどこにいたのか全く情報がないからな……」

「雪崩に巻き込まれたかもしれない、魔獣と遭遇したかもしれない、だもんね」

目撃者はなく、恐らく通ったであろうルートの一部が雪崩被害に遭っているという事実があるだけだ。全員無事で活動中の可能性も捨てきれず、何の情報もない状況で全長七百メテルにも及ぶ雪崩の走路を全て捜索するというのは、あまり現実的ではないようにも思えた。

けれども「無事かもしれない」というのもやはり可能性の一つに過ぎず、「探しながら上を目指すしかないだろうな」というアレクの最終判断には皆異論はないようだった。

「二次災害の危険もあるし、日没までそれほど時間がある訳でもない。生存者の救助とユルムンガンドの討伐を優先しよう」

それはつまり、特別な事情がない限り犠牲者の捜索と搬送は行わないということだ。それ以上の捜索は、いずれ駆け付けるだろう騎士隊がやってくれるはずだ。

——雪崩発生から二時間が過ぎ、生存率は大幅に低下している。

けれどもこの世界には魔法や魔導具があるし、使い魔という頼れる仲間もいる。向こうの世界と比べれば、こちらの世界の方がまだ生存率は高い。だから犠牲者がいなければ良い、せめて雪崩に巻き込まれていなければ良いとシオリは願った。

「道中は何があるか分からない。まずは俺達全員が無事帰還することが大前提だ。緊急時には別行動になることも考えてペアを作ろう。奇数人数だから、余った者は使い魔がいないペアに入ってくれ」

二次遭難を防ぐためには必須ともいえる。すぐに前衛後衛のバランスを考えたペアが決まった。勿論シオリはアレクとペアだ。補助要員のルリィとブロゥも、勇ましくぷるんと震えた。

「リーダーは俺が務めさせてもらう。サブリーダーは――」

「それは俺がやるよ」

手を挙げたのは武闘家のカイで、サブリーダーもなんなく決まった。

並び順は先頭がリーダーのアレクとシオリだ。その後ろに同僚のイクセル、マデレイネ、ダニエルが続き、最後尾がサブリーダーのカイとナディアのペアだ。使い魔組は、一行を護るように周囲に分散した。

「遭難者の捜索はシオリを中心に行う。頼めるな」

「了解」

「ほかに魔法探索ができる者はいるか？　精度は問わない。対象の大体の位置が分かればいい」

アレクの問いに、マデレイネとダニエルが手を挙げた。どちらも精密な魔法を得意としている。

「よし、じゃあ頼まれてくれ。魔力の回復は逐一行うこと。途中体調に不安があったら遠慮なく言ってくれ。少々強行軍になるし、特にシオリは講義の後でもあるからな」

「うん、分かった」

「目視での捜索は俺に任せてよ。視力と木登りには自信があるんだ。木の上から探せるよ」

カイは弓使いのリヌスと同じく山育ちで、人並み外れて視力が良い。数百メテル先が余裕で見えると彼は言った。

「それは助かる。あとの人員は遭難者の持ち物が落ちていないか気を配ってくれ。それから周囲の警戒を。ルリィ、ブロゥ、シグルド、お前達も頼むな。異変があったらすぐに報せてくれ。場合によっては救助者の搬送を頼むことになるかもしれんが、大丈夫か？」

　任せてくれと二匹のスライムがぷるんと震え、吹雪《ふぶき》猫はぴこぴことひげを揺らした。

「討伐対象と遭遇した場合は迷わず応戦。火魔法と雷魔法が有効だが、雪崩を誘発する恐れがある。難しいとは思うが、最大限の注意を払ってくれよ」

「了解」

「よし、では出発しよう」

　救助用の折り畳み式簡易そりや信号弾、救急用具を背負った一行は、上を目指して歩き出した。

　遭難者が残した足跡を辿《たど》って東の低い尾根を進むルートは、標高差約二百メテル強。総距離はおよそ千五百メテル、所要時間は一時間前後の道だ。

　ただしこれは夏の場合で、雪道ではさらに時間が掛かる。

　そのうえ登山道の入口付近は雪崩でなぎ倒された木が広範囲を塞ぎ、序盤から大きく迂回《うかい》しなければならなかった。結局予定を前倒しして小休止する羽目になり、旅慣れているはずの一行は若干疲れた顔で前方を見つめた。

　ここまでに人の気配はなし。カイも「見える範囲に特に変わったことはないなぁ」と首を振った。

　スライムの性質上死肉には敏感なルリィとブロゥも、小型魔獣の死骸を二体見つけただけだ。

「ここらにも足跡が残っている。このルートを通ったのは間違いなさそうだが……」

　山腹を横切る巻き道よりも低い位置にある足跡は、雪崩の走路から数メテル程度しか距離がない。これでは尾根伝いというよりは谷沿いに歩いたと言った方が正しく、アレクは幾分疲れたように溜息を吐《つ》いていた。

「ここまで雪崩は来ないだろうと油断していたのか。気持ちは分かるが……」

　起伏の激しい尾根道より、緩やかな斜面の方が歩きやすいことは確かだ。けれどもこの距離では万が一のときには避けられない。数十から数千トンもの雪が、馬が全速力で駆けても逃げられないほどの速さで押し寄せるのだから。

「さっき村の人に聞いたんだけどさ」

　カイが誰に言うでもなく口を開く。

「今までにも狩りの途中、何度か雪崩に遭ったことがあったらしいんだよね。規模が小さくて毎回怪我人も出なかったから、この山じゃあ、悪くっても膝下が埋まるくらいの雪崩しか起きないって認識が村では根強かったみたいだ」

「土地勘があるからこその油断、ですか。難しいですね」

　それでも足跡の様子から、時折谷に下りて雪崩の兆候を確かめていたらしいことが窺《うかが》えた。その足跡の持ち主は道まで引き返すと、そのまま仲間達と上に向かったようだ。

「この辺りにはいないみたいだね」

「ああ」

　そして少なくとも、まだ魔獣と遭遇してもいない。足跡に乱れはなかったからだ。

休憩と水分補給を済ませ、再び歩き出してからしばらく行くと、巨岩と大木で雪崩の一部がせき止められた場所があった。こうして雪が深く堆積している場所には遭難者が埋まっていることが多いといい、念入りに探索することになった。

ルリィとブロゥが早速雪の中に潜り込んでいく。

それまで歩いていた吹雪猫のシグルドも、ふわりと浮き上がって周囲を飛び回った。

――吹雪猫は本来飛ぶことはできない魔獣だ。背に小さな羽らしき器官を持つが、それは退化して飛ぶ機能はない。そんなシグルドがこうして飛ぶことができるのは、カイの影響らしい。

「東方武術の流れを汲《く》む技の中に、足裏から魔力を放出して跳躍力を高めるってのがあってさ。それの練習をしてるうちに、一緒に覚えたらしいんだよね。あんまり長い時間は無理だけど、ちょっとしたときに便利なんだよ」

探索の合間にカイはそう教えてくれた。

「――東方武術って単純に体術だけじゃなくってさ。初級技からほとんどが気――東方武術における魔力のことだよ――で成り立ってる。気を練り上げることで、ようやく技が使えるようになるんだ。これを初めて知ったときには驚いたよ。魔法は魔法だって思ってたから、体術と組み合わせて一つの技にするだなんて、目から鱗だった。だから、ただ単に魔法って括りで可能性を狭めるのは勿体《もったい》ないと思ったんだ」

元は魔導士だった彼は、後方支援であることにもどかしさを感じて体術を独学で学び始め、その過程で東方武術に関する書を読み、のめり込んでいった。魔法を操る武闘家カイの誕生だ。

「今日講義をじっくりと見させてもらって思ったんだけど、シオリの魔法って東方の気に通じるものがあるんだよね。どうだい、家政魔法の練習に気功術を取り入れてみたら」

「それは面白そうですね。もしかしたら武闘家……魔闘士仲間も増えるんじゃないですか？」

「だと嬉しいなぁ。組手の相手が欲しいって思ってたところだし」

　そう言って小さな笑みを浮かべたカイだったが、ぐるりと周囲を見回して溜息を吐いた。

「……まぁでも、こんな広い範囲に気を送り込むのは、俺でも相当練習しないと難しいな」

　その視線の先には、一区画の探索をどうにか終えて、ぐったりと腰を下ろしているマデレイネとダニエルの姿がある。

「それでも棒でつつき回すよりはずっと楽よ」

「その通りだ。今回のように、最後にどこにいたのか分からんような場合は特にな」

　二人はそう言って苦笑すると、物憂げに雪野原に視線を向けた。

　結局この場所でも期待した成果は得られず、一行はさらに上を目指すことになった。

――雪山を歩き、要所ごとに足を止めて遭難者を探すというのは、探索魔法があったとしても骨が折れる作業だ。

　そのうえところどころで雪が解けて足跡が消え、足取りが分からなくなることもあった。その都度視力に自信があるというカイや使い魔達の活躍で事なきを得たものの、たびたび中断される道行きは根気を要求された。

　三度目の小休止を迎える頃には、皆の顔には色濃い疲れが見えていた。最終目的地まであと十数分ほどの距離だというのに、アレクですらも疲れを隠し切れずにいる。

ルリィとブロゥも心なしか元気がなく、使い魔用の焼菓子をのろのろと取り込んでいた。

目の前に広がる堆積物の探索が不発に終わり、失望と疲労感でシオリはその場に座り込む。その背を支えるようにアレクの腕が回された。促されるがままに身体を預けると、疲れでそのまま微睡《まどろ》みそうになった。

「……大丈夫か？　疲れただろう」

「うん。さすがにちょっと疲れたかな。結構幅が広くて」

「そうだな。俺も少し疲れた」

同意する彼の声にも覇気がない。

探索範囲は広大だ。この場所はまだもう一区画残されているというのに、心が折れそうになる。

「……いないね……」

「そう……だな」

魔法や魔導具があってさえ、二時間以上経過した今では生存率三割を切る。この雪の下のどこかにはいるのかもしれないが、もうこの世のものではないのかもしれない。

そんな暗い考えが胸の奥にじっとりとした不快感を生み、やる気を削《そ》いでいく。

「……もっと効率良く探せたらいいんだけど」

疲れで探索魔法そのものの精度が落ちているかもしれないという焦りもあった。

トリス西の森で迷子探しをしたときとは訳が違う。あのときはほぼ平面での探索だったけれど、今は深さ数メテルの雪の中を探す作業だ。平面をスライドさせて探索するやり方には限界がある。

「もっとこう立体的に、一気に探せたら……」

「焦るなシオリ。ここまでだって異例の速さで終わらせてるんだ。お前も皆も十分よくやってるよ」

アレクの励ましは単なる慰めではなく、本音であることは分かる。けれどもいくつもの人命が掛かっていると思うと、どうにももどかしい。

歯噛みしながら辺りを見回したシオリは、ふとある一点で視線を止めた。枯れた蔦《つた》が絡み付いた立木だ。葉が落ちてしまった丸裸の立木のシルエットは、まるで体内を巡る毛細血管のように、細かく複雑な模様を空のキャンバスに描いている。

酸素や栄養素を隅々まで行き渡らせるために、身体の末端まで張り巡らされた全長十万キロメテルに及ぶ毛細血管――。

「――そうだ。あんな感じにしたら……」

深呼吸したシオリは、探索範囲に意識を集中した。指先から延びた魔力の糸が、真っ白な雪の上に蜘蛛《くも》の巣のような不規則な網の目を描いていく。その網の目からさらに、複雑に絡ませ合った細い糸を下方向へと延ばしていった。

毛細血管を模した立体探索だ。

「これは……」

その作業を無言で見守っていたアレクは目を瞠った。何かを言おうとして口を開きかけ、そして思い直したようにそのまま黙り込む。探索の邪魔になると思ったのだろう。

――およそ十秒弱。広く深い範囲を探っていた産毛のような糸の先が、何かに触れた。弱々しくも温かい、これは人の――。

「見つけた！」

シオリの叫び声にアレクが素早く反応した。

「どこだ。深さは」

「ここ。一メテルはなさそう。もしかしたら、二人いるかも」

そこには雪崩の衝撃で圧し折れた数本の立ち木があった。その下に人のものらしき気配がある。魔法を駆使して圧し固められた雪を取り除くと、折れた木の下に岩があり、そこに空間があることが窺えた。隙間から矢筒や剣の鞘《さや》らしきものと、雪に塗《まみ》れた外套《がいとう》が見えた。

「いたぞ！」

精鋭の魔導士達にとって雪を掻き分けることなど造作はなく、間もなく雪の下から折り重なるようにして倒れた二人の男が助け出された。

誰からともなく安堵の溜息を漏らす。

折れた木と岩、装備品によって十分な空間が確保されていたこと、そして温石や保温性の高い魔獣素材で体温の低下が抑えられていたことで、どうにか生き延びていたようだ。どうやら流される途中で運良く岩陰に落ち、さらには咄嗟に装備品で防御したらしかった。

けれども二人のうち年嵩の男の顔色は土気色で、呼吸が浅い。どこか負傷しているようだ。

「これは多分、左腕と足首を折ってるな。立ち木か何かにぶつかったのかもしれん」

「頭や身体を打たなかったのは不幸中の幸いだったねぇ」

幸いもう一人の男は無傷のようだ。寒さで衰弱してはいたものの、呼吸は安定していた。

ルリィとブロウが彼らの下に潜り込み、そっと安全な場所に運び出す。

骨折の手当てや保温などの応急処置を施し、広げた簡易担架に男達を固定した。

「岩陰に落ちたとき、咄嗟に装備を雪除けに使ったんだな。さすが山の男というべきか……」

雪崩に遭遇した場合の対処法は、冒険者ギルドでもしつこいほどに教わった。

手足を動かして可能な限り浮上すること、顔を覆って呼吸できる空間を確保すること、途中の岩や木に掴まるなど、とにかく埋まらない努力をしなければならない。

けれども実際に巻き込まれて冷静に対処できるかどうかは、シオリにも分からなかった。

彼らが雪崩が予想される現場付近を歩いたことについては、反省の余地が有り余るほどにあるだろう。しかし、土壇場での冷静かつ迅速な行動は素直に称賛すべきだとシオリは思った。

「ほかの連中もこの近くにいるかもしれないな」

「もう少し探してみる？」

「そうだな……」

シオリの問いに、アレクは思案するように山の上へと視線を向けた。けれども何かの気配に気付いたのか、不意に背後を振り返る。その視線の先には、こちらを目指して飛んでくる小鳥の姿がある。それもただの鳥ではない、魔獣に分類される類《たぐ》いのものだ。

皆も気付いていたようで、既に得物に手を掛けていた。しかし敵意は感じられず、注意深く様子を窺う一行の頭上をくるりと旋回したその小鳥は、やがてアレクの肩に止まると「きゅいきゅい」と可《か》愛《わい》らしい声で鳴いた。

「使い魔か。手紙を持っている」

脚に括り付けられた紙片を広げたアレクは、「なるほど」と呟いた。

「下からの連絡だ。下流域で要救助対象一名、使い魔一匹を救出。幸いすぐ意識を取り戻して、遭難者の最終目撃地点を報せてくれたようだ」

小さな歓声が上がる。生存者救出の一報はさらなる希望を与えてくれた。

しかし、「少なくとも一人は未知の蛇型魔獣二体との交戦で瀕死《ひんし》の重傷、自力歩行不能」の報に、一転して険しい表情になった。

やはり、彼らは問題の魔獣と遭遇していた。それも二体だ。

「最終目撃地点はロサシェナの谷、東の尾根の真下。雪崩の起点から見て、尾根を挟んでちょうど真裏に当たる場所だそうだ」

ロサシェナの谷はこの尾根の反対側の谷だ。なだらかで見通しの良いこちら側の谷とは違い、木々が鬱蒼《うっそう》と茂る薄暗い場所だという。淡い紅色に光るロサシェナの開花時期以外は人が入るようなところではないというが、村人にとっては重要な狩場なのだそうだ。

「雪崩の発生区から尾根を挟んでちょうど真裏……か。ここから歩いて十数分といったところだな」

「尾根の向こう側かぁ……そりゃ、さすがの俺でも見えんわ」

「でも、こっち側の谷に逃げてきたかもしれないのよね。現に三人見つかったんだし」

残る遭難者はあと三人。一緒に逃げたのだとすれば、残りの遭難者も付近にいる可能性はあるが、数人がかりで探索したこの場所にはもう生存者の気配は感じられなかった。

「どうする？　もう少し探してから移動する？」

「ユルムンガンドのことがなければ二手に分かれたいところよねぇ」

「小屋を噛み砕くような連中だからなぁ……」

なかなか難しい状況だ。ユルムンガンドとの交戦の可能性があることを考えれば、二手に分かれた人数では少々心許《こころもと》ない。もし生存者がいるとすれば、護衛しながらの戦闘になるからなおさらだ。むしろ分かれるべきではないというのが共通の意見だった。

「……救助された三人の発見個所は、どちらも尾根の西側に沿った場所だ。思い切って探索範囲を西側に限定し、探しながら上を目指すことにする――というのはどうだ？」

アレクの提案には皆少し悩む様子だったが、「日没までそう時間がある訳じゃないからね。妥当だと思うよ」というナディアの後押しもあって、最終的には全員合意した。

救助した二人の搬送は、ルリィに頼むことになった。機動力が高いルリィなら迅速に村まで運び、すぐに引き返してくることができるはずだ。

先導役と連絡役は、下から報せを持ってきた小鳥が引き受けてくれるようだ。

ナディアが「要救助対象保護」を報せる信号弾を撃つ。打ち出された光球は、山裾のエクレフ村で待機する騎士が気付いてくれるだろう。

「お願いね、ルリィ。それから小鳥さん、これ、発見場所のメモ。下にいる人達に渡してください」

二人を括り付けた担架ごと体内に包み込んだルリィは、任せて！　とばかりにぷるるんと震え、伝言を携えた小鳥は「きゅい」と一声鳴く。

「ブロゥ、よく見て覚えておけよ。ザックの使い魔なら、今後こういう仕事を任されることがあるだろうからな」

アレクがそう言うと、興味深そうに一連の作業を見守っていたブロゥは、空色の触手をふるふると振った。「分かったー！」ということのようだ。

小鳥の先導で斜面を滑り降りていくルリィを見送った後は、沈黙がその場を支配する。けれども一瞬で思考を切り替えて、上を目指して歩き出した。

5

――彼らは、上手いこと逃げただろうか。雪崩に巻き込まれたりはしていないだろうか。

仄暗《ほのぐら》い視界の中、相棒の冷えてしまった手を握ったまま、ニコラウス・リネーはぼんやりと考えた。

七十も近く、やもめ暮らしの長い己や相棒のアドリアンとは違い、働き盛りの狩り仲間には帰りを待つ家族がいる。中には五つにも満たない幼子の父親もいるのだ。無事に五体満足で帰らせなければ申し訳が立たない。

（……俺も焼きが回ったな。歳《とし》は取りたくねぇもんだ）

狩りを覚えてから五十余年。村一番の腕利きとして君臨し続けた二人に、全く驕りがなかったと言えば嘘《うそ》になる。歳のせいにしてみたものの、明らかな采配ミスをしたという自覚はあった。

『失敗しちまったなぁ……まぁ、年貢の納めどきってやつだろうぜ』

一足先に女房のところに逝ってるぜと、そう言ったきり言葉を発しなくなったアドリアンは、最期は笑っていたようだった。

だが、しくじりさえしなければ、ニコラウスよりも幾つか若い彼は、まだ数年は生きることができたはずだ。

全ては二人の判断違いが招いたことだった。違和感は確かにあったのだ。荒らされた家畜小屋を見て抱いた微かな違和感を無視さえしなければ、仲間の命を危険に晒すことにはならなかったはずだ。

だからこそ二人は身体を張った。己を囮《おとり》にして蛇の化け物から仲間を逃がしたのだ。

夜行性だったのは幸いだった。あるいは村の家畜小屋で腹を満たしたばかりだったからなのかもしれないが、蛇の化け物はアドリアンの腕とニコラウスの脚一本でひとまずは満足したようだ。

仕留めた餌を木陰まで運んで隠した後、巣穴に戻っていった。

恐らく次は日が落ちるまでは出てこないだろうが、だからと言って、それまでに逃げることは不可能だった。脚を片方失い、激しく出血したこの身では立つことすら叶《かな》わない。既に身体の感覚はほとんどなく、視力すら失いかけている。最早時間の問題だった。

だが、身を呈したことに後悔はなかった。心残りがあるとすれば、息子や孫ほど歳の離れた狩り仲間の無事を見届けられなかったこと、そして街で暮らしている孫娘の花嫁姿を拝めなかったことだ。

（――曾孫《ひまご》をこの手に抱いてみたかったが……まぁ、致し方ねぇやなぁ）

ニコラウスは自嘲《じちょう》気味に笑った。

どのみち、自らの不始末を自らの手で始末できなかったのだ。そのくらいの罰は甘んじて受けねばなるまい。せめて、年若い仲間達が無事麓の村に帰りつくよう祈るばかりだ。

――その、今際《いまわ》の際の願いを女神が聞き届けてくれたのだろうか。

朦朧《もうろう》とする意識の片隅で、人の声を聞いたような気がした。気のせいだろうか。

いや、確かに人の気配がする。再び聞こえた声は知らない男のものだったが、それが己を探すものだと気付いたニコラウスは渾身《こんしん》の力を振り絞り、居場所を知らせるように上半身を起こした。

「――いた！　生きてる！」

女の声が聞こえた。続いて雪を踏みしめる音がする。沢山の足音だ。

「爺《じい》さん、しっかりしろ！　助けに来たぞ！」

誰かが背に手を回した。力強い腕が己の身体を支えてくれるのが分かった。

だが、ほとんど意識を失いかけていたニコラウスには、その臨終が近いことを察した男が痛ましげに顔を歪めたことにまでは気付かなかった。

ニコラウスは最後の力を振り絞って、切れ切れに言葉を発した。

「……無事か……あいつらは……村に……」

「ああ、皆無事だ。安心してくれ」

「そうかい……そいつぁ良かった」

薄れゆく意識の中、死んだ女房が手を差し伸べる幻を見たニコラウスは微かに笑った。

「――これで、なんとか……カミさんに蹴《け》り帰されずにすみそうだぜ」


「……」

こと切れた老人を静かに横たえたアレクに、シオリはそっと寄り添った。

彼らの手足は噛み千切られていて、白い雪に飛び散る血痕は夥しい量だ。それにもかかわらずその表情は不思議と穏やかで、凄惨な現場の印象を和らげていた。

「……納得ずくだったんだな」

「……うん」

老人の死に際の言葉とその表情が、それを物語っていた。

仲間を逃がすために身体を張った。二人はきっと、生きて戻る気はなかったのだ。

命と引き換えに不始末の責任を取ったのだろう彼らを、早く暖かい場所に帰してやりたい。けれども、まだやらなければならないことがある。日が落ちたらきっとまた村を襲うだろうユルムンガンドを討たねばならない。

「残りの一人の行方も気になるところだが……今はこっちが先だ」

彼の魔獣は「戦利品」を抱えて雪の中に潜ったようだ。雪の斜面にぽっかりと口を開けた穴は、血に塗れている。その先がどこに繋《つな》がっているかは目視では全く予想が付かないが、近くにいるだろうことは分かった。

周囲は恐ろしく静かで、小鳥の囀《さえず》りの一つすらも聞こえない。それは、彼の魔獣の勢力圏にあることを示している。

「正確な場所は分かるか」

警戒を強めながら、アレクが訊いた。

「待ってて」

シオリは探索魔法を展開した。毛細血管状の網目を縦横無尽に走らせる。

「――生き物の気配がほとんどない」

「食い尽くしたか」

「多分……」

同心円状に延ばし続けた探索の網は、三十メテルを超えた地点で何ものかの気配を捉える。

その気配は、じりじりとにじり寄るように移動していた。木々や岩を避けているのか不規則に蛇行しながら、ゆっくりとこちらを目指している。

「一時の方向、かなり近い。もう捕捉されたみたいだよ。こっちに来てる」

「数は」

「一体。思ったよりずっと大きいよ——あっ、もう一体いる！」

移動を続ける個体を越えた探索の網が、その先にあるもう一つの気配を捉えた。そのあまりの大きさに息を呑む。

「じっとしたまま動かない……けど、蛇にしては気配が大き過ぎる。なんだろう、これ……」

「どのくらいか分かるか？」

「雪熊《ゆきぐま》よりもっと大きい。見たことはないけど、多分ワイバーンとかそのくらいの……」

「ワイバーン!?　確かなのか」

アレクは目を剥《む》いた。しかしその言葉こそ疑問形を取ってはいるが、迫りつつある異様な気配があることにはとうに気付いていた彼は、既に愛剣を抜いていた。

ナディアとイクセル、そしてカイはいつでも仕掛けられるように構え、マデレイネとダニエルは魔法障壁を展開する。

「まさか伝説の氷竜だなんて言わないだろうな……」

アレクが呟くのも束の間、ゆるゆると移動していた「それ」は一気に加速した。

足元のブロウがぼわんと体色を変化させた。禍々《まがまが》しい血の色をした警戒色だ。

同時にシグルドの美しい体毛がぶわりと逆立つ。

「奥の奴は後回しだ！　まずはこいつを片付けるぞ！」

前方の雪面がぼこぼこと揺れ、激しく亀裂が生じたその瞬間、雪中から白く輝く影が飛び出した。

「氷槍《イス・スピルゥ》！」

「氷檻《イス・プール》！」

ナディアとイクセルの魔法が攻撃の猶予すら与えずにその影の行く手を阻み、金属質の耳障りな悲鳴が響き渡る。

「あっ……！」

「嘘だろっ⁉」

氷の檻の向こう側で鎌首をもたげた魔獣の異様な姿に、あちこちから短い悲鳴が上がった。

体長十数メテルに及ぶ銀青の大蛇。その胴体には美しい銀青色の体毛が生え揃い、そこだけを見ればまるで縫いぐるみのような可愛らしさがある。けれどもその先端には、ふさふさの胴体とは不釣り合いな、鱗に覆われた竜のような頭部が付いていた。

伝説の竜に似た頭部の鱗が、傾き始めた日の光を反射させて白銀に煌めく。

けれども到底美しいとは思えないのは、その造形が神々の意思に反したものだからだろうか。自然のものではない人造の魔獣ゆえか、全体の造形が均衡を欠き、見る者に得体の知れない違和感と不快感を与えるのだ。

夜行性であることを示す縦長の瞳孔《どうこう》を持つその大蛇が、足元の矮小《わいしょう》な人間どもを睥睨《へいげい》した。

「あれが……ユルムンガンド？」

「ああ、間違いない。だが聞き知っている話よりも遥《はる》かに大きい」

実のところは一度やり合ったことがあるアレクは、スノールムを遥かに凌駕《りょうが》する巨大な蛇を前に低い唸《うな》り声を上げげた。

「変異種？」

「分からん。育ちの良い個体なのか、それとも王国の環境が適合したのか……」

元々過酷な帝国の気候に合わせて造られた魔獣だ。帝国よりは気候が穏やかなストリィディアはむしろ生育に適さず、隣のエステルヴァル領に出没した個体も大きいものではなかったという。

基本的には太く短い、ずんぐりとした体格だということだ。これほど長大な生き物ではないはずだとアレクは言った。

「こんなのがもう一体いるかもしれないってこと……？」

探索魔法の圏内にいるもう一体の気配は、目の前の個体よりも明らかに大きい。別の大型魔獣であればまだいいが、同種であるならそれはひどく恐ろしいことだとシオリは思った。

こんな異形の怪物が二体も人里近い山に潜んでいて、獲物をじっくりと吟味していたのかもしれないと思うとぞっとする。

「――私、このまま索敵してる。動いたら報せるよ」

シオリの提案に、アレクは「そうしてくれ」と頷いてくれた。

「ブロゥ、シオリの護衛を頼む。それからあと誰か二人、シオリに付いてやってくれ」

防御と補助を得意とするマデレイネとダニエルが頷き、シオリの両隣に付いてくれた。

ブロゥも「任せてー！」と言うようにぴょんと跳ね、足元に陣取った。

「護りはマデレイネちゃんと私に任せて、シオリちゃんは索敵に集中していなさい」

五十過ぎで数人の孫がいるというダニエルにとっては、この場の女全てが娘のような年頃だ。何の躊躇いもなく「ちゃん付け」してシオリとマデレイネを苦笑させた。

いい歳で若い頃のようにあまり激しい戦い方はできなくなったというが、魔法を駆使した防御と補助能力は一級品だ。

「勉強させてもらいます」

よろしくお願いしますという意味を込めた言葉に、ダニエルは片目を瞑って笑った。

――と、何かを噛み砕くような激しい音がその場に響き渡る。

凄《すさ》まじい咬合力で堅牢《けんろう》な氷の檻を噛み砕いたユルムンガンドは、金属同士を擦り合わせたような耳障りな咆哮《ほうこう》を上げた。

シオリは護衛役の二人と一匹と共に素早く後ろに下がり、半円形に散開したアレク達は油断なく身構える。彼らは初手を相手に譲ることにしたようだ。未知の魔獣の動きを見るためだ。

「キイオォォォォォォォ！」

耳を劈《つんざ》くような咆哮。同時に大気が揺らぐ。魔法が発動される前兆現象は、魔導士にとって馴染《なじ》みのものだ。慌てる素振りもなくそれぞれが得意な魔法を紡ぎ、魔獣の口から吐き出された巨大な氷の礫《つぶて》を打ち消した。

蒸発音と共に霧散した蒸気の向こう側から、大蛇の首が襲い来る。不規則かつ高速の攻撃を躱《かわ》したアレクは、すれ違いざまに魔法剣で薙《な》ぎ払った。

ぎぃん！　という重い金属音が鳴り響き、剣伝いの衝撃で彼の顔が僅かに歪む。

「生き物の肌とは思えない音……！」

「アレク君でも斬《き》れないとはね……！」

アレクの太刀筋は重く鋭く、魔獣を一刀両断するほどのものだ。それをあんな硬質な音を立てて弾《はじ》き返すとは、一体どれほどの硬度を持つのだろう。

　攻撃を躱されたユルムンガンドは勢いもそのままに長い首を巡らし、一太刀浴びせた敵目掛けて牙を剥く。その横面にカイの魔力を帯びた強烈な蹴りが炸裂《さくれつ》した。

　短い悲鳴を上げて身を捩る魔獣から距離を取った二人は、どちらからともなく苦笑いを浮かべた。

「かってぇ……！　あんなもん、下手《へた》に殴ったら骨折もんだわ」

「伊達《だて》に生物兵器を名乗ってないな。魔法耐性もなかなかのものだ」

　二人の攻撃には魔力が乗せてある。それがほとんど効かないのだ。魔法耐性も十分ということだ。

「頭部へは多少物理攻撃が入るようだがな」

「つってもあの首の動きじゃあ、集中攻撃だって簡単じゃないぞ」

「純粋な魔法攻撃はどうだい」

　ナディアとイクセルが爆炎を放った。二重の爆炎攻撃に魔獣は一瞬怯《ひる》んだようだったが、それも束の間、鋭い咆哮が魔法を霧散させた。

「気に入らないねぇ」

　ナディアが舌打ちした。

「あいつ、生意気にも『空調魔法』を使ってるよ」

　ただ耐性があるだけではなかった。驚くべきことに、ユルムンガンドは体表から冷気を放出し、周囲の温度を自らに都合の良い快適なものに保っていたのだ。

「なるほど、知恵もあるという訳か。一筋縄ではいかなそうだ」

　ぼやくアレクはそれでも魔獣から目を離さない。慎重に弱点になり得る部位を見極めている。

「……単発攻撃が効きにくいなら、継続攻撃は？　煮るとか炙《あぶ》り焼きみたいな」

「ちょっとぉ、言い方」

家政魔導士らしいシオリの言い草にマデレイネが苦笑いし、足元のブロゥが可笑《おか》しそうにぷるるんと震えた。

「まぁ、やってみるか。奴の空調魔法が限定的ならいけるかもしれんぞ」

「そういうことなら、イクセル、協力しとくれよ」

言うなりナディアは巨大な水柱を生み出した。ユルムンガンドを封じる水の檻だ。

そんな攻撃が効くものかと身動《みじろ》ぎしたユルムンガンドが飛び出す隙《すき》さえも与えず、イクセルが爆炎魔法を放つ。炎の魔法に干渉された水柱は見る間に煮え立ち、ぼこぼこと激しく沸き立った。

それぞれが敢《あ》えて不得手な属性を受け持ったことには意味がある。火属性との相性が良い「爆炎の魔女」たるナディアが火属性を使ったのでは、イクセルの水魔法を打ち消しかねないからだ。

「あ、効いてる……」

ユルムンガンドは激しく身を捩り、沸き立つ熱湯の中から逃げ出そうとした。

しかし、トリス支部屈指の魔力を誇る上級魔導士二人が作り出した、煮え滾《たぎ》る檻から逃げ出すことは叶わない。自在に動く灼熱《しゃくねつ》の檻が逃がさないとばかりに蠢《うごめ》き、内部の激しい対流が魔獣を押し戻していく。熱湯の中で方向感覚を失ったユルムンガンドは、狂ったようにのたうちながら徐々にその力を失っていった。

――どれだけ表皮が強固で魔法耐性があろうと、内部に籠《こも》った熱を逃せなければ、内側の柔らかい内臓が損傷してしまう。

「蛇だと思えば確かに巨大なんだろうが、胴回りは魔獣としては華奢《きゃしゃ》な方だからな……」

つまるところ、火を通しやすいということだ。茹《ゆ》でられてしまってはひとたまりもなく、やがてユルムンガンドはぴくりとも動かなくなった。

熱湯の檻が蒸発霧散し、変色した大蛇の巨体が溶けた雪の中にぼとりと投げ出される。体毛は所々が抜け落ち、頭部の鱗は弾け飛んでいて、悲惨な様相になっていた。

「……下手に火責めするよりよっぽど効くねぇ」

「こうなってみると呆気《あっけ》ないな……」

生物兵器とはいえ、熟練の魔導士複数人の攻撃には為す術《すべ》もなかったようだ。

だが。

「あまりに呆気なさ過ぎて、次はもっととんでもない奴が出てきそうな予感がひしひしとする」

——これは前座だ。

アレクの呟きには誰もが同意した。

これまで積み重ねてきた経験が、新たな危機の訪れを予感させる。

探索魔法の網の縁にいた巨大な気配が、ゆっくりと近付きつつあるのだ。

それの気配は重く巨大で、つい今しがた倒した個体より遥かに重苦しい悪意を纏っている。

「やっぱり、こっちに来る。凄く気味悪い気配……！」

雪を圧し潰し、しゅうしゅうと薬缶《やかん》から噴き出る蒸気のような音が森の奥から聞こえ始めて、シオリはごくりと唾《つば》を飲み込んだ。

敵は既に地上に出ている。やけに時間を掛けて近付いてくるのは、こちらを怯えさせるためだろうか。知能の高い魔獣の中には、そういった陰湿な攻撃を好むものもいるのだ。

そうして木立の中からのそりと姿を現した魔獣に、シオリは声にならない悲鳴を上げた。

「おいおい、これは……」

さすがのアレクも、その異様な姿には嫌悪感を抱いたようだ。無理に笑みを浮かべた顔に、じっとりと汗が滲《にじ》んだ。

「……本当にとんでもない奴のご登場だ」

銀青色の毛並みの胴体はワイバーンにも見紛《みまご》うほどに太く、途中から二つに枝分かれした首の先には竜の頭が牙を剥き、しゅうしゅうと空気が漏れるような吐息を漏らしている。そのうえ胴体にはひどく歪《いびつ》な短い四肢が生えていた。

双頭の異形の怪物。それは、ユルムンガンドの変異種だ。

6

身の丈六メテルは優に超えるだろうか。

木立の中から姿を現したその怪物は、人の背丈を遥かに超える長い首を巡らせた。小竜の如《ごと》き巨体から生えた二つの首は別々の生き物であるかのように不規則に蠢き、二つに割れた舌がちろちろと忙《せわ》しなく動く。

目を見開いて双頭の魔獣を凝視していたアレクは、嫌悪感に顔を顰めた。けれどもその表情には、微かに憐憫《れんびん》の情が滲んでいるのが見て取れた。

「……変異種……いや、奇形というべきか……」

頭部に眼窩《がんか》らしきものは辛うじてあるものの、その場所は皮膚で完全に覆われていた。目が退化しているのだ。

胴体から申し訳程度に生えた四肢も、よく見れば異様に細長く棒きれのようで、ほとんど動いてはいない。恐らくはこちらも退化しているのだろう。

そのうえ、巨体の後ろでゆらゆら揺れる尾には、よく見れば竜に似た小さな頭が付いていた。

――これは双頭ではない。三つ首の怪物だ。

もはや蛇と呼べる代物ではなかった。別種の生き物と言っていいほどだ。

「何か別の魔獣と交雑したんじゃないだろうな。あの見た目は普通じゃないぞ」

この巨体では雪中を潜って進むなど不可能だ。二体目のユルムンガンドが雪の上を移動していた理由がこれで知れた。

アレクの言葉を理解した訳ではないだろうが、相対する人間どもの畏怖《いふ》の念を感じ取ったのだろうか、その異形の怪物は嘲《あざけ》るように口元を歪めた。ゆっくりとした動きもまるで挑発するかのようだ。

その口元が不自然に赤黒く、何だろうと目を凝らしたシオリはその正体に気付いて蒼褪めた。

――べっとりとこびり付いた血糊《ちのり》。

よく見ればびっしりと生え揃った細かな牙の隙間から、肉片がぶら下がっている。挟まったままの食べ滓《かす》は、人の指の形を成していた。

二人の老人を喰らったのは、この魔獣なのだ。

喉元《のどもと》まで込み上げる不快感を、シオリはどうにか深呼吸でやり過ごした。

木々の隙間を押し開いて、無理やりその巨体を一行の前に引きずり出したユルムンガンドは、ゆらゆらと不規則に揺らめかせていた双頭の首をぴたりと止めた。同時に丸太のように太い尾がゆらりと持ち上がる。

――仕掛けてくる。

それを予兆と察したアレクがすかさず叫んだ。

「相手は未知の魔獣だ！　どんな攻撃を仕掛けてくるか分からん、油断するな！」

微かな大気の揺らぎ、そしてぞわりと肌が粟立《あわだ》つような奇妙な感覚を覚えたその瞬間、怪物が凄まじい奇声を発した。女の断末魔の悲鳴を幾重にも重ねたような、甲高い絶叫が耳を劈く。

「うぁ……！」

「くっ……！」

鼓膜がびりびりと震え、身が凍えるような悪寒が走る。

異様な威圧感に圧倒されて、足元のブロゥはころころぽよんと後ろに転がった。

ふらりと傾いだシオリとマデレイネの身体を、ダニエルが咄嗟に支えてくれた。

「精神攻撃の一種だ。気を強く持ちなさい。君達ならそれで防げるはずだ」

そう言う彼の顔色も幾分悪い。それでも平然と立っているのは、攻撃を躱したからなのだろう。

「慣れてくると奇声を発するタイミングが分かる」

実際、アレク達は奇声をものともせずに攻撃を仕掛けていた。ダニエルのように回避したのだ。ランクが近くとも、経験の差がこういったところで効いてくるのだとシオリは痛感した。

「感覚的なものだからこれは慣れるしかないが、君達ならすぐ慣れるだろう。覚えておきなさい、ああいった初手で奇声攻撃を仕掛けるタイプは、誰が一番弱いのか見定めているんだ。ほら来たぞ」

アレクとカイを相手取っている魔獣の、片方の首がこちらを向いた。退化した目の代わりに蛇特有の感覚器で「最弱の敵」を捉えた怪物は、かぱりと大口を開けた。

遠距離攻撃を仕掛けるつもりだと気付いたナディアの爆炎を一瞬で掻き消し、喉の奥底まで見えるほどに大きく開けた口から、凍てつく強風を吐き出す。

氷の刃交じりの強風は木々の枝を切り飛ばし、その枝を巻き込んでさらに凶悪な暴風と化した。それは、シオリの魔力では到底防ぎ切れないほどのものだ。

しかし、「任せなさい」と呟いたダニエルの二重障壁がその凶風を見事に防ぐ。その呪文《じゅもん》の通り、逆向きに吹く分厚い二重の風障壁が、凶風を左右に散らしたのだ。

「……凄い」

「まともに受け止めるよりは、散らす方が労力もダメージも少なくて済む場合もある」

感嘆の声を上げるシオリに、ダニエルは得意げに微笑んだ。

「君の講義を参考にしてみたんだ。同属性の同時発動ならなんとかなりそうだと思ったが、いや、予想以上に上手くいったよ」

これは研究のし甲斐《がい》がありそうだと言って、彼は満足そうに笑った。

同じ属性であれ、異なる動きをする魔法を同時に繰るのはそれなりの技術が必要だ。それを僅かなヒントだけでいとも容易《たやす》くこなしてしまうダニエルは、確かにやり手の魔導士だった。

その魔導士に邪魔されて「弱そうな獲物」を手に入れ損ねたユルムンガンドは、アレク達の攻撃を躱しながら忌々しげに牙を剥き出す。しかしそれも束の間、不意にその動きを止めた。

もたげた鎌首が向いている方向には、魔獣の死骸が転がっていた。

――仲間の骸《むくろ》だ。

ユルムンガンドは重そうな身体を引き摺《ず》り、仲間の骸に近付いていく。何をする気かと身構えるアレク達には目もくれず、魔獣は骸の前で動きを止めた。

変わり果てた姿の仲間をじっと見下ろすその姿は、まるで黙祷《もくとう》を捧げているかのように見える。

少なくともシオリにはそう見えた。けれどもそう思った瞬間、ユルムンガンドは鎌首をもたげて牙を剥き、骸に齧り付いた。硬いはずの表皮を食い破り、その肉を貪り始める。

「うっ……！」

肉を食《は》み、骨を噛み砕く音が入り混じった不快な音。

ぞっと身を竦《すく》めたシオリとマデレイネは、無意識に身を寄せ合った。

死肉ゆえか、それとも熱で凝固しているからなのか、体液の流出はほとんどない。しかし異形の怪物が仲間の骸を貪り食うその光景は陰惨で悍《おぞ》ましく、アレクでさえ吐き気を堪《こら》えて低く呻いていた。

「……仲間の骸を躊躇いもなく口にするとは……」

この巨体を維持するためには、相当の栄養が必要だろう。一体どれほどの食料を必要とするのか見当もつかないが、共食いさえも厭《いと》わないその貪欲さに怖気が走る。

あまりの凄惨な光景に声もなく立ち尽くしていたが、いち早く我に返ったアレクは身構えた。

ユルムンガンドと呼べるモノなのかどうかさえ分からない魔獣は、邪魔しようとする者の気配に気付いて食事をやめた。食べかけの餌を咀嚼《そしゃく》しながら、ぐるりと巡らせた首がこちらを向く。魔獣の口元が、歪な形に歪んだ。

——これを食べ終えたら次はお前達の番だと、まるでそう言っているようにも思えて、シオリはふるりと身を震わせた。

「あんなものを放置する訳にはいかない。もう人間の味を覚えてしまった。どんな被害を出すか分かったもんじゃない。なんとしても仕留めるぞ！」

言うなりアレクが、一拍遅れてカイが踏み出した。

炎を纏うアレクの魔法剣が片方の首を薙ぎ、カイの重い蹴りとシグルドの鋭い爪《つめ》がもう一方の顔面に直撃する。尾——否、三つ目の首にはナディアの爆風を伴う雷撃が炸裂し、イクセルの氷槍が豪雨のように降り注ぐ。

トリス支部の精鋭による四方同時の攻撃は、並の魔獣ならオーバーキルになるほどのものだ。しかし、手加減なしの攻撃だったにもかかわらず、あまり効いた様子がない。

凄絶《せいぜつ》な冷気を発して魔法弾を蒸発させた三つ目の首は、胴体を大きくくねらせてアレクに牙を剥いた。勿論大人しく攻撃を食らう彼ではない。ユルムンガンドの首を足場に跳躍し、素早く魔獣から間合いを取る。

一方、見事に蹴りを顔面に直撃させていたカイは、アレクに気を取られているもう片方の頭部にも雷拳を食らわせた。それに追随して、身軽に飛び回るシグルドが月魔鉱にも例えられる強度の爪で鼻先を抉っていく。

短い悲鳴を上げる魔獣を、ナディアとイクセルが作り出した灼熱の巨大水槽が襲う。

これで片が付くようなら見掛け倒しもいいところだが、誰もが予感した通りの結果になった。

沸騰する水の柱が、急速に冷えて内側から凍り付いていく。やがて巨大な氷の柱になった——そう思った瞬間、ばきばきと音を立てて弾け飛ぶ。

「……魔法攻撃でいくなら相当工夫しないと難しそうだねぇ。大した魔力だよ」

ナディアとイクセルの魔力はトリス支部では五指に入る。その二人掛かりでの攻撃を呆気なく打ち破った怪物の魔力は計り知れない。

「伝説の幻獣、ディンマ氷湖の氷蛇竜が実在するとしたらこんな感じっすかね」

「勘弁してくれ……と言いたいところだが、伝説を名乗るにはさすがに力不足じゃないか」

「そうだねー。物理攻撃なら多少の光明が見えたし」

アレクの揶揄《やゆ》にはカイも同意した。何らかの手応えを感じたらしい。

彼らは闇雲に攻撃していた訳ではない。攻撃手段と攻撃部位を少しずつ変えながら、冷静に未知の魔獣の弱点を探っていたのだ。

「やっぱり、目や鼻の辺りはほかの場所より柔らかいよ。傷は付かなかったけど、いくらかダメージは入った」

それを受けてアレクもまたニヤリと笑う。

「あの皮膚。垂直方面からの攻撃には強いが、横方向からの攻撃には弱い」

言いながら構えた魔法剣の表面には、銀青色の体毛が絡み付いた鱗がへばりついていた。

「魔法剣を弾き返すような硬度で、あれほどしなやかな動きをするのはおかしいと思っていたんだ。案の定だったな。あの体毛の下は、鱗のような組織で覆われている。鱗の隙間を狙えば物理攻撃が効きそうだ」

口で言うほど簡単ではないだろうが、それを可能にしてしまえるだけの能力が彼らにはある。

「だが、体力と魔力は化け物クラスだ。できれば効率良くやりたいところだな」

「あんだけうねうね動くとね……上手いこと足止めできればいいんだけど」

本体は俊敏とは言い難いが、自在にうねる三本の首や、あのよく撓《しな》る巨体の攻撃を食らえばただでは済まない。四足獣のように腱を斬って動きを封じることもできないとあれば、魔法で足止めしたいところだ。

けれども、あの魔獣に正攻法は意味を成さない。

——間合いを取ったまま言葉を交わす人間を見て好機と見たか、それとも勝利は我にありと思ったのか。次はこちらから行くぞという意思表示か、三つ首のユルムンガンドは雄叫《おたけ》びを上げた。

魔力を帯びた咆哮はそのまま氷交じりの吹雪となり、三つ目の首が放つ雷撃と複雑に絡み合いながら、一帯を覆い尽くそうとしている。

触れれば一瞬で行動不能に陥りかねない魔の領域を拡大しつつ、ユルムンガンドはもぞりと移動を開始した。自らに都合の良い領域の中で、身動きできない獲物をゆっくりと頂こうという訳だ。

もっとも「獲物」の方も黙ってはいない。マデレイネとダニエルが展開する二重障壁と水の膜が柔らかに周囲を護り、ナディアが作り出した巨大な落とし穴がユルムンガンドを足止めする。

ドォン！　という衝撃音。大地が揺れ、魔の領域が正常な空間に戻った。

穴底に横たわる魔獣を、イクセルが巨大な氷に封じ込めた。

「……安心感が物凄い」

出番なくぽつりと呟いたシオリに、見習い身分のブロゥが同意するようにぷるぽよんと震えた。マイペースのシグルドは「もう終わりだろ」とばかりに毛繕いを始めている。魔獣である彼らは、戦いの結末が見えたことを本能で察しているのかもしれない。

「さぁて、そうは言ってもこのまんまじゃすぐ出てくるよ。どうする？」

落とし穴は一時凌《しの》ぎに過ぎない。単純な魔法攻撃も、死に至る前にその膨大な魔力で押し返してしまう。

実際、ユルムンガンドを封じた巨大な氷は早くも溶けていた。泥水の池となった落とし穴の中を優雅に泳ぎながら、目のない顔を上向けた蛇の怪物は嘲笑《ちょうしょう》するように首を揺らしている。

今にも泥水の中から這い出しそうなユルムンガンドを見ていたシオリは、不意にある光景を思い出した。風呂を作る講義の中で、煮え滾る泥沼を前に肩を落としているヴィヴィの姿だ。

「それなら……泥の沼は？」

ぼそ、と呟くシオリに皆の視線が集中した。

「煮え滾ってて、粘度の高い泥の……」

うわぁ、と妙な声を漏らしたカイやイクセルの隣で、アレクとナディアは「悪くない」と頷いた。

「煮え滾る底なし沼って訳かい」

「そうか。泥なら簡単には抜け出せないかもしれんな」

チキソトロピーという現象によって、もがけばもがくほど身体が沈み込んでいく底なし沼。それを魔法で再現すれば、あるいは。

「やってみよう。だが、ただ沈めるだけでは不安だ。身動きが取れなくなったところで首を落とす」

「じゃあそれは俺とアレクの役目だね」

「それなら、泥沼はあたしとイクセルに任せとくれ」

「では、万が一にも煮える泥沼に落ちないよう、私は足場を作ることにしよう。マデレイネちゃん、ブロゥ君。シオリちゃんを頼むよ」

アレク、カイ、ナディア、イクセル、ダニエル。

トリス支部の精鋭達は、瞬く間に自らの役割を決めた。

寄り添うシオリとマデレイネの両脇《りょうわき》を、身体を大きく広げたブロゥが護る。

「――さあ、反撃だ」

ぬ、と落とし穴から二本の首を覗かせたユルムンガンドを、アレクの斬撃《ざんげき》とカイの蹴り技が押し戻す。水飛沫《みずしぶき》を上げた魔獣が再び水面に顔を覗かせた瞬間、イクセルの土魔法が水中で渦を巻いた。

不気味な褐色の泡を立て、ずぶずぶと沈み始める巨体。異変を感じてもがいたユルムンガンドは、急激な加熱で激しく泡立ち始める泥の中で、悲痛な甲高い悲鳴を上げた。

三つ首が滅茶苦茶に首を捩らせながら、苦しげに冷気交じりの息を吐く。温度は一瞬下がったものの、粘度の高い泥は瞬く間に沸騰して一層激しく泡立ち、ゆっくりとその巨体を呑み込んでいく。

すっかり正気を失った怪物は、落とし穴を取り囲む人間どもに視線を向ける余裕すらなく、吐き気を催すような絶叫を上げて、煮え滾る泥沼から必死に抜け出そうとのたうち回る。

「よし、いけそうだな」

アレクの合図でダニエルが足場を作る。氷魔法で強化した土塊が、蓋《ふた》のように落とし穴を覆った。

激しい蒸気で内部から爆発しないよう、通気口を作るという気配りまでされている。

三つ首を地上部に残して、本体を完全に泥沼に封じられた形となったユルムンガンドは、しゅうしゅうと苦し気な吐息を漏らして身を捩る。

「通気口に落ちないように気を付けなさい」

「ああ、分かった！」

「よし、行くぜ！」

掛け声と同時にアレクとカイは踏み込んだ。

カイは弱りつつあるユルムンガンドの、その目元に魔力を乗せた凄まじい一撃を加えていく。回避も反撃も許さない、重く激しい連続攻撃の傍らで、シグルドの鋭利な爪が鼻先を執拗に抉っていた。

やがてその首は「ぴぎっ」という奇妙な悲鳴を上げた。潰れて拉《ひしゃ》げた頭部がぐらりと揺れ、辛うじて口と分かる裂け目から血泡を噴きながら、その首は力を失ってぽとりと地上に落ちる。

その一方では、アレクがもう一方の首に激しい斬撃を加えていた。

首伝いに頭頂部まで駆け上がりながら、逆剃《さかぞ》りするように撫で斬りしていく。それを幾度か繰り返すうちに、高熱の泥によって半ば捲《まく》れ上がった鱗が削げ落ち、柔らかな肌が露《あら》わになった。

肌を護る体毛と鱗さえ剥がれてしまえば、もはやアレクにとっては敵ではない。炎を纏わせた魔法剣を振り上げたアレクは、全体重を乗せて振り下ろす。

肉と骨が断ち切られる音。

吹き飛んだ首は雪の上を激しく転がった後、やがて立ち木に激突して止まった。

「あと一つ！」

叫んで振り返ったアレクだったが、ほかの二つよりも遥かに細い首はとうに限界を迎えていた。

それでも最期にせめて一矢報いようと思ったのだろうか。首を高く掲げ、その行為で力の全てを使い切ったユルムンガンドは、断末魔の叫びを上げてゆっくりと沈んでいった。

「キュイイイィ――――……」

そのか細く甲高い咆哮は、奇妙に悲しげに響き渡る。

残酷な生体実験の末に生み出され、怪物として処分される我が身を嘆いているかのような、哀しみを孕《はら》んだ悲鳴。

やがてその声も消え、泥の中に僅かに身体の一部を覗かせているだけになったユルムンガンドは、全ての生命活動を停止した。

シオリの探索魔法にも反応しない。禍々しくも悲しき異形の怪物は、死んだのだ。

「……終わったな」

戦いを終えたアレクの横顔には、どこか物憂げな色が滲んでいた。そしてぽつりと呟く。

「帝国は……滅んでもなお、こうして呪《のろ》いのように災いを振り撒《ま》き続けるんだな」

それが何を思っての言葉だったのかは分からない。けれども長きにわたって国を導き、帝国と戦い続けた王家の血を引く彼には、色々と思うところがあるのだろう。

静かに歩み寄ったシオリは、そっとアレクの手に触れた。ぴくりと動いた武骨な手が、そのままシオリの手を握り締める。

そんな彼らを、茜色《あかねいろ》に染まりつつある空が静かに見下ろしていた。

7

現場の後始末と魔獣の遺骸《いがい》の保存作業を終え、被害者の遺体を包み終わる頃には、空はすっかり夕

焼けの色に支配されていた。夕日影の森はまるで影絵のようで、雪が残る山にくっきりとした黒い陰影を落としている。

眼下の村には灯《あか》りが灯《とも》り、家々からは炊事の煙が上っている。その長閑な光景は、遠目には災害などなかったかのようにも見えた。

夜を迎えつつある山は静寂に包まれ、惨劇があったことが嘘だと思えるほどに穏やかだった。

「このままここで一泊したいところだよなぁ……」

「さすがに疲れたっすもんねぇ……何にも考えずに今すぐここで寝てしまいたい……」

疲れ切った顔を隠しもせずにカイとイクセルはぼそりと呟いたが、誰も咎《とが》めたりはしなかった。

未知の魔獣との手探りの戦いも理由の一つだろうが、一般的な討伐依頼以上に、人命救助は精神的な負担が大きいからだ。特に死者が出るような現場ではなおさらだった。

「まぁ、今日は多分村に一泊することになるだろうな」

「無理に帰るよりは、その方がいいだろうねぇ。下で頑張ってる連中もだいぶ疲れてるはずだよ」

「午前中からずっと魔法使いっぱなしっすからねぇ。ああ、もうここからそりで滑り降りたい……」

イクセルの呟きに小さな苦笑を漏らしたアレクは、ふと何かに気付いて「おっ」と声を上げた。

「良かったな。帰りは少し楽をさせてもらえそうだぞ」

彼が指差す方向から、魔法灯の光が近付いてくる。小さな光点だったそれはやがて、魔法灯に照らされた魔犬ぞりの姿を成した。そりを引くのは半ば飛ぶようにして走る魔犬で、彼らを御しているレオ・ノルドマンが手を振るのが見えた。

「騎士隊の救助艇だ」

沢山の安堵の溜息が漏れる中、谷の縁に沿うようにしてそりを走らせてきたレオは、出発時と変わることのない顔ぶれに険しい表情を緩めた。

ちゃっかり同乗していたルリィも、荷台からぽよんと飛び降りる。

「良かった。無事だったか」

「お陰様でな。わざわざ来てくれたのか」

「ああ。多少無理を言って借りてきた。さすがに疲れているだろうと思ったからな」

トリスからの救援部隊が瓦礫の運搬用に持ち込んだものらしいが、幸い夕方までには通行の邪魔にならない程度に片付いたようだ。救援部隊に掛け合い、空きが出たそりを捜索隊のために出してくれたらしい。

「ありがたい。さすがに疲れてどうしようかと思っていたところだ。それに……あの二人もできるだけ早く帰してやりたかったしな」

アレクが視線を向けた先を見たレオは、それで全て察したようだった。布包みの傍らに膝を突き、中で眠る二人の老人に黙祷を捧げた。

「……やはり、件《くだん》の魔獣にか」

「ああ。仲間を逃がすために自ら囮になったようでな。経緯はどうあれ、あれほどの化け物から身を呈して仲間を護ったその精神、称賛に値する」

「化け物？」

その言葉に何か含むところを感じ取ったレオは、アレクが無言で指し示した物体を目にして、今度こそ息を呑んだ。

「――何だこれは」

　魔法灯の光で薄暗がりの中に浮かび上がる竜頭の大蛇と三つ首の怪物は、骸となってなお異様な威圧感を放っている。

「ユルムンガンドとやらではなかったのか？　聞いていた話とは随分違うぞ」

「特徴はある……が、ただの変異種か、交雑した何かなのか、正直判断できないんだ。あまりにも様子が違い過ぎる」

「騎士隊でしっかり調べてもらった方がいいだろうと思ってね。勝手かとは思ったけど、一応凍結処理を施してあるよ」

　低い唸り声を上げて黙り込んでいたレオはやがて、「近いうちにギルドにも通達が行くだろうから、今話しておく」と意を決したように切り出した。

「実はな。帝国との国境地帯で、奇妙な魔獣の目撃情報が相次いでいる。内乱末期に実験動物を解き放ったとか、証拠隠滅に失敗して脱走した生体実験の被験体という話もある。真偽はまだ不明だが、それらの魔獣はどれ一つとして同じ姿をしていない……ということだ」

　ごくりと誰かの喉が鳴った。

　どれ一つとして同じ姿をしていない奇妙な魔獣。

　――目の前で屍《しかばね》を晒している二体の魔獣は、どちらもユルムンガンドの特徴を有していながら、まったく異なる形状を成している。

　シオリは無意識にアレクの腕を掴んだ。安心させるように、彼の手が優しく背を撫でる。

　ルリィ達使い魔は興味深そうに死骸を眺めていたが、やがてぞっとしたようにきゅっと身を竦めると、慌てたようにこちらに戻ってきた。

「相次いでいるとはいえ、件数自体はさほど多くはない。片手の指に収まる程度だ。だが、年明け以降から特定地域で既に四件という数字は見逃せん。これほど領都に近い場所でとなるとなおさらな」

「そういうことなら、早いうちに山狩りした方がいいんじゃないのかい」

ナディアの指摘には「上層部もそのつもりでいるはずだ」と彼は答えた。

「もっと国境に近い地域では、帝国軍の残党狩りを兼ねて巡回を強化している。この近隣も、しばらくは山奥への侵入を禁じた方が良さそうだな。こいつらについても当面は他言無用だ。魔獣について何か訊かれたら、適当に濁しておいてくれ」

「それは構いませんが……遭難した人達が見ているのでは？　誤魔化せないんじゃないですか？」

「救出した連中からいくらか話を聞いたが、幸い彼らは首の一部しか見ていなかったようなんだ。どうも雪で本体が隠れていたようでな。二体見たというのも恐らくはこの双頭——いや、三つ首か——の魔獣の、首から上だけが見えていたのではないかと思う」

ただのユルムンガンドだった。落ち着くまではそういう話にしておいた方が良いということだ。

「遺骸は数日中には回収させよう。この大きさでは大型のそりが必要だろうが……作業のときには人目を考えた方が良さそうだな」

運び出すときに村人には不審がられるかもしれないが、どうにかするしかないなと苦笑いしたレオは、「だが」と気を取り直すように言った。

「村を脅かした魔獣は倒され、死者も含めて行方不明者は全員見つかった。村への到着を以って、この依頼は完遂となるそうだ。あとのことは我々に任せてくれ」

「全員？　ということは残りの一人は見つかったのか」

アレクの問いに、彼は頷く。

「自力で下山したところを保護した。どうやら一人だけ別方向に逃げたようでな。貴殿らが入山したルートとは別ルートで下りてきたよ。だいぶ衰弱してはいたが、怪我一つなかった。一晩しっかり休めば大丈夫だろうとのことだ」

途中で救出した遭難者も容体は落ち着いているという。

全員発見の報にそれまで重苦しかった空気が和らぎ、いくらかの笑顔さえ見えた。

「身を呈して仲間を護った二人の献身は無駄ではなかった。災害救助犬の到着を待っていたのでは全滅の危険もあったが、思わぬ形で探索魔法の有効性が実証された訳だ。下の連中も、手応えを感じているようだぞ」

レオはシオリを見て微笑んだ。

アレクの腕がそっと腰に回され、足元のスライム達も嬉しそうにぷるんぽよんと震える。

「……さあ、戻ろう。村の連中も『友人』の帰還を待っている。貴殿らも疲れただろう」

犠牲者は出てしまったが、仲間を無事家族の元にという故人の願いは叶えられた。あとは彼ら自身をその仲間の元へ送り届けるだけだ。

魔獣の遺骸を雪で隠し、二人の老人を丁重にそりに載せ、冒険者達は空いた場所に次々と乗り込んでいく。

やがて魔犬ぞりはゆっくりと坂を下り出した。

――惨劇の山は、今は静かに人々を見下ろしていた。

第二章　標《しるべ》の星

1

行きはあれほど時間が掛かったというのに、魔犬ぞりに乗ってほんの数分で下界に下りることができたシオリ達は、神妙な面持ちの村人に出迎えられた。

啜《すす》り泣きが響く中、白い布に覆われた二人の老人がそりから丁重に下ろされる。

「おやじさん……」

手厚い看護でいくらか回復したのだろうか。数時間前に救助されたばかりの男が、家族に身体《からだ》を支えられながら眠る老人のそばに膝を突く。

「……最期まで仲間の無事を気に掛けていたぞ」

アレクが今際《いまわ》の際の言葉を伝えると、彼は唇を噛《か》み締めたまま何度も頷《うなず》いた。

「皆無事だと伝えたら、これでカミさんに蹴《け》り返されずに済むとも言っていた」

それまで啜り泣きだったものが、今度は泣き笑いに変わった。

「おやじさんらしいや」

「尻《しり》に敷かれてたからなぁ」

「ベタ惚《ぼ》れだったしな」

「愚痴なのか惚気《のろけ》話なのかよく分かんない話、しょっちゅう聞かされたものねぇ」

涙交じりの笑顔で語られる想《おも》い出話からは、二人が慕われていたのだということが分かる。彼らの死は驕《おご》りが招いたものには違いないが、最期まで「おやじ」であろうとした二人の人柄が偲ばれた。

「――さぁ、今夜は御魂《みたま》送りの祭だ。盛大にという訳にはいかないが、飲んで、食べて、沢山想い出話をして二人を送り出そうじゃないか」

御魂送りとは通夜のようなものだ。しかし、それはしめやかに行われるものではない。

各家庭から持ち寄った酒や料理を摘まみながら、棺《かん》を囲んで想い出を語り、賑《にぎ》やかに歌い踊って、ここに不幸な死者はいない、新たな生へと旅立つ祝福された旅人しかいないのだと、魂を奪い去ろうと近寄ってくる悪霊達に知らしめるのだ。

「あんた達も来てくれよ」

「お酒を飲みながら騒ぐのが好きな人達だったから。人は多ければ多いほど喜ぶわ」

村人達の熱心な誘いに押されるように、シオリ達もまた頷いた。

魔除《まよ》けの篝火《かがりび》が焚《た》かれた村の広場に簡素な祭壇が組まれ、安置された棺には色鮮やかな刺繍《ししゅう》を施した飾り布が掛けられる。それを取り囲むようにして設けられた宴席には、村人達が持ち寄った酒や料理が次々と運び込まれていった。

災害現場で炊き出しを行っていたロヴネル家の料理人も、前途ある若者達を救った二人の英霊に捧げる一品を振る舞って祭りに花を添えた。

村人で結成された即席の楽団は鍵盤ヴァイオリンや横笛を奏で、村人がそれに合わせて伝統の踊りや歌を披露する。

　彼らに交じってぽよんぴよんと跳ねるスライム達の愛らしさに微笑《ほほえ》んだシオリは、賑やかな雰囲気に半ば圧倒されたように感嘆の息を吐《つ》いた。

「……凄《すご》いね」

「こういうのは初めてか？」

「うん。話には聞いてたけど、見たのは初めて」

「そうか。まぁ、俺《おれ》も実際に見たのは数えるほどしかないけどな」

「そうなんだ？」

「だいぶ古い風習だからな。今ではこういう小さな村くらいでしかやるところはない」

　今ほど生活環境が整えられてなかった時代は、死臭を嗅《か》ぎ付けた魔獣に襲われる危険があった。戸数が少ない、ごく小さな集落ではなおさらだ。だから火を焚き賑やかに騒いで、魔獣を追い払っていたという。単なる悪霊除けではない、もっと現実的な危険を避ける意味合いもあったのだ。

　けれども結界技術が発展して墓地が整備されるようになると、この風習は次第に廃《すた》れていった。

　一度言葉を切ったアレクは、温めた果実酒を啜った。篝火の光を映して、その瞳《ひとみ》は不思議な色に煌《きら》めいている。

「今では葬儀屋に任せるのがほとんどだな。少なくとも、ある程度の規模の町なら専門の業者がいるからな。母のときも、看取ってくれた医者が手配してくれた。それで隣近所のごく親しい人だけで見送ったんだ」

　三十代の若さでこの世を去った彼の母は、一度はトリス郊外の共同墓地に埋葬された。しかしその後、異母弟の計らいで王家に仕えた者のための墓地に移されたそうだ。

「いつか、一緒に墓参りしてくれるか？」

いずれは王都に出向くことになるだろう。それがいつになるかは分からないが、そのときには亡き両親にも紹介したいと彼は言った。

勿論《もちろん》シオリに否やはない。こくりと頷くと、彼は嬉《うれ》しそうに微笑んだ。

――不意に村人達がどっと沸いた。故人に纏《まつ》わる愉快な話が披露されたらしく、冒険者達はおろか騎士や兵士、辺境伯夫人までもが腹を抱えて笑っている。そうして「おやじさんに！」と幾度目かになる献杯の音頭が取られ、新たな酒瓶が次々と開けられた。

宴《うたげ》の始まりから既に二時間。夕闇《ゆうやみ》すらも消えてすっかり暗くなっていたけれど、未《いま》だ宴は終わる気配を見せない。

冒険者の一部はここで切り上げることにしたようだ。それなりには宴を楽しんでいた彼らもさすがに疲れたようで、騎士隊の厚意で用意された天幕に潜り込んでいく。仲間内では最年長者のダニエルも、「さすがに老骨には堪《こた》えるな」と苦笑しながら輪を抜けていった。

その一方で、気分が高揚して眠るタイミングを逃してしまった者達もいて、彼らは見張りをしがてら雑談を楽しむことにしたようだ。

シオリとアレクもその一人だ。ルリィとブロゥが眠る横で、静かに杯を傾けながらとりとめもない話をしていると、背後に立つ者があった。

「お二人とも、お疲れさん」

肴《さかな》を盛った木皿を手にしたバルトは、横に立つ辺境伯夫人モニカ・オスブリングに目配せをしながら言った。

「夫人が二人に挨拶《あいさつ》したいって」

災害救助部隊の臨時指揮官として現場に立っていたモニカは、美しく微笑んだ。

「我々は一旦引き上げるわ。閣下に報告をして、明日《あす》改めてこちらに来ることにしたの」

直々に挨拶に訪れた辺境伯夫人に恐縮して慌てて腰を上げた二人を、彼女は「そのままでいいわ。お疲れでしょう」と押し止《とど》め、そして姿勢を正す。夫人の立ち姿は凛々《りり》しく、騎士だった往年の姿を連想させた。

「貴方《あなた》方のお陰で救助活動を円滑に進めることができました。残念ながら犠牲者が出てしまったけれど、雪崩《なだれ》による被害者を全員無事救助できたこと、感謝いたします」

「恐縮です。お役に立てて何よりでした」

騎士然として謝意を述べた彼女は、不意に表情を緩めて言った。

「――災害救助犬がいない現場で、これは本当に凄いことよ。あの探索魔法は、見よう見真似《みまね》の付け焼き刃であっても十分に機能したの。我が辺境伯家でも取り入れるよう、閣下に進言するつもりよ」

今後も是非技術指導をお願いしたいと熱心に語るモニカの眼差《まなざ》しは、ひどく真剣なものだった。彼女の言葉が決して社交辞令でないことが分かる。

「今後もお役に立てるのでしたら、是非」

「ええ。あまり大きな声では言えないけれど……国境地帯の魔獣の話は聞いたでしょう。今日《きょう》の件もあるから、もしかしたら協力をお願いすることになるかもしれないけれど、そのときはよろしくね」

「はい」

シオリと挨拶を交わした後、バルトと、それから恐らくは本来の身分を知っているのだろうアレクに微笑み掛けたモニカは、美しい敬礼を披露してから去っていった。

それを見送ったバルトは、空いた席に腰を下ろして小さく溜息《ためいき》を吐く。普段から朗らかな表情を崩さない彼も、さすがに疲れたようだった。

「バルトもお疲れ様。大変だったでしょ」

香辛料入りの温かい果実酒を木製カップに注ぎ入れると、それを受け取ったバルトは「まぁね」と眉尻《まゆじり》を下げてへらりと笑った。

「被災地での指揮は何度かやったけど、出先でいきなりってのは初めてだったからね。でもまぁ、何事も経験だから」

「そっかぁ……さすがだなぁ」

二十六という彼の年齢は、為政者という立場を考えればかなり若い。しかし、名門伯爵家当主の側《そば》仕《づか》えとして召し上げられてから十五年以上。若いながらも既にベテランの域にある。実際かなりのやり手で、若き女伯の腹心として辣腕を振るっているということだった。

ただでさえ今の彼は祖父——元男爵の一件で風当たりが強いと聞く。その逆風さえふんわり包んで呑《の》み込んでしまう、彼の柔軟さは尊敬に値する。

自分が二十六のときはどうだっただろうか。勿論それなりにしていたという自負はあるが、それでももっとふわふわと生きていたような気がする。

もっとも、その一年後には突然異世界に放り出されて、随分と——むしろ過分に鍛えられることになるとは思いもしなかったのだけれども。

「——でもさ、シオリってしばらく会わないうちに、随分雰囲気変わったよね。前からしっかりした

印象だったけど、この数ヶ月でさらに地に足が着いたっていうか……なんというか、儚《はかな》い感じがしなくなったかも。アレクもなんだか明るくなったしさ」

言葉にしあぐねているようではあったが、バルトの指摘は的を射ている。

「あの後も色々あったから。色んな人達とかかわって、沢山話して……ようやく自分の立ち位置を見極められたような気がするの」

「そうだな。過去に向き合って、これからのことを前向きに考えられるようになったってことさ」

人前で堂々と恋人の肩を抱き寄せたアレクの、その言外の意味を察したバルトは「おお？」と目を見開いた。

「――そっかぁ。それは何より」

バルトは笑った。

「こりゃあ、うちの二人とどっちが早いかって感じになってきたな」

まるで保護者か何かのような言い草には笑うしかないが、「おめでとう。そのときが来たら、改めてお祝いさせてくれよ」という言葉は素直に受け取った。

「こういう席で言うもんじゃないだろうけど」

「ううん、ありがと。嬉しいよ、バルト」

この世界で得た恋人と友人と共に、果実酒を傾けながら祭壇を囲む人々を眺めた。

故人の旅立ちが安寧と喜びに満ちたものであるようにと願う人々の笑い声が弾《はじ》け、それに呼応するように祭壇の篝火がぱちりと爆《は》ぜた。火の粉が舞い、まだ冷える春の夜空に吸い込まれるようにして散っていく。その先で輝く星々は、次の生への旅立ちを待つ魂なのだと誰《だれ》かが教えてくれた。

——おやじさん達、良い旅立ちになりそうだな。

誰かがそう言い、そうだな、と誰かが返事した。

そうして想い出を語り合いながら、祈りと願いを込めた杯を酌み交わす音に混じって、ふと懐かしい人の声を聞いたような気がしたシオリは顔を上げた。

温かく穏やかな、落ち着いたアルトの声が耳を打つ。

——幸せでいるのなら、それでいいのよ。

それは、愛する妻のもとへと旅立つ故人を偲ぶ、誰かの声だったかもしれない。

けれども一瞬聞こえたその言葉が、懐かしい日本語だったように思えて——自分を生み育ててくれた人の声のようにも思えて、堪《たま》らなくなったシオリは恋人の胸元に顔を埋めた。

「……シオリ。どうした。シオリ？」

驚いたアレクの声が頭上から降ってくる。けれども、シオリは顔を見せまいと必死に彼の胸元に縋《すが》りついた。こんなにも沢山の人が集まる場所で、涙を見せたくはなかったのだ。

ただ一言、「母さんの声が聞こえたような気がしたの」とだけ言うと、彼は「……そうか」と頷いてくれた。

「——御魂送りの祭では、ときどきそういうことがあるらしいよ。故人を迎えに来た精霊が、送り出す手助けをしてくれた人達へのお礼に、懐かしい人の声を届けてくれるんだってさ」

もう二度と会うことが叶《かな》わない大切な誰かの言葉を届けてくれるのだとバルトは教えてくれた。

「その声を聞けた人は、必ず幸せになるって言われてるんだ。そして、声を聞いた人がいるその祭で送られた人の次の人生も、祝福されたものになるってね」

この世とあの世を繋《つな》ぐ精霊の祝福なんだよと、そう言ってバルトは微笑んだ。

「……そっか。そうなんだ。嬉しい……かな」

どうにかそれだけ言ったきり肩を震わせ続けるシオリを、アレクは強く抱き締める。

そんな二人を眺めて柔らかな笑みを浮かべたバルトは、夜空に向けて静かに杯を掲げた。

――優しい祈りと願いの夜は、穏やかに更けていく。

2

日付が変わって間もない時刻の辺境伯邸の一室。

トリスヴァル辺境伯クリストフェル・オスブリングは、王立生物工学研究所発行のその報告書を険しい表情で眺めていた。その表紙には「トリスヴァル領シルヴェリア地域の未確認魔獣に関する報告書」と記されている。前年十二月初旬、シルヴェリアの街近郊において発見、討伐された未確認魔獣――通称雪男の調査報告書だ。

クリストフェルは、一度目を通したその報告書を再び捲《めく》った。鑑定責任者や発見者の氏名に続き、検体の採集日時や採集地などの項目が並び、解剖結果などの詳細が続く。

『――昨年十二月、トリスヴァル領シルヴェリア林道において発見された魔獣について、分析結果を以下の通り報告する。
■体長

約三・二メテル

■重量

約七五二シログラム

■所見

簡易分析の結果、回収された魔獣の骨格はトロール、もしくはオーガとの類似点が認められる。しかし、体組織や両手足の指の本数及び「吐息」の排出口等、既存の魔獣との相違点（別添資料参照）が多く、未知の魔獣である可能性は否定できない。断定に至るまでにはさらなる分析が必要である。

なお、十一月中旬にトリスヴァル領ヴィオレッテ地域で発見された遺留物と、体組織構成及び足型が一致。十月下旬～十一月下旬まで当該地域に出没した魔獣と同一個体であると断定する。

また、過去二十年以内に、同領フィブリア地域及びエステルヴァル領トルンロース地域において発見された足跡や体毛が、今回採集された検体との類似点が極めて多く、当該地域においてこの魔獣、もしくは近似種が繁殖していると推測される。

■備考

笑顔と思《おぼ》しき感情表出行動があったとの報告あり。照会の結果、発見者の冒険者パーティはいずれも高ランク保持者で信用に足る人物であるほか、同行者三名（ロヴネル伯以下三名）の証言もあることから、目撃情報の信憑《しんぴょう》性は高いものと思われる。人類に近い高い感性を持つ可能性――』

「……いかがなさいましょう、閣下」

クリストフェルは、秘書官の声に眉間《みけん》を揉《も》みながら顔を上げた。

「報告書が事実ならば至急対策を練らねばならんな。幻獣が実在した……か」

疑いようもない事実だからこそ、検体が王立生物工学研究所に送られたのだ。報告書はエステルヴァル辺境伯や王立騎士団本部、そして王にも送付されたらしい。

――目撃証言や噂《うわさ》話などで存在が主張されてはいるものの、実在は確認されていない生物と定義されている魔獣の総称、幻獣。そのうちの一つが雪男だ。

分厚い木製の扉を一撃で粉砕した。頑強な農耕馬を抱え上げて背骨を圧し折った。雪熊《ゆきぐま》の巨体を手刀で貫通させた――等々、数々の恐るべき伝承を残すこの幻獣の実在がほぼ確定したのだ。

今まで単なる誤認や与太話として片付けられていたのは、生きた姿や遺骸《いがい》が確認できなかったからだ。しかしそれは、これまでに雪男と遭遇して生還した者がいなかったからかもしれない。

事実、近年雪男の目撃情報が相次いだ地域では、数名の行方《ゆくえ》不明者が出ている。その一部は、消息を絶ったと思われる場所に大型魔獣に襲われたと思しき痕跡《こんせき》があった。当該地域内は国内でも特に雪熊の生息数が多いために、これに襲われたかと思われていたのだが――。

「……もし本当に高い知能があるのならば、遺体を隠蔽するくらいはやってのけるかもしれんな」

不明者の全てがこの幻獣に襲われたとは思わないが、可能性は考えられなくもない。

「幻獣のこれまでの目撃情報は」

「は。こちらに」

指示するまでもなく、有能な秘書官は資料を纏めてくれたらしい。執務机の上に、手早く書類と領内の地図が広げられていく。地図上には数十ヶ所に及ぶ印が付けられ、それらは幻獣の種類ごとに色分けされていた。

「記録にある幻獣の目撃情報は全て転記しております。雪男と思われるものは青で記しました」

「……なるほどな」

秘書官の示した青で記されている印の九割以上が、報告書に記載されているシルヴェリア、ヴィオレッテ、フィブリア地域に集中している。それらは全てシルヴェリアの森と、タウベ丘陵を挟んで森に向かい合うフィブリア原生林周辺の地域だ。

「つまりこの雪男と思しき魔獣は、領内では少なくともこのタウベ丘陵周辺に複数体棲息《せいそく》している可能性があるということか」

「そうなりますね。遺留物が見つかったのもこの地域だけです」

「大規模な調査隊を派遣したいところだが……まったく、帝国め。いったいいつまで手を煩わすつもりなのか」

吐き捨てたクリストフェルの視線の先には、壁面に貼り付けられた地図がある。

その国境地帯の地図には五つの罰印が打たれ、うち四つには魔獣のスケッチが添えられていた。いずれも異形とも呼べる姿の魔獣で、帝国の生体実験施設から逃走したものだとされていた。

幸いこれまで人的被害はなかったが、五件目でとうとう犠牲者を出してしまった。その五件目の報告がもたらされたのは、つい数時間前のことだ。

「対処に精鋭部隊を派遣しなければならなくなった。内乱直後で不安定な国境地帯の防衛に人手を割いている今、そう何度も貴重な人材を投入したくはない……というのが正直なところだが」

だが、件《くだん》の施設から逃走した実験体の数は今のところ不明。極秘に会談した帝国の協力者ウラノフ選帝侯の話では、ほとんどは外界の環境に適さず国境を超える前に死滅したというが、大型の個体が少なくともあと一、二体は王国側の山中に潜伏している可能性が高いということだった。

どうやらそれが今回のユルムンガンドであるらしいが、一度は大規模な山狩りをしなければならないだろう。

「――それで、例の講座はどうだった。シオリ女史の魔法は使えそうか」

クリストフェルは、それまで静かに傍らで控えていた妻に話題を振った。雪崩被災地のエクレフ村から帰還したまま、未だ武装を解いていないモニカは「ええ」と頷く。

「探索魔法はすぐにでも取り入れるべきね。たった一度の手習いでも使い物になったのよ。でも本格的に実戦投入するにはもっと時間が必要だわ」

六月初旬にはオリヴィエル王の生誕祭がある。それまでには良い報告をして少しでも憂いを払いたいところではあるが、なにしろ相手は未知の魔獣だ。慎重かつ確実に事を進めねばなるまい。

「山狩りの件は、陛下とエドヴァルド殿にも報告を。探索魔法についてはいずれシオリ女史にご足労願って、直接指導してもらうことも考えねばならんな」

広範囲に及ぶ探索――索敵魔法とも呼べるそれの精度は、現状考案者のシオリ・イズミが最も高い水準にある。その水準に至るためにも是非とも彼女の協力を取り付けたいが、そのためにはアレクセイやブレイザックにも話を通さねばなるまい。

「――貴方《あなた》。今、こんなことなら自分が保護しておけば良かったなんて思っているでしょう」

不意に黙りこくってしまったクリストフェルに、妻のじとりとした視線が向けられた。

「勝手に人の心を読まんでくれ……」

「まぁ。人をまるで覚《さと》りの妖魔《ようま》か何かのように仰《おっしゃ》って」

騎士爵と移民の使用人との間に生まれた子という立場から、夜会会場でひっそりと壁の花に徹していたあの娘が随分と強くなったものだ。

「……ブレイザックに任せず私が引き受けていれば、今頃《いまごろ》は素晴らしい兵士に育っていたかもしれないなどと思ってしまったことは確かだ」

「それに、未だに独り身で婚約者も決まっていない末息子の連れ合いに……というところかしら。見た目の釣り合いは取れているかもしれないけれど、いくらなんでも歳上過ぎるわ」

だから心を読まんでくれと苦笑いしたクリストフェルは、「だが」と正直な想いを口にした。

「あいつに任せたからこそ、アレクは彼女と出会い、そして立ち直ることができた。それに私の下にいたのでは、彼女の才能は花開かなかったかもしれない。今の二人の笑顔はなかったかもしれないと思えば……まぁ、決して悪い判断ではなかったよ」

もっとも、己の手元に置いていれば、彼女がランヴァルドの毒牙に掛かることはなかっただろう。しかし、それを口にすることはなかった。もしもで物事を語ることほど不毛なものはない。

今己ができることは、あんな馬鹿《ばか》げた事件が領地で二度と起こらないようにすること、そして身分を隠して生きる王兄と、かつては「天女」という暗号名で呼ばれていた監視対象、その二人の邂逅《かいこう》を喜び、この先の人生が光に満ち溢《あふ》れたものであることを祈るだけだ。

「――それで、合成魔獣と件の幻獣の情報公開はいかがなさいますか。エステルヴァル領では被害拡大を防ぐために、限定的に冒険者ギルドとの情報共有を決定したそうですが」

秘書官の言葉に意識を浮上させたクリストフェルは、再び机上の地図に視線を落とした。

ヴィオレッテ地域からシルヴェリア地域にかけて活動していた雪男は討伐された。だがフィブリア地域では、過去五年以内の目撃情報が集中している地帯がある。こちらは誤認か、それとも。

「いずれも同じ対応でいく。領内のB級以上の冒険者に限り情報を開示せよ。各支部に連絡を。連日遅くまでの残業で済まないが、もうしばらく辛抱してくれ」

「承知しました」

秘書官は一礼して下がる。

長い溜息を落として椅子《いす》の背に身体を預けたクリストフェルは、手元の書類をぺらりと捲った。それから机上の地図を見る。定期的に目撃情報が寄せられるいくつかの地点。

「……ノルスケン山のフェンリルに、ディンマ氷湖の氷蛇竜……か」

少なくとも関連機関では、雪男の存在はほぼ確定と認識されている。ならば、ほかの幻獣も誤認ではなく実在するものなのではないか。

「……まさか――な」

――捲ったままの書類のその頁《ページ》には、不気味に笑う雪男の姿が描かれている。

3

翌日の朝はよく晴れ渡っていた。優しいベビーブルーの空を小鳥が優雅に飛び交い、柔らかな陽光が優しくハスロの森を照らしている。

村人に慕われた男達を送り出すには相応《ふさわ》しい、清々《すがすが》しい春の朝だった。

バルト達は遅れた日程を取り戻すため、朝食後すぐ出発した。

「挿絵画家の件についてはいずれ連絡するよ」

別れの間際にそう付け加え、温かい握手を交わして去っていった。

慌ただしい別れだったが、今後も会う機会があるのだという希望が寂しさを和らげてくれた。

「俺達も行くか。ギルドにも連絡はしたが、心配してるだろうからな」

アレクの言葉で心配性の兄貴分の顔を思い出したシオリは、苦笑いしながら頷いた。

仕事に対しては厳しいザックではあるが、基本的には優しく愛情深い。

だから、誰かが予定を過ぎても帰還しなかったときに、冷静に構えている彼が実は内心ひどく気を揉んでいることをシオリは知っていた。誰かが依頼をしくじれば、ギルド――ひいては己の采配ミスや指導不足がなかったか厳しく内容を改め、誰かが命を落とせば人知れず思い悩んでいることも。

騎士隊のような指揮・命令系統によって秩序付けられた組織とは違い、自由と自己責任のもとで働く冒険者の全てに目を配ることは難しい。けれどもザックは、可能な限りそうしようとしていた。ギルドマスターである彼にとって、支部に所属する冒険者全てが護《まも》るべき「家族」なのだろう。

そんな彼の性質を形作ったものが、幼少期に過ごした孤児院での生活にあることを知ったのは、つい最近のことだ。

「せっかくだからあんたがたにも見送って欲しかったが、これ以上引き留めるのも悪いからなぁ」

名残惜しそうな村の男に、「これだけの大人数で長い時間留守にする訳にもいかないからな」とアレクは苦笑いした。

葬儀に参列することはできないが、その代わりに明け方馬車で駆け付けた遺族に直接弔意の言葉を贈った。そして深々と頭を下げ手を振る村人や、支援と警備のために残るレオ達騎士隊に別れを告げて、トリスへの帰路に就く。

馬車に揺られる同僚の顔に浮かぶ表情は様々で、彼らの心中に去来する想いは推し量ることしかできない。ただ一つ言えることがあるとすれば、そこにあるのが故人への悼《いた》みばかりではなかったということだ。

「……早く練習したいなぁ」

どこか落ち着かない様子で呟《つぶや》くヨエルに、何人かが頷いた。一日を共に過ごして同僚との距離を取り戻しつつあるヴィヴィも、思うところがあるのか左手を擦りながら無言で外の景色を眺めていた。

――書類上、低級魔導士となっているシオリが披露した数々の高等魔法は、参加者に希望と可能性を示した。魔法を極めるためには、魔力量など些末《さまつ》な問題だと知ったのだ。

講習と実地研修を経て、研究心と探求心に火が付いた――トリス支部開設以来の魔法ブーム到来である。


雪解けの水が川を満たし、湿原を湖に変える春のただ中。オロフら出稼ぎ組が次々と郷里に帰り始める頃、トリス支部はかつてない活気に満ちていた。

談話室のそこかしこで魔法談義の輪ができている。既存魔法の活用と応用について意見交換をする者もあれば、魔法書の解釈を論じ合う者、武器との併用について語り合う者と様々だ。

トリス近郊の森や平地では、基礎練習や独自魔法の開発に没頭する者達の姿もあった。

互いの問題点を見出し改善案を出し合う方が効率が良いと講習を経て学び、一人細々と鍛錬を続けるよりはと連れ立って出掛ける者も目立っている。

集中的な鍛錬と研究によって既に成果を上げている者もいて、それがますます相乗効果を生んでいるようだった。

「精度が上がったら魔力の無駄遣いが減ったんだよ。一発の威力がかなり上がったし、撃てる回数も結構増えたんだよね。同時発動とか合成魔法は俺にはちょっと難しそうだけど、一点集中ならかなりいいところまで行けそうな気がしてきたんだ」

そんなふうに照れ臭そうに語るヨエルには、シオリも嬉しくなったものだ。

ヴィヴィはあの後熱心に鍛錬に励み、左手の魔力出力量を少しずつ取り戻しているようだ。遠慮がちではあるが、最近ではシオリを含めた同僚に指導役を頼むことも増えた。勿論態度は敬意あるものに改められている。それもまた喜ばしい変化だった。

切磋琢磨《せっさたくま》し、魔力と技術向上を目指す彼らに触発されてか、アレクやリヌスのように独自の勉強会を開く者も増えていた。今も食堂で子爵家出身の姉弟によるマナー講座が開催中で、上流階級の顧客獲得を狙う若手には好評のようだ。

——訊《き》いて教わる、訊かれて教える。これらの心理的ハードルが下がった今、冒険者同士の交流はかつてなく盛んになっていた。

また、支部に新設された図書室もなかなかの盛況ぶりだ。知識と教養の自主学習のためにとシオリが発案した図書室には、有志によって集められた国内外の書物が小規模ながらも充実している。

魔法構築に必要な知識を蓄え、想像力を養うために最も手軽な手段が読書。それを聞いて利用しない手はないと、開設当初から人の入りは上々だった。

読み書きがあまり得意ではない者のために、挿絵や図解が豊富な図鑑類なども充実していて、それぞれ興味が趣くままに次々と本を手に取っていく。

中には単純に読書や美しい多色刷りを楽しむだけの者もあったが、それも日々の生活に潤いを与えて、心に余裕をもたらすものだとして大いに歓迎された。実際、図書室の蔵書には一般の小説本や画集、子供向けの絵本まであって、読書目的で訪れる冒険者も少なくはなかった。

思わぬ盛況ぶりに、引退した冒険者を管理人として雇い入れたほどだ。

「皆が皆、芽が出る訳じゃぁねえだろうが、いい傾向だと思うぜ」

蔵書を寄付するために図書室を訪れたザックは、剣術指南書や兵法書を寄贈箱に収めながら愉快そうに笑った。


そうして連日の賑わいを見せるギルドで、本日何度目かの質問に答えたシオリは、談話室の長椅子にぐったりと身を沈めた。

「ちょ……ちょっと休憩……」

断続的な質問攻めは、どちらかといえば内向的なシオリをすっかり疲弊させていた。ルリィが「大丈夫？」というように、その足元をちょいちょいとつついている。

この二週間は頻繁に同僚に取り囲まれて、さすがのシオリも閉口気味になっていた。何しろ、そのほとんどが魔導士としてのランクが上なのだ。ナディアやダニエルのような、熟練の魔導士に助言を求めた方が良いのではないかとさえ思ってしまう。

けれどもカイに言わせると、「意外な視点からアドバイスをくれるから、つい頼りたくなっちゃうんだと思うよ」ということらしい。

「ほら、これでも飲んでおけ。少しは違うぞ」

あまり体力がある方ではない恋人——と言っても冒険者基準だが——を常日頃から気に掛けているアレクは、初級魔力回復薬どころか、とうとうシオリ専用の飲料まで携帯するようになっていた。

薬師ニルス処方だという果実水入り薬草茶を何とも言えない気分で受け取り、それを一口飲み下したシオリは「あれ」と呟く。

「これ……もしかして水葡萄《みずぶどう》が入ってる？」

水葡萄は魔力操作の訓練用に提案した果実だ。葡萄に似た香りと瓜のような青臭さは、水葡萄特有のものだった。

「ああ。疲れを取る効果や身体を丈夫にする成分が含まれているんだそうだ。薬と呼べるほどのものではないようだが……子供のおやつ代わりだったというのも、単純に安いからってだけでもなかったんだろうな」

先進的な王に代替わりして以降、さらに食生活が豊かになり、都市部では食卓に上ることも少なくなったという。けれども、何故《なぜ》か最近これを買い求める客が増えて、市内の業者が入荷量を増やしているようだ。

子育て時代を懐かしんだ年配のご婦人方の間でも話題となり、子供の健康のためにとかつてはどこの家庭でも作られていた水葡萄シロップが、今再び流行の兆しを見せているという。

「シロップはニルスが作ったものを分けてもらったんだ。薬草入りの自信作だと言っていた」

「へぇ……もしかして薬膳料理の第一号かな」

「かもしれんな。薬草臭いのは御免だが、こういうのなら大歓迎だ」

「……アレクってば」

意外に甘い物が好きな彼の言葉に思わず笑ってしまう。

水葡萄の甘さと香りで薬草の渋味が抑えられている。これなら子供でも難なく飲めそうだ。

「アレクも小さい頃に飲んでたの？　水葡萄シロップ」

「ああ。母の好物で、シロップも水葡萄もよく食卓に上ったよ。『砂糖なしでこんなに甘いなんて、本当に面白いわね』って、やけに感動しながら言うんだ。あのときはあまり深く考えもしなかったが、今思えば……お嬢様育ちの母には物珍しさもあったのかもしれないな」

彼の視線は、買ったばかりの水葡萄を黙々と口に運び続ける集団に向けられている。ニルスやカイのように、大半は子供の頃食べ飽きたと言いながらも懐かしさに手を伸ばしている者ばかりだ。けれども中には、クレメンスのような富裕層出身者も紛れていた。やはり物珍しいのだ。

「元々は農村の救荒作物だったらしいっすからね。甘いけどなんかちょっと瓜臭ぇし、色もぼんやりしてて地味なんで、上流階級には見向きもされなかったって話ですよ」

図書室で得た知識を早速披露しながら、イクセルが残骸《ざんがい》の皮――球状を保ったままの殻とでも言うべきか――を籠《かご》に入れると、頃合いを見てやってきたヨエルがどこかへと運んでいった。軽く水洗いした後、鍛錬に使うつもりなのだ。

「妙な流れ作業ができ上がってるな……」

「無駄がなくていいんじゃないかな……」

「なるほど」

苦笑いしながらも、アレクはどこか楽しげだ。講習で不貞腐《ふてくさ》れていたあのヨエルが、最近は上機嫌な様子さえ見せているようだった。

「あいつなりに何か掴《つか》んだようで良かったじゃないか」

「うん。大変だったけど、やった甲斐《かい》があったなぁって思うよ。アレク達はどう？　この間勉強会したんでしょ？」

「悪くはなかったぞ。途中から剣術指南のようになってしまったが、教えることで学ぶことも確かにあった。ああそうだ、あの孤児院にいたトビーな。あいつも来ていたがなかなか筋がいいぞ。多少は魔法も使えるようだし、仕込めばいい剣士になりそうだ。もう何年かしたら、一緒に仕事ができるかもしれんな」

「わぁ……そっか。トビーも頑張ってるんだね」

そうして雑談しながら気力を回復していると、伝書鳥通信の束を手にしたザックから「悪ぃな。ちょっといいか」と声が掛かる。

「なあに？　兄さん」

「……よその支部と騎士隊からまた問い合わせだ」

用件のおよその内容を察して苦笑いするシオリに、ザックも苦笑気味だ。

「メルヴュー支部とシェーヴェリ支部から次回講座の開催時期問い合わせ、騎士隊からは講師の派遣依頼、あとは……この間の参加者からの手紙だな」

受講者からの追加質問や、新規の受講希望者からの要望などを取り纏めた書類の束に目を通したシオリは、若干遠い目になった。一人で捌《さば》くには数が多過ぎる。

先日の家政魔法講座ではそれなりの手応えを感じてはいたけれど、まさかここまで反響があるとは思ってもみなかった。

「……この分だと、まだしばらくはこの調子だよね。いっそ定期的にやった方がいいのかも」

外部からの問い合わせは日に一、二回程度のものだが、それでも連日となればそれなりの数にはなる。同僚に次の予定はないのかと訊かれることもあるし、その都度個別対応するよりは、定期開催にしてしまった方が数は捌けるかもしれない。

「そうだな。そうしてくれるんなら俺としてもありがてぇが……無理だけはすんなよ」

「うん。普段の仕事もあるから月に一回くらいが限界だけど、どうかな。人数は前より少ない方がやりやすいと思う」

「ああ、それで構わねぇよ。補助人員の都合もあるし、枠ができればとりあえずはそっちに誘導できるからな。補助人員の確保と日程調整はこっちでやっとく」

「うん、ありがとう兄さん」

片手を上げて笑顔を見せたザックを見送り、ふと視線を感じて横を見ると、どことなく気遣わしげなアレクと目が合った。けれどもその目には、色々あって手の抜き方すら忘れてしまっていた頃のシオリに対するものとは違う、信頼の色も垣間見えた。

「大分頼り方を覚えたみたいだな」

彼の指先が項《うなじ》に伸びて、後れ毛を緩く巻き取っていく。

「ん……そうだね。皆のお陰。無理をしないのも冒険者の基本だもんね」

「はは……そうだな。まぁ、俺も最初は結構無茶したから、あまり人のことは言えないが」

「そうなんだ？」

「実家では自分の未熟さを散々思い知ったからな。だからとにかく早く一人前になりたくて、がむしゃらに突っ走ってよくザックに叱《しか》られたよ」

自らの限界も弁《わきま》えずに全力で頑張り過ぎて、何度も寝込んでいたそうだ。

「そういえば、前に熱を出したとき兄さんも言ってたよ。若い頃はしょっちゅう寝込んでたって」

「う……あいつめ。余計なことを……」

眉根《まゆね》を顰《ひそ》めたアレクは、「でも、人には無理するなって言うのに自分は無理するんだなって、私も思ったよ」と突っ込まれて「うっ」と首を竦《すく》めた。

「……それで腹に据えかねたのか、あるときとうとう抜き身の大剣を振り回しながら『療養生活に戻るか、それとも身の程を弁えるか、今すぐどっちか選びやがれ』と、それはそれは素晴らしい笑顔で迫られて、改めることにしたんだ」

「うっわ」

今はすっかり落ち着いている兄貴分の、若かりし頃の少々過激な指導に思わず声を上げたシオリの横で、水葡萄を取り込んでいたルリィとブロゥが「どっ」と笑うような仕草をした。

それを見て苦笑したアレクは、やがてその笑みを柔らかなものに変えた。

「まぁ、つまるところは俺もお前も似た者同士だったってことだ。お前に惹《ひ》かれた理由は色々あるが……かつての己を見るようで、つい手を差し伸べたくなったというのもある」

誰かに受けた恩を、ほかの誰かに繋いでいく。その流れの途中にアレクがいて、自分がいた。今は自分がその恩を誰かに繋ごうとしている。

「――あのね。実際に一度教えてみて思ったんだけど……冒険者が学べる場所があったらいいなって思うの」

それまで漠然と考えていたことを、シオリは思い切って口にした。

「冒険者って一応新人研修みたいなのはあるけど、商人や職人ギルドみたいに、厳格な徒弟制度のもとでしっかり学ぶ機会ってあんまりないでしょ？」

登録後は新人研修として上位ランクの冒険者と一時的な師弟関係が結ばれるが、長くても三ヶ月程度と期間は短い。冒険者としての心構えや仕事の進め方、戦い方の基礎を教わる程度だ。研修期間が過ぎれば、一人前の冒険者としてすぐにも現場で働くことになる。

そのうえ師匠役の冒険者に依頼が入れば、指導はそこで中断してしまう。

「だから、教えてほしいことがあっても訊きづらいし、調べ物をするにも環境が整ってる訳じゃないから、そこで躓《つまず》いちゃう人も多いみたいだし」

研修の中断期間に依頼を受けることは勿論できる。けれども新人が受けられる仕事はそれほど多くはなく、空いた時間に自主学習しようにも限度があるという訳だ。

「そうだな。書店があるような大きい街に住んでるならともかく、労働階級は本の一冊もない家もそんなに珍しくはないからな。そういった環境で育った人間に勉強しろと言ったところで、何をどうしたらいいか、何を揃《そろ》えればいいかさえ分からん奴《やつ》だって多いだろうな」

「だから、必要なときに必要なことを勉強できるような環境があると、少しは違うんじゃないかなって。でも本格的にやろうとすると、今の環境ではちょっと狭いなって思ったの」

今はトリス支部の談話室や図書室が一応の役割を果たしているが、元は古い旅館だったに過ぎないこの建物では、正直言うとかなり手狭だ。

図書室は本棚と十数人分の読書スペースを確保するだけで手いっぱい。筆記具を持ち込んでの学習は難しく、かといって不定期で何日も留守にする冒険者相手に本の貸し出しはリスクが高い。

時折開催される小規模な勉強会も、談話室や食堂を間借りしている状況だ。

「もう少し広い場所と、あとは先生。これはやっぱり外せないなって、ルペルトさんを見て思った」

「確かにな。あいつが来たら若いのが随分ありがたがっていた」

図書管理人を務めることになったルペルト・ワーゲルホルムは、脚の怪我《けが》がもとで引退した魔法弓士だ。体力が落ちてもう弓を引くことはできなくなったというが、趣味の読書と三十余年に及ぶ冒険者生活で培った知識で、若手の疑問にもそつなく答えてくれるという。

蔵書管理をある程度任せられる者という人選が、吉となった形だ。

「――私も、ここに来たばかりの頃は大変だったもの。幸い私は兄さん達がよくしてくれたから、ギルドで下働きしてるうちはなんとかなったけど……でも冒険者になってからは、覚えなきゃいけないことが段違いに多くなっちゃって。自由業で実力主義とはいっても、知識があるとないとじゃ全然違うって思い知ったの」

それでもシオリの場合は、先進国の教育機関で学んだ経験が間違いなく助けになっていた。努力だけではない、そんな恵まれた環境で得た知識にも助けられていたのだ。

「……なるほどな。俺自身、生い立ちはともかく教育面に関してはかなり恵まれていた。だから今の地位も、そういった下地に支えられてる面は確かにある」

　アレクの母親は貴族の生まれで、そのうえ王宮勤めの侍女だった。だから読み書き計算は自ら我が子に教えることができたし、王宮仕込みの美しい所作を見て育った息子も、それなりの立ち居振る舞いを自然と身に付けていた。

　母亡き後王家に迎え入れられ、文武共に王国最高水準の教育を受けた彼は、ある意味ではかなり有利に冒険者生活を始められたとも言える。

「それでね。図書室と学習室付きで、もっと欲を言えば研修会ができるシェアハウスみたいなのができたらいいなって。日中はトリス支部の冒険者限定で図書室と学習室に自由に出入りできて、入居者は夜間も利用できるようにするの。講師も常駐させるとなると、お給料のこともあるからもっと色々考えなきゃいけないけど……」

　ぽつぽつと言葉を選びながら語るシオリを見ていたアレクの目が、不意に緩んだ。夜空のような紫紺色の瞳が、柔らかな弧を描く。

「え……っと、何？　どうしたの、急に」

「……眩《まぶ》しいなと思ってな」

　彼は笑った。

「これまでのお前も十分に魅力的だったが、未来を語るようになったお前は、内から輝きが溢れるようで綺麗《きれい》だなと」

「ちょっ……と、アレク……嬉しいんだけど、その……」

　唐突に歯が浮くような誉め言葉を投下されたシオリの身体が、じわじわと熱を帯びていく。端から見れば、きっと顔が赤くなっていることだろう。

誰が聞いているかも分からないこんな人目もある場所で、そんな惚気ともとれる台詞を聞かれでもしたら一体何を言われるか。

案の定、たまたまそばで聞いていたリヌスが口笛を吹き、ダニエルが「若いっていいねぇ」とにやりと笑う。

浮付いた空気になってしまった談話室の一角で、それでも表情を改めたアレクは「だが、シェアハウスはいい考えだと思う」と言った。

「つまり、自主学習環境と研修設備がある、冒険者用の寮ということだろう。シェアハウスなら若手も集まりやすいし、共用の厨房《ちゅうぼう》があればお前の野営料理だって教えられる。本当にやるのなら共同でやってみないか。俺も資金なら出せるしな。うまいことシェアハウスが育ったら、思い切って教育施設を併設してみてもいいかもしれんぞ」

冒険者という仕事の性質上、綿密に日程が組まれた学校通いは難しいだろう。しかし、期間と内容を限定して学べる施設なら、悪くはないかもしれない。

「本当はギルドにそういった仕組みを作ってしまえれば一番いいんだろうが、まぁ、それもなかなか難しいからな。まずは俺達でやれることをやってみないか」

アレクは微笑んでいた。けれどもその目は真剣そのもの。本気で考えてくれているのだということが分かる。

本当に、この先の人生を一緒に歩んでくれるのだ。

「……うん。じゃあ、早速計画練ってみる？」

「ああ。まぁ、普段の仕事や講習会の件もあるから、無理しない範囲でな」

「お互いにね」

顔を見合わせて小さく笑い合った二人の足元で、ルリィとブロゥがぽよぽよと弾む。

曖昧《あいまい》な立場にある二人の朧《おぼろ》げだった未来が、今ここで確かな像を結んだ。

――それは、シェアハウスから冒険者養成校を経て大学へと改称し、百余年の後に魔法工学分野世界最高峰となるトリス魔法工科大学の、第一歩を刻んだ歴史的瞬間でもあった。

4

区切りの良いところでペンを止め、背凭《せもた》れに身体を預けてぐっと背筋を伸ばす。それで凝り固まった身体が多少ながらも解《ほぐ》れていく。

ほっと息を吐きながら、シオリは窓の外に視線を向けた。

いつの間にか外には夕闇が迫っていて、夕映えの街並みは黄金色に煌めいている。

けれども時刻は既に午後八時過ぎだ。夏至でさえ午後七時には日没を迎えていた日本育ちのシオリにとって、この時間まで日が沈まない環境は未だに珍しくもあり慣れないことでもあった。

これから一ヶ月半を掛けてさらに日照時間が伸び、最終的に日没は午後十時を過ぎることになる。

――午前四時半には夜が明け、午後九時近くに日が沈む五月を迎えたストリィディア王国は今、生き物達が最も活動的となる季節に突入していた。

日中の気温が十度を超える日も珍しくはなくなり、木々や草花が一斉に芽吹き始めて枯れ葉色だった大地を鮮やかに彩っていく。森の動物達は出産期を迎え、人々は農作業や大工仕事に精を出した。

勿論魔獣も例外ではなく、その大多数は雪解けとともに活発化していた。冬眠や出産を終えた魔獣が餌《えさ》を求めてうろつき始め、人里に下りて蒔《ま》いたばかりの種や芽吹いた新芽、生まれたばかりの家畜の仔《こ》を食い荒らすようになると、冒険者ギルドにもまた多くの依頼が入るようになる。

夜明けが早く夕暮れが遅いこともあって、意識して時計を見なければ自然と活動時間が長くなってしまうこの時期は体調を崩しやすい。緯度の低い地域から来た移民の場合は特にだ。

「冬に気鬱症《きうつしょう》になる者は多いが、夏は夏で働き過ぎて身体を壊しやすいからな。切りのいいところで終わりにしておけ」

昼過ぎから個人的な用件で辺境伯家へと出掛けていたアレクは、いつの間にか帰ってきていたようだった。苦笑しながら蜂蜜《はちみつ》入りのホットミルクを差し出した彼は、魔法書や文献をさり気なく脇に寄せていく。

「原稿は進んだんだろう？」

「うん。あとは纏めを書いたら終わりかな」

「随分と早いんだな。やはり文章慣れしていると違うか」

「収録する魔法の数自体、元々そんなに多くはなかったもの。日本では書類仕事してたから、ある程度型にはまったものなら作るのはそれほど苦ではないよ」

いわゆる専門書とされる魔法書の執筆は、専門教育を受けていなければ難しい。しかし、あらゆる階級の人間が集まる冒険者ギルドで配布する冊子なら、ある程度体裁が整っていればギルド経由で比較的簡単に出版することができるのだ。

「先月の講習会で作った資料をたたき台にしたから、思ったより作業は楽だったよ。来月半ばくらいまでには纏められそう。五月の末に挿絵画家さんと打ち合わせする予定なの」

「ほう。例の、バルトの紹介のか」

「うん。ロヴネル支部発行の本を担当したことがある人みたい。教科書の実績もあるんだって」

「そういう伝手《つて》もあるのか……さすがだな」

「だね。それでね、アニーの仕事でまたこっちに来る用事があるから、そのとき一緒に連れて来てくれるって」

「なるほど。女伯もなかなか忙しそうだな」

「ね。身体壊さなきゃいいけど……」

「お前もな。来週には遠征もある。余裕を持って日程を組んではいるが、くれぐれも身体は大事にしてくれよ。勿論俺も気を付ける」

元々そういう体質なのか、それとも少年時代の無理が祟《たた》ったのかは分からないが、意外に寝込みやすい体質だというアレクは、自分に言い聞かせるように言って苦笑いした。

「さぁ、日程に余裕があるのなら今日はもう終わりだ」

心配性だとも思う。けれども根を詰めて良いことはないのは身をもって知っているし、アレクがこれほど恋人の体調を気に掛けるのは、母親が若くして亡くなったからだと知っている。

だからシオリは素直に従うことにした。

サイドテーブルに置かれた温かなカップを手に取り、ゆっくりと口に含む。乳の香りの後に花の香りがふんわりと抜け、蜂蜜独特の甘さが広がった。

「……美味《おい》しい」

「それは良かった」

微笑んだアレクは、机の横のベッドに腰を下ろすと自分もホットミルクを啜る。

ルリィも蜂蜜を増量したものをもらってご機嫌だ。

——就寝前の時間が、蜂蜜の甘い香りの中ゆったりと過ぎていく。

特製ホットミルクを飲み干して満足そうに震えたルリィは、床に広がってうとうとし始めている。

夕闇に沈みゆく街を眺めながら、二人はぽつぽつとこれからのことを語った。

「——大聖堂のコニーさんからお話があったの。今すぐって話ではないけど、教団でも年内に一度、幻影魔法を教えてくれないかって。あとは年末の生誕祭も、そのつもりでいてくれって」

「お、いよいよか」

「うん。大司教様の着座式が終わって、やっと落ち着いたみたいだから」

「そうか……あそこも一枚岩ではないようだし、なによりあの若さで大司教だからな。色々面倒事も多そうだが」

「……そうだね。でも相当なやり手らしいから、そこは安心していいって。その代わり、生誕祭では思いっきり花を添えて欲しいって言われた」

「はは、なるほどな。そういう思惑もあるか。まぁ、こっちもありがたく利用させてもらおう」

「うん」

「……俺の方は、六月の末か七月の頭くらいにはオリヴィエに会えそうだ。レヴェッカの方はまだ先になりそうだが」

城に一人残してきてしまった異母弟オリヴィエルと、確執を残して別れた元恋人。

腹を割って語り合い、互いに抱え続けた罪悪感を払拭《ふっしょく》するための儀式は、根が真面目《まじめ》なアレクにとって必要なことなのだ。

「そっか。じゃあ予定を空けておかないとね」

「ああ。そのあたりはザックも協力してくれる。だからオリヴィエに急な予定が入らない限りは大丈夫だろう。お前にも同席してもらうかもしれないが……それは構わないか？」

「うん。勿論だよ」

「ありがとう。それから物件の方だが、条件に合うのがなかなか見つからなくてな。第二街区まで行けばいくつかはあったが、どれも第一街区に近い物件ばかりでちょっとな……」

「ギルドからは距離があるし、富裕層の街だから冒険者だと浮いちゃうもんね……っていうか、あんなところの物件、共同経営にしたって私には買えないよ？」

「それは気にしなくていい。小貴族の邸宅二つ三つくらいなら買える程度の余裕はあるからな」

「へぁっ!?」

露店で林檎《りんご》でも買うような軽い口振りだったが、さり気ない暴露話に絶句してしまう。「時折寄付をするくらいで、使う機会はほとんどなかったからな」とアレクは苦笑いしている。

高位貴族や富裕層からの指名依頼料は驚くような金額だ。リスクや難易度そのものが高いからだ。しかも彼は、辺境伯や異母弟からの仕事も個人的に受けていたというから、十数年分が積み重なってかなりの資産になったそうだ。

「確かにアニーからの指名依頼、びっくりするような金額になってたけど……」

伯爵家当主の婚姻にかかわる重大な案件だったこともあって、報酬にはかなりの金額が上乗せされていた。桁《けた》を間違えているのではないかと、思わずザックに確かめたほどだった。

「お前だってそれなりに貯《た》めてるんだろう。それこそ、シェアハウスの運営を考えるくらいには」

もともと指名依頼は高くつく。基本的にギルドや仲間からの「指名依頼」という形で家政魔導士の仕事をこなしていたシオリには、当面の生活には困らないだけの蓄えはある。そのうえロヴネル家やトリス大聖堂の仕事で、第三街区の片隅に小さな家を買えるほどにはなっていた。

けれども買った後も余裕がある訳ではないし、万一今の仕事ができなくなったらと思うと、あまり思い切った買い物もできないのが現実だ。

「うん、まぁ……だけど、大きくてもこのアパルトメントくらいのを考えてたから」

「まぁ、いずれにせよ大きい買い物になるからな。急いでいいものでもないから、これはじっくり吟味することにしよう」

「うん」

その間に考えなければならないことは沢山ある。冒険者の仕事との両立を考えると、シェアハウスそのものの管理も誰かに頼みたいところだ。

「クリスにもシェアハウスの件を少し話したが、管理人が必要なら人を貸してくれると言っていた」

「クリストフェル様が？」

「ああ。俺とお前の事情を気に掛けてくれてな。管理だけでなく、不届き者の監視と辺境伯家との連絡役も請け負えるそうだぞ。勿論お前が嫌でなければとは言っていたが」

いくら同僚とはいえ、内側に不特定多数の人間を入れることになる。そのあたりのことをクリストフェルは気遣ってくれたようだ。

「わぁ……そういうことならお願いしたいかも。私も安心できるし、向こうとしても都合がいいだろうしね」

「そうか。それならそう返事しておく」

「うん。ありがとう。閣下にもよろしくお伝えしてくれる？」

「ああ、任せておけ。まぁ、例の携帯食の融通を利かせてもらいたいという下心もあるようだが」

「それは勿論だよ」

重ねていく会話の合間に、シオリは「ふふ」と小さく笑った。

「なんだ、どうした急に」

「忙しいけど、なんだか楽しいなって」

去年の今頃は、ただ生き延びることだけを考えていた。

けれども今は、この世界に根を下ろして生きているという実感がある。

――広くなった視野で眺める世界は、明るく色鮮やかだ。

語るシオリの頬《ほお》を、アレクの指先が優しく撫《な》でる。

「楽しいと思えるのは心が健康な証拠だ。本当に……良かった」

感慨深く言う彼の声には実感が籠《こも》っていた。この胸に抱えた膨大な闇が晴れつつあることを、心から喜んでくれているのだ。

彼の指先をそっと手で押さえたシオリは、ふわりと微笑んだ。

「ルリィや兄さんや、姐《ねえ》さん達……それになによりもアレクのお陰だよ。アレクが沢山癒《いや》してくれたんだもの」

優しく触れて、ゆっくり温めて、沢山の言葉をくれて、そして溢れんばかりの愛情を注いでくれた。温かな場所に戻るための、道標《みちしるべ》になってくれたのだ。

穏やかで優しい夜空の色の瞳に映り込んだ魔法灯の光が、北極星のように輝く。

――標の星。このひとは、私の標の星だ。

「……シオリ」

微《かす》かに掠《かす》れた低い声が、自分の名を呼ぶ。

「俺にとってもお前は標の星だ。後ろばかりを見て生きてきた俺に、前を向いて歩こうと……一緒に生きていきたいと思わせてくれたお前は、俺の導きの星なんだ」

シオリの手からカップをそっと取り上げて机の上に置いたアレクは、そのまま唇を塞《ふさ》いだ。蜂蜜の香りが混じる口付けは甘く優しく、ゆっくりと溶け合っていく。

「……ね、アレク」

唇が離れ、それでも鼻先が触れ合うほどの距離で見下ろしている恋人を見上げたシオリは、熱い吐息交じりにねだった。

「最近は忙しくてちょっとご無沙汰《ぶさた》だったから……」

今夜は、沢山触れて欲しい。

その言葉に目を丸くしたアレクは、やがてくつくつと笑い出した。

「あれほど今日はもう休めと言ったばかりなのにな」

「……触れてくれないの？」

上目遣いに訊《たず》ねると、彼は「いいや？」と首を振った。

「珍しくおねだりしてくれたんだ。勿論、隅々まで愛してやるさ」

覚悟しておけと獰猛《どうもう》に笑った彼は、押し倒したシオリの上に覆いかぶさると、再び唇を塞いだ。

素肌に触れ合い、熱を分け合う合間に囁《ささや》く睦言《むつごと》は優しく甘く、抑えきれなくて溢れ出した想いを、幾度となく甘い声にのせて伝える。

「……本当にお前は可愛《かわい》いな」

熱い吐息交じりの言葉を紡ぐ唇が肌を擽《くすぐ》り、その柔らかな栗《くり》毛《げ》を指先で弄《もてあそ》びながら、シオリはうっとりと微笑んだ。

――照明が落とされて柔らかな闇に沈む室内には、二人の息遣いだけが響いている。

幕間一　落ちぶれ少女の再出発

1

「――墓参りに行きたい？」

ふんわりとした小麦色の髪を揺らして頭を下げたヴィヴィに、ルドガー・ラネリードは怪訝《けげん》そうな顔をした。いや、どちらかと言えば困っているのだろう。

なにしろ友人は不祥事の末に、手に余る依頼を受けて死んだのだ。それも、ルドガーを始めとした先輩や同僚、果てはギルドマスターからの苦言をことごとく無視した挙句のことだった。

遺髪しか戻らなかった友人の最期の地に花を手向けたいというヴィヴィの頼みは、その友人の指導教官だったルドガーにとって、あまり歓迎できるものではないかもしれない。

「……私達、ルドガーさんにも失礼な態度だったから、物凄《ものすご》く図々しいお願いだと思います。でも、あの子が死んだのは多分私にも責任があるから、だから、どうしてもお参りしたくって」

友人シーラ・アンデルを唆《そそのか》したのは自分だ。彼女の恋敵への敵意に便乗して、一方的に敵視していた女を吊《つ》るし上げようとしたのだ。その責任すら取らずにパーティを抜けて逃げ出していなかったなら、シーラは今でも生きていたかもしれない。そんな想《おも》いが少なからずあった。

「……あいつが死んだのは未熟だったからで、お前さんのせいじゃない。それは間違えるなよ。そこまで背負ってたらいつか潰《つぶ》れるぞ」

ルドガーの口調はぶっきらぼうだ。けれども、その言葉は意外にもヴィヴィを気遣うものだった。

「まぁでも、行きたいんなら連れてってやるよ。依頼料とか馬車代とか、そういうのは俺が持つから気にするな。あいつは俺の教え子でもあったからな」

それにヴィヴィは、自ら犯した罪に向き合い成長しようとしている。それならば、先達としてその手を引いてやらなければならないと彼は言った。

『――あの人、格好良くてちょっといいなぁって思ってたんだけど、もう奥さんがいたの。なんだかがっかりしちゃった』

（ああ、そっかあ）

不意にシーラの言葉を思い出したヴィヴィは、彼女が一度はルドガーにも恋心を抱いていた理由に気付く。

（ぶっきらぼうだけど、意外に面倒見が良くって格好良い大人の男がタイプっぽかったもんなぁ）

ルドガーとアレクはまるで違うようでいて、共通項があったのだ。

もっとも、彼女が惚《ほ》れた男はどちらも先約があった。だから初めから叶《かな》わぬ恋だったが、少なくともアレクはまだ独り身で、シーラにしてみれば割り込む自信があったのだろう。けれどもアレクは誰《だれ》の目にも明らかにシオリにご執心で、それが彼女に過剰な敵意を抱く原因にもなっていた。

最終的に、一度は慕っていたはずのルドガーの言葉にさえ耳を貸さなくなったのは、失恋した腹いせもあったのかもしれない。恋とは実に厄介なものだとヴィヴィは思う。

「ありがとうございます。よろしくお願いします」

周囲からの強い視線を感じながらも、ヴィヴィは再び頭を下げた。

そんなヴィヴィの肩を優しく叩《たた》いた彼の妻マレナは、「そういうことなら私も行くわよ。二人っきりじゃ気まずいでしょうし」と言ってくれた。一対一の旅は気まずいだろうなと内心気を張っていたヴィヴィは、少し気が楽になって肩の力を抜いた。

（……大人だなぁ……）

少しは冷静に物事を考えられるようになった今ならよく分かる。さり気ない気遣いと余裕のある態度は、自分達にはなかったものだ。「格好良い大人の男」なら、気遣いも余裕もない娘など相手にしたいとは思わないだろう。

一つずつ突き付けられる、「彼女達」と自分の明確な差。この水準に到達するまでに、自分は一体どれだけの努力をしなければならないのだろう。

埋められない経験の差にいくらか気が遠くなったヴィヴィは、持って生まれた力だけでは敵《かな》わないものがあるということを、改めて思い知らされていた。

2

シーラが眠る場所は、トリス西の森林地帯の最西端にある。馬車で日帰りできるほどの距離だ。一日一便の乗合馬車で近場の村まで来た三人は、一息ついてから目的地を目指して歩き出した。

猟師の休憩小屋までは徒歩でおよそ一時間ほど。シーラはその付近に巣食った大蜘蛛《おおぐも》の群れに食われて命を落としていた。

大蜘蛛は単体なら初心者でも多少手こずる程度で倒せる魔獣だ。しかし大群ともなれば、手練れの冒険者パーティでもやや難易度は高い。大蜘蛛は木々や下草が生い茂る場所に棲《す》み付くことが多く、武器や魔法の使用が制限されるうえに足場も悪いからだ。しかも、彼らには粘着性の高い蜘蛛糸攻撃と麻痺《まひ》毒がある。動きを封じられてしまえば、ほぼ例外なく大蜘蛛の餌《えさ》になる運命だ。

「……口を酸っぱくして教えたはずだったんだがな。特に冬直前は、冬越しの食い溜《だ》めで攻撃的になるってあれほど言ったのに。分かりました、気を付けますって、そう言ってたんだがなぁ……」

ルドガーが無意識に落とした呟《つぶや》きを拾ったヴィヴィは、ぴくりと肩を揺らした。

「ああ、悪い。何もお前さんを責めたかった訳じゃない。ただ、なんていうかな……やるせねぇなって思ったんだよ」

彼の下にいた頃《ころ》のシーラは、素直で優秀な「生徒」だったという。まさに冬直前の頃、大蜘蛛討伐に同行させていたようだ。危険性はそのとき十分に理解したはずだった。

「俺《おれ》が至らなかったせいなんじゃないかって、やっぱりなぁ……どうしても思っちまうんだよな」

三ケ月ほどの訓練期間を終えれば自己責任の世界。教官の手を離れた新人が、その後命を落とすことなど決して珍しくはない。少人数あるいは単独での行動が多く、ギルドを介さない依頼を自己判断で受けることもある冒険者は、指示系統によって統率された騎士隊よりも遥《はる》かに死亡率が高いのだ。

「そうだとしても、嫌がられようがなんだろうが、ああなる前にもっと言ってやるべきだったんじゃないかってな。同情の余地もねぇって切り捨てたのは俺自身だが、まぁ……それでも、ちょっとな。腹の底には残っちまってるんだよ」

「気持ちは分かるわ。分かるけど、彼女がああなったのは誰のせいでもない、彼女自身の問題よ。それをいちいち背負ってたら潰れるって言ったのはルドガーじゃない」

マレナの言葉は正しい。あの頃を思い起こしていたヴィヴィでさえそう思う。

誰も彼も、自分達の才能に嫉妬《しっと》して難癖を付けているのだと本気で思っていたのだから、誰がどう言ったところで絶対に聞き入れる気などなかったのだ。

「本当に二人だけで……っていうか、シーラは自分一人でもなんとかなるって思ってたかもしれないです。シオリさんが一人で大蜘蛛の群れを倒したって話を聞いたときに、私もそう思いましたから、プライドが高いあの子なら余計そうだったんじゃないかなぁって」

シーラの性格なら、低級魔導士が一人で倒せる程度のものなら楽勝だと思っただろう。あるいは、恋敵に対する強烈な対抗意識も働いていたのかもしれない。

「でも、当たり前なんですけど、シオリさんも当然パーティで戦ってたんですよね。倒したのはシオリさん一人かもしれないけど、護《まも》ったり足止めしたりする人が一緒にいたからできたことなんですよね。私、村に帰ってからやっとそれに気付いて……」

郷里の自警団に所属していたヴィヴィは、トリスから逃げ戻った後に再びその職に就いていた。そこで魔獣狩りに何度も駆り出されるうちに、ようやくそのことに思い至ったのだ。

自分が何の心配もなく全力で戦えるのは何故《なぜ》か。上級魔法を放つための魔力を練り上げる余裕が与えられているのは何故か。

邪魔が入らないからだ。邪魔が入らないよう、仲間達が防波堤になってくれているからなのだ。

「三人でやってたときには、いつも順番に攻撃してたんです。最初に私が先制攻撃で足止めをして、相手が怯《ひる》んでる隙にミアが弓で視界や動きを封じて、最後にシーラが大技で切り崩してって感じで。攻撃する間はほかの二人が足止めしてくれてたから、攻撃が邪魔されることなんてほとんどなかったんですよね。だから、自警団の魔獣狩りに久しぶりに参加したとき全然思ったように戦えなくて、むしろ何度も邪魔するみたいな感じになっちゃって……それでやっと分かったんです」

三人だった頃は、自然と定まっていた順序で攻撃すればそれで良かった。なまじ個々の能力が高かった分、それだけで勝ち進むことができてしまった。あのパーティで最適化された戦い方が身に付いていたヴィヴィには、状況に合わせて動きを変えるという考えがすっかり欠如していたのだ。

それはシーラとミアも同じだっただろう。一人一人が優れているからだと慢心していた。三位一体だったからこそ生き残ることができていたなどとは、欠片《かけら》も思いもしなかった。

――だからヴィヴィがたった一人抜けただけで、パーティは呆気《あっけ》なく瓦解したのだ。

「時間は掛かったけど、それに気付けた貴女《あなた》は偉いわ。きっと郷里ではいい仲間に恵まれたのね」

「そう……ですね」

ヴィヴィは肯定した。

郷里に逃げ帰ったときに「結局大したことなかったんじゃない」と嘲笑《あざわら》った人は多かった。けれども落ち込むヴィヴィを慰め、支えてくれた人達がいた。「何があったかは知らないけど、ご飯くらいはちゃんと食べなさいよ」と言って食事を差し入れてくれた隣人がいた。塞ぎ込むヴィヴィの手を引き、「当てがないんなら、自警団に戻ってこいよ」と誘ってくれた幼馴染《おさななじ》みがいた。「魔法は随分上達したけど、周りを見ないところはこれっぽっちも直ってないのねぇ」と厳しく的確に指摘してくれた先輩がいた。

「皆が親切にしてくれたのは、私が事件すれすれのことをしたんだって知らなかったからってのもあると思います。でも、なんかとんでもないことやらかしたんだなぁってのは、何となく気付いてたみたいで。見ていられないって、皆で面倒見てくれて」

あの小さな村は村人全てが顔見知りで、村全体が家族のようなものだった。小さくて何もない、山の幸と農産物だけは豊富な田舎《いなか》臭い村だったけれど、都会から逃げ戻った「娘」を突き放すことなく温かく迎える度量があった。

――傲慢《ごうまん》だったヴィヴィが大人しく姉に叱《しか》られたのは、「帰る場所」の人々が数ヶ月を掛けてゆっくりと、本来の純朴な少女に戻してくれたからなのだ。

「良かったなぁ。何があっても見捨てないでくれる奴《やつ》ってのは貴重だぜ。お前さんは多分、一度村に戻ったのが良かったんだろうな」

あいつも立ち直ってくれているといいが。

そう付け加えた彼の言葉に名前は出てこなかったけれど、それが誰のことなのかはすぐ分かった。

弓使いのミア・テルン。シーラの最期を見届けた、ヴィヴィのもう一人の友人だ。

一緒に墓参りに行かないかと手紙を送ったけれど、もうかかわりたくないという短い返事が来たきりだ。姓が変わっていたから嫁いだのだろう。素気ないものだったけれど、それでも「ごめんね」という言葉を添えた返事をくれたのは、最低限の礼儀を通してくれたからに違いない。

「……結婚したみたいです。だから多分、元気にやってるんじゃないでしょうか」

あの出来事をどう思っているのかは分からない。でも、パーティに最後まで残って後始末をしてくれたのはミアなのだ。さっさと逃げ出してしまった自分に、それ以上言えることは何もなかった。

「そうかぁ。お前さんも、これから大変だと思うが頑張れよ。それで、元気で長生きするんだぜ」

大樹の根元、小さな岩を置いただけの簡素な墓の前に立ったルドガーは、泣き笑いのような表情を浮かべてそう言った。

――その長生きしろという言葉に、いったいどれほどの想いが込められていたのだろう。

それはまだ年若いヴィヴィが完全に察することは難しかったけれど、それでもその言葉の重みを感じて、友人の訃報を受け取って以来、初めて大声を上げて泣いた。

この足元の小さな岩は、あまりにも愚かで傲慢だった末に失ったものの、その証《あかし》だ。

もう、あのときの三人が集うことは、未来永劫《えいごう》来ることはないのだ。

「――ごめ、ごめんねっ、ごめんねぇっ……！」

二度と戻らない友に詫《わ》び、全てを押し付けて置き去りにした友に詫び、そして一番楽しくて輝いていた頃の想い出に今だけはと縋《すが》り付いたヴィヴィは、声を限りに泣き叫んだ。

その身体《からだ》をマレナが静かに抱き締め、震える背をルドガーが優しく擦《さす》ってくれた。

――物言わぬ小さな墓標は、温かな日差しと少女の涙を浴びて、静かに輝いている。

3

「もう大丈夫か？」

思い切り泣いて喚《わめ》いて、しゃくり上げながらもようやく落ち着きを取り戻したヴィヴィを、苦笑いしながらルドガーが眺めている。

泣き過ぎて喉《のど》は痛いし、泣き腫らした目は開きにくい。

それでもどうにか頷《うなず》いたヴィヴィは、握り締めたまま泣いて少し萎《しお》れてしまった小さな花束を、墓標の上に静かに置いた。シーラが好きだった果実酒を注ぎ、手を組んで祈りを捧げる。

「――さて、じゃあそろそろ戻るかぁ」

同じように祈りを済ませたルドガーに促されて、頷いたヴィヴィは立ち上がった。

「また来るね」

あのプライドの高い友人は決して喜びはしないだろうが、だからと言ってまったく足を運ばないのも良くは思わないだろう。

だから、また来よう。

何度も季節が巡るうちに、この小さく素朴な墓所はいずれ森の景色に呑《の》まれていくだろう。けれどもこの場所が森に沈むまでは――せめて年に一度はここを訪ねたいと思っている。

仲間で、友達だったのだから。

「そのときは声掛けしてくれよ。滅多には大蜘蛛が巣食うようなところじゃないらしいが、まぁ、念のためだ。俺の都合が悪けりゃ、また頭下げてでもほかの誰かに頼め。一人前になるまでは、一人で来ようなんて思わんでくれよ」

ああ、やっぱり優しい。シーラが惚れる訳だ。それとも、これが大人の男の余裕なのだろうか。

「……大人になりたいなぁ」

ぽつりと落とした呟きにラネリード夫妻は顔を見合わせ、そしてにっこりと笑う。

「お前さんにそのつもりがあるんなら、努力さえすればいくらでもなれるだろうさ」

「そうねぇ。だって、もう覚悟は決めたんでしょ？　だったら頑張ればいいわ。この先の人生は長いんだもの。いつかはきっと努力が実るわよ」

何気ない激励の言葉は、ヴィヴィの胸にじわりと染みた。

この二人は当たり前のように、ヴィヴィが長い人生を生きると思ってくれているのだ。

それなら長生きしよう。絶対に死ぬことがないよう精一杯に頑張ろう。そして、ただ一度きりの人生を、思いっ切り謳歌《おうか》するのだ。

——決意を固めてぐっと拳《こぶし》を握り締めた瞬間、くるるる、と小さな音が鳴った。それは自分の腹から聞こえてきて、ヴィヴィはさっと顔を赤らめた。

もうすぐ昼時。朝もしっかり食べてきたはずなのに、こんなときでも腹時計は正確だ。

勿論《もちろん》しっかりその音を聞いていたラネリード夫妻は、声を立てて笑った。

「元気に生きてる証拠よ。私もお腹《なか》空いちゃった」

「じゃあ、村に戻ったら何か食おうぜ。馬車の時間まで余裕はあるしな。あの村は川魚の串焼きが美《う》味《ま》いんだ。それから茸《きのこ》と野鳥のパイな。せっかくだから軽くワインも付けようぜ」

「勿論貴方《あなた》の奢《おご》りよね？」

軽い調子で言い合う二人は、ごく自然に振り返ってヴィヴィを誘う。

その姿に在りし日の友人達の面影を重ね合わせたヴィヴィは、また少しだけ目の端に浮いた涙を指先で拭《ぬぐ》う。そして「ご馳走《ちそう》になりまーす！」と一際高い声を上げて、二人の背中を追い掛けた。

——初夏の匂いが交じり始めた爽《さわ》やかな風が、森の中を静かに吹き抜けていった。

幕間二　剣と夫婦の肖像、そして鍋《なべ》

魔法剣の手入れのために馴染《なじ》みの鍛冶屋《かじや》を訪れていたアレクは、剣匠ソルヴェイ・ハセリウスの手の内に大人しく収まっている愛剣を眺めていた。

魔法灯の柔らかな光を受けたその剣は、艶《つや》やかな銀青色に輝く。深い紫紺色から淡いサファイヤブルーへと変化するグラデーションを描く宝石のようなその輝きは、月魔鉱特有のものだ。

小竜種の骨を断ち斬《き》っても刃毀《はこぼ》れすることがないほど強靭《きょうじん》で、その攻撃を吸収分散するほどしなやか。短時間魔法を吸着する性質もある。どんな属性魔法を纏《まと》わせても輝きと強度を失わなず、重過ぎず軽過ぎない、しっくりと手に馴染む程よい重量感。

魔法剣士なら誰もが一度は手にしたいと思う、それが月魔鉱製の魔法剣だ。アレクがこれを手に入れたのは、二十代半ばに差し掛かろうという頃《ころ》だった。

月魔鉱の流通量はそれなりで、金に糸目さえ付けなければ買えるものではあるが、魔法剣として使用に足る高純度のものは決して安くはない。そのうえ武具の原料としては癖が強く、扱える剣匠が限られている。そのためにどうしても高額になりがちだ。

それでもいつかはと夢見ながら資金を積み立てていた。平均的な冒険者の数年分の稼ぎに相当する金を手にこの鍛冶屋の戸を叩《たた》いたときの緊張、そして、ようやくこれを手にしたときの感動は今でも覚えている。

己が稼いだ金で己のために誂《あつら》えた愛剣とは、あれから十数年の付き合いだ。アレクの魔力が完全に馴染んだそれは、アレクが使ってこそ最大限の威力を発揮する。アレク以外が手にしたとしても、単なる剣としてしか機能しないだろう。

一度誰《だれ》かの魔力が馴染んだ月魔鉱は、その魔力を解放するまでに数年から十数年の時間を要する。それがこの鉱物の最も難しい性質であり、扱える剣匠が限られているのはこのためだった。魔力量が一定以下でなければ、製作過程で剣匠自身の魔力が定着してしまうからだ。

十数年掛けて育てた、アレクのためだけに在る剣。

一目見るなり「ほう、こいつは」と呟《つぶや》いたきり、鞘《さや》から引き抜いたその剣を真剣な眼差《まなざ》しで眺めていたソルヴェイは、やがて感慨深げに溜息《ためいき》を吐《つ》く。

「――いい色を出すようになったじゃないか。前の重っ苦しいギラギラしたのも嫌いじゃあなかったがね、こいつぁ腹を括《くく》った奴《やつ》にしか出せねぇ色さね」

熟練の剣匠の勘か。彼女は剣から持ち主の心の有り様を感じ取っているようだった。

ソルヴェイの独特な言い回しは、初対面では随分困惑させられたものだ。だが付き合いが長くなった今では、そういうものかと思う程度には慣れてしまった。

「色は正直よく分からないが」

アレクは正直に答えた。

「腹を括ったというのは確かにあんたの言う通りだ。しかし、なんだそのギラギラしたってのは。そんなに殺伐としていたか、俺は」

「なんだい、自覚がなかったのかい」

眉《まゆ》を聳《そび》やかしたソルヴェイは「呆《あき》れた坊やだねぇ」と苦笑した。還暦を過ぎた彼女にとっては、じき三十五になるアレクも坊やの範疇《はんちゅう》に入るらしい。

「抜き身の剣みたいにギラギラしてたってのに。懐に入れた奴以外には警戒心丸出しでさ」

「丸出し……」

他者——特に懐に入り込んでこようとする者への強い警戒心は確かにあった。ザックにも何度か指摘されてそれなりに改めたつもりだったが、結局誤魔化し切れてはいなかったのだろう。

そういえば、いつだったかリヌスやルドガーにも言われた気がする。「前の旦那はちょっと取っ付きにくかった」とか、確かそんな表現だったはずだ。

「去年だって随分久しぶりに顔を見せたと思ったら、すっかり荒《すさ》んだ目になっちまってて、そりゃあ驚いたもんさ。剣だってなんだか不貞腐《ふてくさ》れてたしね」

「ぐ……」

素性が割れる可能性のある愛剣を、帝国に持ち込む訳にはいかなかった。十数年の付き合いとは言ったが、直近の数年は離れざるを得なかったのだ。留守中の手入れは信頼の置ける者に頼んではいたが、この苛烈《かれつ》で気風のいい剣匠にはすっかりお見通しだったという訳だ。

愛剣の生みの親は、言わば師匠のようなものだ。厳しい母としての顔も併せ持つ彼女にすっかり頭が上がらなくなっているアレクに、それまで黙って鍋を磨いていた男が助け舟を出してくれた。

「——おいおい、そのくらいにしてやんな。坊主が困ってるじゃねぇか」

苦笑いしているのはソルヴェイの夫、ボトヴィットだ。腕のいい鍋職人で、この鍛冶屋の店主でもある。店に剣鍛冶の看板は掲げてはおらず、表向きソルヴェイは包丁鍛冶職人ということになっている。剣の名工ソルヴェイは知る人ぞ知るという存在だ。

若い男を揶揄《からか》う妻を窘《たしな》めたボトヴィットは、「よっこらせ」と腰を上げた。ゆっくりと歩み寄り、上背のあるアレクを見上げて「うむ」と唸《うな》る。

「しかしまぁ、いい面構えするようになったじゃねぇか。いい出会いがあったらしいな。ん？」

ボトヴィットが思わせぶりに視線を流した先には、鍋や包丁を興味深そうに眺めているシオリとルリィの姿がある。

「気難しいお前さんが、まさか女連れでご来店なさるたぁ思いもしなかったが――護《まも》るものができると、やっぱり違うか？」

揶揄い交じりの言葉。だが、彼の眼差しは優しく温かい。

「――そうだな。あいつとの出会いが俺の全てを変えた。俺が護るばかりじゃない、あいつも俺の心を救い、護ってくれたんだ」

彼女はただ護られてばかりの女ではない。肩を並べて歩む、恋人で、戦友で、同志なのだ。

「そうかいそうかい。そりゃあいい女と巡り合ったねぇ」

「お前さんがそこまで言うんなら、まさに運命的な出会いだったんだろうさ。大事にするんだぜ」

ボトヴィットは白い無精ひげを撫《な》でながら満足げに、ソルヴェイは赤銅色の巻き毛を揺らして呵々《かか》と笑った。

若い頃はきっと情熱的に囁き合っていただろう愛が、今は穏やかな愛に変化している。その長年連れ添った夫婦の姿、そして工房の壁に飾られている幸せそうな一家の写真は、アレクの目に焼き付いた。両親が手を取り合い、共に在る姿を終《つい》ぞ見ることのなかったアレクが夢見た、理想とする夫婦と家族の形そのものだった。

——両親は真実愛し合っていたのだろうが、夫婦として在ってはならない関係だった。

当時の法律では貴族階級に限り一夫多妻制が認められてはいたものの、母は側室となる手続きはしていない。妾《めかけ》を持つことが珍しくはなく、むしろある程度許容されていた時代だったとはいえ、父の行いは明らかに正式な妻子への礼儀を欠いていた。勿論《もちろん》妾とその子に対してもだ。

そういう意味では、覚悟があったにせよ妻子ある男と関係を持ち、子すら欲した母にも非がある。理想的な王だったロヴェルトを敬愛し、家族としての彼を慕い感謝してすらもいたが、アレクが父に対して複雑な想《おも》いを捨て切れないのはその辺りに理由があった。

そして、愛情を注いで育ててくれた両親に恩義と親愛の情を抱きはしても、夫婦や親としての有り様にはどうしても違和感が拭い切れないでいた。自らの存在意義と社会通念に板挟みになり、当の本人達以上に苦しむことになるのは、その子供だからだ。

両親を愛し感謝してはいるが、理想とは言い難い。こればかりはどうしても譲れない、息子としての反抗心だった。

だからアレクは言った。

「——ああ。あんた達のような夫婦になれればいいと思ってるよ」

一瞬目を丸くした二人だったが、やがてボトヴィットは「よせやい、照れるじゃねぇか」と鼻先を掻《か》きながら嬉《うれ》しそうに笑い、ソルヴェイは「嬉しいこと言ってくれるねぇ」と僅《わず》かに赤らんだ目元をそっと拭った。

剣を通してかかわってきたこの夫妻は、この身を案じてくれていたのだと気付かされる。

——弟、兄貴分、親友、仲間達、そして恋人。そんな多くの人々に見守られている己は幸せだとアレクは思った。

そして彼らにもまた、それぞれに案じてくれる人がいる。

人と人との繋《つな》がりは、決して良いものばかりではない。けれども温かで優しい繋がりは、誰しも必ず持ちうるものだ。そのことを忘れさえしなければ、きっと人は生きていけるのだろう。

（その繋がりの一切を絶たれて、あいつは孤立無援の状態でこの世界に放り出されたんだな……）

頼るものが何一つない、そんな状況に突然捨て置かれたシオリの絶望はいかばかりか。そこから広く太い人脈を築くに至ったシオリの、血反吐《ちへど》を吐くようなという表現すら生温い、気が遠くなるほどの努力を思って、アレクは深く瞑目《めいもく》した。

「……あの」

不意に当の本人の声が背後から聞こえ、アレクは意識を浮上させた。

振り返ると、美しい銀青色の鍋を抱えた愛《いと》しい恋人がおずおずと訊《き》いた。

「この鍋、おいくらくらいでしょう？」

「おっ、それに目を留めるたぁお目が高い！」

いそいそと身を乗り出したボトヴィットが完全商売モードの声を上げて、それまでのしんみりとした雰囲気を一気にぶち壊しにした。

「金貨十枚ってところだが、今なら五枚にまけといてやるぜ。俺達からの祝いだと思ってくんな」

祝いだと言う割にはしっかり金は取るんだなと突っ込むと、そりゃあ商売だからなとボトヴィットは笑う。

「え、お祝い……？　というか、高そうだなっては思ってましたけど、結構するんですね」

大き過ぎず小さ過ぎず、深過ぎず浅過ぎずという絶妙なサイズ感。そして驚くほど軽量でありながら、心許《こころもと》なさを全く感じさせない丈夫な作りは、遠征に丁度良いと思ったようだが、予想以上の金額を提示されたシオリは目を丸くした。

「そんなにいい鍋なら、野営で使うにはちょっと勿体《もったい》ないですね」

「いやぁ、そいつぁむしろ冒険向きだ。鉄より遥《はる》かに薄くて軽いだろ。しかもドラゴン……とまではさすがにいかねぇが、小竜種程度の攻撃なら耐えられる代物だぜ。フライ返しじゃあまず傷なんぞ付かねぇし、熱しやすく冷めにくい、そのうえこびり付きもほとんどねぇときた。水かぬるま湯でするっと汚れが落ちて、後始末にも手間が掛からねぇ。だから料理をするにゃあ何かと不都合が多い野営には持ってこいって訳だ」

「えっ、凄《すご》いですねそれ！　お値段が張るだけのことはありますね。意匠も可愛《かわい》いし、使うたびに気分が上がりそう」

「そうだろうそうだろう！　蓄熱性、耐久性、使用感共に抜群、見てくれもご婦人好みの意匠だ――っとまぁ、ここまではいいんだが、やっぱり値段がネックでな。普段使いなら鉄の鍋で十分だろって奥様方には敬遠されちまってんだよ」

「それはそうだろう……割り引いたって、駆け出し冒険者の装備一式全部揃《そろ》えて釣りがくる値だぞ。なんだってそんな値になってるんだ」

しげしげと鍋を覗《のぞ》き込んだアレクは、ふと眉根《まゆね》を寄せた。この輝き、微《かす》かに漂う魔素の気配。

「――おい、これはまさか……」

「そうさ。そのまさかだよ」

若干呆れたように口を挟んだソルヴェイにじっとりとした視線を向けられ、ボトヴィットは気まずそうに目を逸《そ》らす。

「あんた、月魔鉱で鍋を作ったのか」

「そうなんだよ。ナイフでも作ろうかと取っておいたってのにこの人ったら、そこいらの奥様方にゃあ手ぇ出せねえようなお高い鍋を作っちまいやがったのさ」

低純度の月魔鉱は魔法剣には不向きだが、それでもやはり安くはない。しかし、ナイフに加工すれば、羽振りの良い冒険者や蒐集《しゅうしゅう》家の紳士などが喜んで買っていくのだという。

それをこの男は、買い手が付かない超高級鍋に加工してしまったのだ。

「いやぁ……だってよぉ、前にそいつで小せぇフライパン作ってみたらなかなかの出来栄えでよ。だから一度でいいから鍋を作ってみたかったんだよ……」

完全に趣味の鍋という訳だ。だが使い勝手は抜群。

そんな訳で近隣の料理人にもそれとなく営業を掛けてみたが、使い慣れた鍋でなくては調子が狂うといって断られてしまったようだ。

「なるほど、それで俺達に買わせようって腹か」

とはいえ、さすがに金貨十枚、半額でも五枚という金額を鍋に払うというのはどうだろうか。月魔鉱製品としては破格だが、鍋としてはあまりに高過ぎる。

そう思ったアレクだったが、意外にもシオリは乗り気のようだ。「どうしよう……ここは思い切って……うーん、でも……」と何やらぶつぶつ呟いている。

「今使ってる軽量鍋セット、使い勝手は凄くいいんだけど、コーティングがいまいちなの。多分料理回数が多いからだと思うんだけど、一年で二回も買い替えたから私には合わないのかもしれなくて。かと言って鉄のは重いから、最低でも二つは持ち歩きたいなって思うと、さすがにね。だから」

（なるほど、こいつにとっては鍋もまた大事な装備だったな）

そして、腕利き鍋職人ボトヴィットのお墨付きなら品質は確かだ。とすれば答えは一つしかない。

「買うといい。お前にとっては武器でもあるんだろう。それなら悩む必要なんてないさ。なんならいくらか投資するぞ」

少し驚いたような顔をしたシオリは、やがて「うん」と頷《うなず》いた。

自分の武器だからと言って投資は丁重に断られてしまったが、代わりに不足分の立て替えを頼まれたアレクは、気持ちよく金貨を出してやった。

「思いがけずいい買い物ができたな」

「うん。ありがとう、アレク」

明日《あす》までに手入れしといてやるよというソルヴェイと、死蔵品になりかけていた月魔鉱鍋が無事売れてほくほく顔のボトヴィットに見送られた二人は、足取り軽く歩き出す。ぴかぴかの金属片をもらったルリィもご機嫌だ。

「今夜早速使うのか？」

「うん。冒険に行く前に色々試してみたい。何か食べたいものある？」

「豚の生姜《しょうが》焼き。それから野菜のスープだな。豚の脂を少し浮かべたやつだ」

即答すると、シオリは可笑《おか》しそうに笑った。それからいつもの微笑を浮かべてアレクを見上げる。

「――それ、初めての遠征で出したメニューだね」

「……覚えていたのか」

帝国での任務を終え、冒険者として復帰して初の仕事。そこで己はこの女と出会った。

そのときの彼女の仕草や言葉の一つ一つを覚えている。そして初日の晩に浴槽付きの風呂を勧められて肝を潰《つぶ》したこと、振る舞われた料理の美味《うま》さに目を瞠《みは》ったこと。彼女の憂いと心の傷を垣間見たこと。その全てをまるで昨日《きのう》のことのように思い出せる。

それだけ鮮烈な出会いだった。丁寧な仕事ぶりと斬新な魔法の数々に圧倒され、彼女の優しく穏やかな人柄に惹《ひ》き付けられて、数日の旅を終える頃にはすっかり惚《ほ》れ込んでいた。

アレクの好物となった、その記念すべき旅の初日に口にした料理を、シオリもまた覚えているというのだ。

「アレクと初めて一緒に仕事したときのことなんだもの。全部……覚えてる」

気難しそうだと思っていた男が意外に素直な感情表現をすることに驚き、自分の仕事に強い興味を持ってくれたこと、そしてごく自然に温かな手を差し伸べてくれたことがひどく嬉しかったのだと彼女は言った。

「だから多分、もしかしたら、そのときからアレクのこと意識してたんだろうなぁって……」

運命の出会いを果たしたあの遠征の、初日に振る舞った料理はシオリにとっても想い出の一品になっているということだ。

「嬉しいことを言ってくれる」

片手で鍋を抱え、空いた方の手で愛しい女の肩を抱き寄せたアレクは、そっとその黒髪に口付ける。

ふふ、と小さく笑いながら上向いたシオリの唇を塞《ふさ》ぎ、軽く吸い上げると仄《ほの》かに甘い味がした。

「……じゃあ、今夜のメニューは決まりだな。サラダとパンは俺が用意しよう。パンは……棚に入ってる雑穀パンでいいな？」

「うん。あれなら生姜焼きにもよく合うものね」

「あれをスライスして生姜焼きを挟んで食べるのが美味いんだ。生姜《しょうが》醤油のソースが染みたパンも堪《たま》らない。ああ、だが米も捨てがたいな。さて、どうするか……」

「本当に好きなんだねぇ……」

　楽しくなったのか、足元のルリィがぴかぴかの金属片を掲げてぴょこんと跳ねる。

　寄り添って歩く道、他愛もない日常の会話、二人と一匹を包む穏やかな空気。その一つ一つが貴く愛おしい。

　――アレクがハセリウス夫妻に理想の夫婦像を見たように、今はまだ恋人という間柄の二人が作り出す温かな光景に憧《あこが》れを抱く者もまた多く、同僚や顔見知りが羨望《せんぼう》の眼差しを向けながら通り過ぎていった。

幕間三　使い魔ルリィの日記

■三月×日

　ちょっと前までは毎日雪が降ってたのに、最近は晴れてることが多くて雪が解けてきた。お日様が出てる時間も長くなって、皆なんだかうきうきしてる。

　森の同胞達も「春探し」をして遊んだみたいだ。自分も今度遠隔通信で参加しようと思った。街でも春の花みたいに綺麗《きれい》な色の服の人がいっぱい歩いてるし、花びら茸のスープとかアウロラマスの塩焼きとかがお店で売ってて、春っぽいものが沢山あって面白い。だからきっと同胞達も気に入ると思う。

　シオリもアレクも楽しそうで、二人並んで外を見ながらお喋《しゃべ》りしていた。お喋りしながらお茶を飲んで、ときどき触り合ったり口付けしたり、ぎゅって抱き締め合ったりして、とても幸せそうだ。

　去年の春は、シオリは一人でなんだか寂しそうだった。友達が沢山いてシオリもいつも笑ってるのに、心の中に大きな穴が空いてて、嬉《うれ》しいことも楽しいことも全部零《こぼ》れていってるみたいで、なんだかそれがすごく悲しかった。

　だから、大事な友達が今は春みたいに笑ってるのがとても嬉しい。

　きっと心に空いた穴が溢《あふ》れるくらいにあったかい言葉をいっぱい注いでもらったんだよって、フィルクローバーが言っていた。フィルクローバーは、いつも寂しい思いをしている子供が沢山暮らしてる孤児院の使い魔だから、そういうことに詳しくなったみたいだ。

　そっか。やっぱり人間には言葉が大事なんだなぁ。自分の言葉も通信でシオリの中に直接送れたらいいのになぁって思った。

　うーん、自分も字を書く練習してみようかな。同胞のペルゥも、友達のオリヴィエルやセシリアに教えてもらって少しずつ覚えてるところだっていうし。

■三月×日
　今日《きょう》はちょっと意外な人がシオリを訪ねてきていた。前にシオリにちょっかい掛けてきたヴィヴィという人だ。弱いのにシオリの評判がいいのがおかしいから、自分達が確かめてやるとか言って攻撃しようとした三人組の一人。何か色々沢山考えて、シオリに謝らないとって思ったらしい。

　アレクもザックも心配そうだし、自分もあんまり好きじゃないなぁって思ってたけど、今は本当に反省しているみたいだ。故郷の村で色んな人達に優しくしてもらってるうちに、自分のどこが良くなかったのか分かったんだって。

　だから最後は握手して仲直りしていた。ヴィヴィはなんだかまた泣き出しちゃったけど、後はザックが見てくれるって。ザックは子供の面倒見るのが上手らしいから、それならきっと大丈夫だね！

　シオリはまだちょっと複雑そう。でもアレクがぎゅっとしたら落ち着いたみたいだ。うーん、たまにびっくりするくらいポンコツになるけど、やっぱりアレクって頼りになるなぁ。

「心の底から許した訳じゃないし、今でもまだちょっと苦手だなって思ってる。でも、あんなに色々考えて、悪いことだったって理解して、ちゃんと自分の言葉で謝ってくれたんだもの。だからもうこの話はこれでおしまいにしても、自分もあの人もきっと大丈夫だよ」

　シオリはそんなふうに言って、いつもみたいに笑っていた。シオリもなんだかんだで強いなぁ。

人間は感情がとっても複雑で難しい生き物だ。

でも、そんなところも面白くって好きなんだよなぁ。

■四月×日

シオリとアレクは明日《あす》の家政魔法講座の準備で忙しいらしい。だから今日は一人でお出掛け。

下水道の爺《じい》さんのところに遊びに行ったら、ずっと前にシルヴェリアで一緒に雪熊《ゆきぐま》を食べた、さすらいのスライムがいた。爺さんの同胞で、爺さんの代わりにあちこちを旅して色んな情報を集めてるスライムだ。

シルヴェリアで別れた後は、南の方に行ってたらしい。王様のいる街に行って、凄《すご》く立派な建物を見たり、大きな湖を見たり、美味《おい》しい魚や貝を食べたり、あとはペルゥにも会ったらしい。

その後は海を見にいって、山みたいに大きな魚に追い掛けられたり、茶色くて大きい脳啜《のうすす》りの変異種みたいな奴《やつ》に絡まれたりで大変だったそうだ。でも、海は反対側が見えないくらい広くて大きくて塩味がして面白いし、ぴかぴかで綺麗な貝殻をいっぱい拾ったり、海のスライムに会ったりで、びっくり楽しいこともいっぱいだったんだって。

仲良くなった人間に美味しい海の幸をご馳走《ちそう》になったとき、海岸で絡んできた茶色い脳啜りの変異種を焼いたのが出てきて、物凄くびっくりしたようだ。でもそれって脳啜りじゃなくて、北海オオミズダコとかいう海の魔獣で、人間は焼いたり燻製《くんせい》にしたりして食べるんだそうだ。脳啜りは不味《まず》そうだけど、北海オオミズダコはぷりっぷりで磯の味がして美味しかったって。

いいなぁ。海って面白そう。

そんなに面白くてへんてこな体験ができるなら、自分も行ってみたいなぁと思った。いっぱい楽しい話をしたら、さすらいのスライムはまた旅立っていった。今度は西の方に出掛けるらしい。西の大きな街を見て、それから山を越えてちょっと遠いところまで行ってみるんだって。

行ってらっしゃい！　帰ってきたらまたいっぱいお話聞かせてね！

■四月×日　出発

今日はシオリの家政魔法講座の日。シオリが先生になって、皆に魔法を教える日だ。

ギルドに行ったら、沢山の人が集まっていた。シルヴェリアで一緒に旅したバルトも来ていた。バルトは最近ずっと忙しかったから、アンネリエに少し外の空気を吸っておいでって言われたらしい。

そっかー。ちょっとはゆっくりできるといいね！

ゆっくりと言えば、今日はザックの使い魔のブロゥも一緒に行くようだ。ザックが「たまには森でゆっくり遊んで来い」って言ってくれたみたいで、ブロゥはこの間からずーっとそわそわしていた。これから行くことになってるハスロの森は、ブロゥが好きな虫が沢山いるらしい。蒼《あお》の森にはいない虫に会えるのが嬉しいようだ。

肝心のシオリは皆に注目されて凄く緊張しちゃったみたいだけど、それを皆に気付かれないように頑張ってた。弱みを見せると突っ込んでくる人がいるからみたいだけど、そういうのは魔獣とあんまり変わんないんだなぁ。雪狼《ゆきおおかみ》みたいに大きな群れを作る魔獣は色々大変みたいだし。

蒼の森のスライムは基本的にのんびり楽しいことしかしないから、よっぽど嫌なことがない限りそういうことはあんまりないんだけど。

……って話をしたら、吹雪《ふぶき》猫のシグルドが「お前らよくそんなんで生き残れたな……」って呆《あき》れていた。かくれんぼも得意だし、いざとなったら強いもん。

■四月×日　ハスロの森

皆集まったら、馬車で移動！　ハスロの森までは馬車で一時間くらいだ。ブロゥは馬車に乗るのも初めてだったみたいで、ずっとそわそわうろうろしてアレクに笑われていた。

シオリは東方人みたいな見た目がちょっと珍しいからなのか、ちらちら見てくる人がいてやっぱり緊張してるみたいだ。中には少し感じの悪い人もいて、大したことなかったら揶揄《からか》ってやろうみたいなことを言ってて、こっそりぺろりとしてやろうかと思った。

でも、シオリの魔法を見たらそんな考えは吹き飛んだみたいだ。シオリの使う魔法はどれも変わってて難しいものばかりだから、普通の人には簡単には使えないらしい。でもシオリはそれを特別だとは思ってなくて、今日も魔法を教えるっていうより、難しい魔法の使い方や練習の仕方を教える感じになるみたいだ。

皆、元々強い人ばかりだから、ちゃんとした魔法の使い方を覚えたらきっともっと強くなるね！

シオリが教えてる間は、使い魔達は見回りしながら森の中をお散歩。

空を飛べるシグルドはすいーっと先に飛んでいった。自分とブロゥは雪の上をしゅるしゅるつるんと歩いたり、木登りしたりしながらブロゥが好きな虫探しをした。

ハスロの森には白星テントウや結晶虫、雪原ナナフシの赤ん坊や、あとはちょっと珍しい妖精《ようせい》トンボもいた。皆かくれんぼが上手な虫ばっかりなのに、ブロゥは見つけるのが本当に上手だなぁ。

よっぽど虫が好きなんだなぁって思った。なんだか前よりも詳しくなってるし。ザックに虫図鑑を買ってもらって、勉強したんだって。それはいいんだけど、もしかしてザックに読んでもらったのかな？　ザックは虫が物凄く苦手だから、ちょっと気になる。

■四月×日　エクレフ村

お昼ご飯はアンネリエのお屋敷の人達が作ってくれた。なんだかシオリの味に似ていて凄く美味しかった。デニスがシオリのレシピを参考にして考えた料理なんだって。そっか、だからかぁ。

皆美味しい美味しいって食べてたのに、ニルスはスープを飲んだだけでぐったり寝ていた。魔法を使うのはあんまり慣れてないのに、頑張り過ぎて物凄く疲れたようだ。お医者さんなのに無理して青くなってて、ちょっとおかしい。魔力回復薬を沢山飲んで、使い魔イールの栄養たっぷりな汁も飲んで、ちょっぴりだけ回復したみたいだけど。

お昼ご飯の後は、また勉強の続き……だったのに、ここからちょっと離れたところにある村が大きな雪崩《なだれ》に巻き込まれてしまって、皆で助けに行くことになった。

村の家が潰《つぶ》されて人が下敷きになって、山に魔獣退治に出掛けた人達も帰ってこないらしい。家と雪の下敷きになってた人達は、シオリの魔法で皆助けることができた。

うーん、魔獣の鼻よりも早く生き物を見つけられるなんて、やっぱりシオリの魔法って凄いなぁ。皆もびっくりしていた。

でも、山に入って帰ってこない人達を探すのは、結構大変かもしれない。もしかしたら物凄く危険な魔獣が山にいるかもしれないんだって。なんでも隣の国の人間が作った、ユルムンガンドという魔獣らしい。

どっちにしてもいなくなった人達は助けなきゃいけないし、ユルムンガンドとかいう奴も倒さなきゃいけないから、シオリ達と一緒にこのまま山に入ることになった。勿論《もちろん》自分もお手伝いするよ！

■四月×日　救助のお仕事

山に入る道は雪の塊と倒れた木でぐちゃぐちゃだった。

だから回り道して、雪の中を調べながら山を登っていったんだけど、一人も見つからないし物凄く大変そうだし、あんなに強いアレクやナディア達もなんだかぐったりしていた。朝からずーっと魔法を使いっぱなしのシオリも疲れてるみたいだ。

本当は雪の下にいるのかいないのかも分からないけど、雪崩のそばを歩いていったみたいだから、とりあえずは調べなきゃいけないんだそうだ。いないかもしれないのに調べなきゃいけないのも凄く大変だ。

あんまり広いから自分とブロウでも難しくって、死んだ魔獣を何匹か見つけただけだった。雪って音も臭いも吸い取っちゃうから、その中に埋まってると臭いに敏感な魔獣でも探しにくい。犬とか狼の魔獣だったらもっと鼻が利くんだけど、それでも時間が掛かるって騎士隊の使い魔も言ってたし。

皆でぐったりしていたら、シオリはもっと凄い探索魔法を思い付いたみたいだ。いつもよりももっと細くてくちゃくちゃっとした、すっごい複雑な形に魔力を延ばしていた。モウサイケッカンとかいうのを真似《まね》したらしい。これなら一度に広く深く探せるんだって。

そうしたら雪の下で弱ってた人間が見つかった。一人は大怪我《おおけが》してたけど、一人はちょっと寒そうなだけで大丈夫そうだ。

シオリが教えた魔法が役に立って、村の方でも一人と一匹が助け出されたって使い魔の小鳥が教えてくれた。

うーん、やっぱりシオリは凄いなぁ。シオリは確かに強くないけど、物知りで色んなことを思い付くから、皆も頼りにしてるのが分かる。生き物の中でも人間は凄く弱いから、代わりに物凄く頭が良くなったって下水道の爺さんが言ってたけど、本当なんだなぁって改めて思った。

「ルリィ、悪いが二人を村まで運んでくれるか？」

今度は自分がお役に立つ番だ。いいよ！　任せて！　ブロゥもよく見て覚えてね！　あと、シオリのことをよろしくね！

村までしゅーっと滑っていったら、ニルスとエレンが準備をして待っててくれた。先に飛んでいった小鳥がお報《しら》せしてくれたようだ。

「怪我人にはこれを飲ませるがよい」

とかなんとか言って、ニルスの使い魔イールが変な色の薬をくれた。薬効成分たっぷりの自分の葉っぱを使って、怪我を早く治す薬を作ったらしい。薬師のニルスと一緒にいるうちに、薬の作り方を覚えたみたいだ。

凄いなぁ。ただぐうたらしてるだけじゃなかったんだ。「失礼な」って言われたけど、魔力回復薬の瓶を抱えて植木鉢に刺さってるところしか見たことないから、仕方ないと思う。

ニルスとエレンが手当てをしてからこの薬を飲ませたら、ちょっと元気が出たみたいだ。気持ちが落ち着く成分が入ってたみたいで、皆すぐに眠ってしまった。早く治るといいね！

シオリ達のところに戻ろうとしたら、山からふらふら歩いてくる人がいた。この人も皆が探してた人の一人で、魔獣と雪崩から頑張って一人で逃げてきたみたいだ。すっごい疲れてへろへろだったけど怪我もなくて、一日しっかり寝たらもう大丈夫だって。良かった！

この人もイール特製の薬を飲んだらパタッと寝てしまった。本当に疲れてたんだなぁ。ゆっくり休んで、早く元気になるといいな。

■四月×日　御魂《みたま》送りの祭
山に戻るときは、騎士隊のレオが魔犬ぞりに一緒に乗せていってくれた。モーネガルムっていう空飛ぶ犬が引っ張るそりだ。

飛ぶって言っても、吹雪猫のシグルドみたいに地面に近いところしか飛べないけど、でこぼこ道でもすいすい走れるし、とっても頭が良くて優しいから、人間の手伝いをすることが多い魔獣だ。

モーネガルムは「小僧、振り落とされるなよー」とか言いながら飛んでたけど、多分自分の方が長く生きてるんじゃないかなぁ……。スライムは見た目じゃ年齢が分からないから仕方ないけど。

モーネガルムはあっという間にシオリ達のところまで連れていってくれた。

着いたらユルムンガンドはもう倒されていた。なんだかアレクから聞いた話とは全然違う姿をしていてびっくりしたけど、一応ユルムンガンドの仲間ではあるみたいだ。でも分からないことだらけだから、王都の研究所とかいうところで調べてもらうらしい。

そういえばブロウに「ユルムンガンドが最期に『過剰戦力に厄災の魔女をぶち込むとは卑怯《ひきょう》千万』とか叫んでたけど、魔女って誰《だれ》のこと？」って訊《き》かれた。

話の流れ的に多分シオリのことだと思うんだけど……厄災の魔女って凄い言われよう……。

うーん、脳啜り激辛オイル事件の噂《うわさ》が随分遠いところまで広がっちゃってるみたいだ。

その話はまた後で教えてあげることにした。シオリ達も疲れてるし、同胞を逃がすためにユルムンガンドと戦った人達も村に早く帰してあげないと。

村では皆が出迎えてくれた。亡くなった二人の爺さんは村の人達に好かれてたみたいで、皆凄く悲しそうだった。でも、アレクが爺さんの最期の言葉を教えたら、今度は皆笑っていた。爺さんはちゃんと責任取ったから、婆さんに蹴《け》り返されずに済んだって。

そっかぁ。爺さんは大好きな婆さんのところに行ったんだね。だから、婆さんのところに無事行けるように、皆でお祈りのお祭りをして送り出してあげるんだそうだ。

爺さん達を囲んで皆で歌ったり踊ったり、美味しいご飯を食べたり、いっぱい想い出話を聞いたりした。皆泣いたり笑ったりで忙しそう。こんなに盛大にお祭りしたから、きっと二人共無事婆さん達のところに行けたんじゃないかなぁ。

お祭りの最中、シオリとアレクとバルトも何か色々お話ししていた。でも、話してる途中で急にシオリが泣き出してしまった。故郷の家族の声が聞こえたような気がして、胸がいっぱいになっちゃったんだって。

御魂送りの祭では、ときどきそういうことがあるらしいとバルトが教えてくれた。なんでも精霊のお礼らしい。お祭りをしてくれた人達へのお礼に、もう会うことができなくなった、懐かしい誰かの声を届けてくれるんだそうだ。

そっかぁ。シオリが故郷にもう帰れないってことは、故郷にいるシオリの家族も、シオリにはもう会えないってことなんだなぁ……。

その声の人は、「幸せでいるのなら、それでいいのよ」って言ってくれたんだって。悲しいけど、なんだか凄く優しくてあったかい言葉だなぁって思った。本当にシオリのことを大事に思ってるのが伝わってきて、自分もあったかい気持ちになった。

シオリもアレクも自分も、バルトも皆幸せになるよ！

「俺？　俺かぁ。俺はまだそんな予定はないなぁ」

……なんてバルトは言ってたけど。

お酒飲みながら手帳を眺めてたバルトの顔は、なんだかアレクがシオリを見てるときの顔に似てるなぁって思った。手帳にはアンネリエが描いた絵が挟まっていた。前にシオリに会いに来た東方のヤエって人の絵だ。一緒に挟んであるのは東方のお菓子を包んでいた綺麗な紙で、バルトはなんだかにこにこしながら眺めていた。

うーん？　あれ？？？

■四月×日

お祭りの後はぐっすり寝て、起きたらもうバルト達は帰る支度をしていた。昨日の騒ぎで予定がずれたから、これからすぐ帰るんだって。ちょっと寂しいけど、また今度会えるから大丈夫。またね！

アンネリエとデニスにもよろしくね！

自分達も村の人達にお別れして、トリスに帰ってきた。ザックはいつも通りの顔してたけど、本当は凄く心配してたみたいで、ほっとしたように陰でこっそり大きな溜息を吐いていた。

魔法の勉強をするために出掛けたのに、何故《なぜ》か雪崩の救助作業のお手伝いして、変な魔獣と戦って帰ってきたら、そりゃあ心配性のザックなら物凄く心配するよね。

でも、アレク達は皆強いから大丈夫。大きな怪我もしなかったし、魔獣もちゃんと倒したし。

ブロゥもいっぱい勉強したから、きっと次からはお役に立てるよ！　と言っていた。

「そうか……それじゃあ、今度から頼むな、ブロゥ」

ザックはにこにこしながらブロゥを撫《な》でていた。ブロゥもとっても嬉しそう。

アレクが「あの二人、なんだか親子みたいだな……」とかなんとか呟《つぶや》いてたけど、自分もちょっぴりそう思った。

■四月×日

今日はザックやブロゥと一緒にトリス孤児院に行った。ハスロの森で拾った魔獣の落とし物を届けるためだ。

おっきくてキラキラな妖精トンボの羽と、しゃぼん玉みたいに透けててちょっぴり虹《にじ》色に光ってるアルファンチッチゼミの抜け殻はとっても綺麗で、イェンス司祭も子供達も皆大喜びだった。イェンスの使い魔のフィルクローバーも、珍しいみたいでずーっと眺めていた。

でも虫嫌いのザックはなんとなく顔色が悪かった。羽とか抜け殻だけでも駄目なんだなぁ。

本当はシオリが「代わりに行こうか？」って言ってくれたのに、ブロゥのお陰で慣れてきて大分マシになったからとか何とか言って断っていた。

その虫嫌い、いつか治るといいねー。指名でお仕事が来たときだって大変そうだもん。

■四月×日

スライム通信で同胞から楽しい話を聞いた。なんでも蒼の森の近くのブロヴィート村の人達と仲良くなったとかで、ときどき遊びに行ったりしているらしい。前にシオリが教えて作った足湯に興味があってうろうろしているうちに、村の人と仲良くなったんだそうだ。

お仕事を手伝ったり、子供達と遊んだり、旅人の案内をしたり、ときどき美味しい串焼きや捌《さば》いたお肉の残りをもらうこともあって、毎日がとっても楽しいみたいだ。

ついでに白い同胞は、村のお医者さんの使い魔になったらしい。最近は村に来るお客さんが結構増えてきて、体調崩したり怪我したりした人が担ぎ込まれることが多くなったから、お手伝いのスライムがいると助かるんだって。

ずっと前に雪狼が沢山攻めてきたときに、自分がお医者さんのお手伝いをしたことがあって、そのときにスライムのことが気に入ったようだ。

そっかあ。シオリやアレクが「人脈は大事」ってよく言ってるけど、きっとこういうことを言うんだろうなぁと思った。

今度里帰りするときに会いにいってみようかな。

■四月×日

今日はぴかぴかの金属の欠片《かけら》をもらった。月魔鉱の欠片で、星みたいにぴかぴか光ってとっても綺麗だ。シオリがくれたお菓子の缶にしまっておいてる宝物が増えて嬉しい。前にもらった火の魔法石もつるつるでほわっとして面白いし、ブロゥがくれた結晶虫の羽も雪みたいにきらきらして綺麗だ。

シオリが言う「想《おも》い出」が増えたみたいで、なんだか楽しいなぁ。

■五月×日

シオリとアレクのお仕事で出掛けるとき、西の門でソルネに会った。門の見張りをしている騎士の使い魔になった夕焼け色の同胞で、まるで騎士みたいに「ぴしっ」としていた。騎士の敬礼みたいに「ぴしっ」とすると、皆喜んでくれるからだって。なんだか格好良くていいなぁ。

そういえばアレクの兄弟の使い魔になったペルゥも、宮廷式の挨拶《あいさつ》を覚えたらお城の人達と仲良くなれたって言っていた。自分も「しゅるん」って触手を振ると、人間達は可愛《かわい》いって仲良くしてくれるし、挨拶って人間には本当に大事な儀式なんだなぁって思った。

■五月×日

最近はシオリもアレクもとっても忙しそうだ。シオリは皆に家政魔法を教えたり、本を書いたり、講座の準備をしたりで毎日夕飯の後も頑張ってるし、アレクもあちこちに出掛けて忙しそう。

忙し過ぎてまた熱出したりしないかなって、ちょっと心配になるけど、二人はなんだか嬉しそうだった。二人と一匹で楽しく暮らすために頑張ってるから、ちっとも大変じゃないんだって。

シオリもアレクも、本当に楽しそうに笑うようになったのが嬉しい。そんな二人を見ているザック達もほっこりしていて、なんだかこういうのってあったかくていいなぁって思う。

これからもずっと、こんなふうにしていられるといいな！

番外編　命の軌跡と奇跡

番外編　命の軌跡と奇跡

1

抜けるように透明で美しいセルリアンブルーの空を、真綿のような雲が千切れ飛んでいく。陽光はダイヤモンドのように煌《きら》めき、瑞々《みずみず》しい若葉に覆われた大地を燦々《さんさん》と照らしている。

五月初旬のストリィディア王国は日差しが暖かく、重装備の旅装姿ではじんわりと汗ばむほどだ。しかし日中の最高気温はまだ十度をいくらか超える程度で、少し油断するとすぐに身体が冷えてくる。日が傾き始めると一気に気温は落ち、僅《わず》かでも風が吹くと身を切るような寒さになる。だからまだ冬の防寒具は手放せない。晩春でも冷え込む高緯度地方の難しいところだ。

「これは早々に野営地を決めて風呂に浸かりたいところだな」

「そうだね……ゆっくり温まりたいかな」

襟元を掻《か》き寄せたシオリの肩を、アレクがそっと抱き寄せる。それはあまりにも自然な仕草で、もはや仲間内ではそれを気に留める者はいない。ただ一匹だけ「仲が良くってなによりだなぁ」とでもいうように、スライムのルリィがぷるるんと身を震わせた。

時刻は十四時を過ぎたばかりだ。この時期の日没は二十時半を過ぎる高緯度地方で夜までにはかなりの余裕はあるが、まだ明るいからといって余分に働くのは禁物だ。

「あとは湯上がりに熱々の鍋《なべ》と葡萄《ぶどう》酒で一杯できれば最高だよねー」

リヌスはうきうきと酒の小瓶が入ったポーチを撫《な》で、水筒の薬草水で喉《のど》を潤したニルスは「贅沢《ぜいたく》だなぁ」と苦笑いした。

遠征で期待するには贅沢なものだったが、それもシオリがいれば叶《かな》えられる望みだ。それを知っているリヌスは、シオリが同行する仕事には自前の酒や食材を多めに持ち込んでいた。今日《きょう》は鍋用に茸《きのこ》の瓶詰と香味野菜、野鳥肉を持参するという念の入れ様だ。

一泊の仕事にしては荷物が多く見えないこともない背嚢《はいのう》に、アレクは何とも言えない表情だ。

「お前な……初めからそのつもりだったな」

「うん。人数分持ってきたから皆で食べようよ」

食材ハンターのリヌスは、美味《おい》しいものは皆で楽しむという信条の持ち主だ。香り豊かな茸の瓶詰と香味野菜は郷里の親類が送ってきたという特別製で、野鳥肉は熟成して食べ頃《ごろ》のものだった。

「あとは水場で白根草を摘むだけかなー。そしたらさ、醤油《しょうゆ》のスープで煮込んでよ。あれに雑穀パンを浸して食べると最高なんだよねー」

いいですよと快く頷《うなず》いたシオリだったが、セリ科の白根草といい、ゴボウに似た香味野菜といい、材料からしてまるできりたんぽ鍋のようだと思ってしまった。今夜はもしかしたら懐かしい味を楽しめるかもしれない。そう思うとほんの少し楽しくなる。

「まぁでも、アレクとリヌスの意見には賛成かな。今日はいつもよりちょっと冷えるから、滋養のあるものを食べて、温かくしてゆっくり休んだ方が身体《からだ》の負担も少ないと思う」

医師免許を持つニルスが医師らしい意見を述べ、この日は次の水場付近が野営地に決まった。

もう少し歩けば温かい風呂と料理にありつけるとあって、リヌスの足取りは軽い。それを揶揄《やゆ》するように皆で笑い合いながら街道を歩いて行く。

街道沿いのところどころにある私設の休憩所や平地では、焚火《たきび》を囲んで一息つく旅人の姿が目立つ。寒い中、わざわざ水場に下りて釣りを楽しむ若い冒険者の一団もいる。

長閑《のどか》で平和そのものの風景に、シオリは目を細めて微笑《ほほえ》んだ。焚火で炙《あぶ》られている串焼きの魚をどこか羨《うらや》ましそうに眺めているルリィを見て、今夜はトリスサーモンの燻製《くんせい》を炙ってあげよう、そう思った瞬間、喧噪《けんそう》に気付いて視線をそちらに向けた。

――男の叫ぶ声、女の悲鳴。

「何事だ？」

少し先の開けた場所に、不自然に停車している馬車があった。トリス行きの駅馬車だ。その周囲を慌ただしく動き回るいくつもの人影。騒ぎの発生源はどうやらあそこらしい。

「なんだろう。喧嘩《けんか》かな？」

面倒事は御免だけれど、本当に喧嘩なら介入する必要があるかもしれない。仲間達とそう話しながら、足早に歩を進めた。

と、人々の声に混じって女の激しい苦鳴が上がる。それを耳にしたニルスの表情が険しくなった。

「急病人かな」

「あの声は只事《ただごと》じゃないね」

「行ってみよう」

小走りでその馬車に近付くと、どうにも異様な雰囲気だった。二頭立てのはずの馬車には馬が一頭しか繋《つな》がれていない。しかも乗降口の前には女達が立ち塞《ふさ》がり、中を覗《のぞ》き込もうとする野次馬と睨《にら》み合っている。駆け付けた一行に気付いた女達が険しい視線を向けた。

「野次馬のつもりなら余所《よそ》に行っとくれ！　見世物じゃないんだよ！」

彼女達は、野次馬を決め込んだ物見高い旅人から患者を護《まも》っているのだ。特に警戒しているのは男相手のようで、一見すると男女の対立にも見える。この異様な構図の理由はこの後すぐに知れた。

怒鳴り声を上げる気の強そうな女を紳士的に押し止めたニルスは、ささくれだった雰囲気を和らげるように微笑みながら言った。

「僕は薬師だ。医師免許もある。病人がいるなら役に立てることがあるかもしれない」

「お医者様だったのかい。そりゃあありがたいけど……」

一瞬喜色を浮かべた女は、一転して複雑そうに顔を顰《しか》めた。

「……身重なんだよ。産気づいちまってね」

たとえ医者であろうと、夫以外の男に診せるのは憚《はばか》られるという訳だ。彼女達が殺気立っていたのも理解できる。

しかしそれよりもニルスは別のことに驚いたようだった。

「出産間近の妊婦が乗ってたってことかい⁉　なんて無茶な」

「最初は俺《おれ》だって止めたんだよ。どう見たって臨月の腹だったからな。だが、長らく会ってない里の親父《おやじ》さんが危篤とかであんまりにも切羽詰まった様子だったんで、つい乗せちまったんだ。こんなことになるならもっと強く止めとくんだった」

一応の弁明を御者がしてくれはしたが、ニルスは厳しい表情を緩めなかった。

「連れが近場の村まで医者を呼びに行ったよ。だが、間に合うかどうか」

それで馬車馬が一頭欠けていたのだ。しかしこの辺りは地理的な問題で人里はほとんどなく、ここから最寄りの村までは馬でも往復一時間は掛かる。都合よくその村に医者がいるかどうかも分からない。そこからさらに近隣の村やその先のトリスまで人をやるとなると、戻るのは一体いつになるか。

　そうしている間にも馬車からの苦鳴は激しさを増していた。それは出産間近なことが素人《しろうと》にも分かるほどのものだ。シオリまで焦燥感でそわそわとしてしまう。

「仕方ない。場所が場所だし、これだけ冷えるんだ。悪いけど医者の介在は必要だと思う。産科は専門外だけど、このまま黙って見ている訳にもいかないよ。ご主人は一緒なのかい？」

「奥さんのそばに付いてるよ」

「そうか、じゃあご主人を呼んでくれるかな。状況によっては僕の介助を納得してもらわなければ」

「分かったよ。ちょいと待っとくれ」

　女に呼ばれて馬車から降りてきた男は、まだ少年といってもいい年頃の男だった。陣痛の凄《すさ》まじさに顔色をなくしていた青年は、憔悴《しょうすい》して足元がふらついていた。それでも毅然《きぜん》とした態度を崩さずにいるのは立派なものだ。

（もしかしたら貴族……かなぁ……）

　平民の身形《みなり》だったが、その所作は洗練されていて隙《すき》がなく、態度も人の上に立つことに慣れた者のそれだった。

　青年はやはり、せっかく現れた医師が男であることに難色を示した。どこの何者かも分からない男に、大切な妻の秘められた場所を見せることに抵抗があるのだ。恐らくは上流階級の出身だろう青年にとって、それは屈辱的ですらあるだろう。

王国の男性産科医は近年増加傾向にあり、少しずつ専門職として認められつつあるというが、彼らが健診や出産の現場に携わることを良しとしない風潮はまだまだ根強い。日本ですら忌避する夫婦も少なくはなかったのだから、この世界ではなおさらだろうとシオリは思った。

それでも破水してから相当の時間が経《た》っていること、そして陣痛の間隔が明らかに短くなっていることで、予断を許さない状況だと理解したのだろう。

「坊主、悪いこたぁ言わねぇ。ここはお医者様に従っときな。親父さんに逆らって駆け落ちしてまで一緒になった嫁さんだろう。こんなとこで死なせちゃあ元も子もねぇぞ」

どうやら夫妻の裏事情を知っているらしい御者の後押しもあって、やがて青年は覚悟を決めたように首を縦に振った。

「分かった。妻と子の命には代えられない。すまないが、どうか……よろしくお願いします」

「ああ、任せてくれ。なるべく奥方には触れないよう配慮するから」

主な介助役は出産経験のある女達がやるということだった。陣痛間隔から見て出産が近いらしく、呼びに行かせた医者は間に合わないと、ニルスも女達も断言した。

「それで、シオリにも手伝ってもらいたい。なるべく沢山お湯を沸かしてほしいんだ」

「わかりました」

「じゃあ警備は俺達に任せてよ。ほかの人達の手も借りようぜー」

どのみち男は立っているくらいしかできないからねー、そう言い添えてリヌスは笑った。

困惑した面持ちで立ち尽くすばかりだった男達は、見張りの仕事を与えられてむしろ安堵《あんど》したようだった。混乱に乗じた物盗りや魔獣などの異変があれば下手《へた》に立ち向かったりせず、必ずアレクかりヌスに伝えるように言い含めると、それぞれが割り振られた持ち場に散っていく。

ルリィは暇を持て余してぐずっていた子供達の相手をするつもりのようだ。ぽよんぽよんと楽しげに弾んで彼らの機嫌を取り始め、気疲れしていた子連れ客は「助かるわぁ」と肩の力を抜いた。

早速作業に取り掛かろうとしたシオリだったが、何故《なぜ》か立ち尽くしてぼんやりとしているアレクに気付く。緊急時に優れた統率力を発揮する彼にしては珍しいことだった。

「アレク……？　ねぇ、アレク？」

腕に手を掛けて軽く揺すると、はっと我に返ったアレクは「ん……うん？　なんだ？」と歯切れ悪く言った。心ここに非《あら》ずのうちに置いてけぼりを食らって、気まずそうに辺りを見回している。

「……大丈夫？」

「あ……あ、すまない。ええと、なんだったか」

「アレクは警備をお願い。私はニルスさんの手伝いをするよ」

「ああ、そうか、そうだったな」

「どうしたの？　具合でも悪い？」

「……いや、大丈夫だ。少し考え事をしていた」

「少し……」

ではないような気もするのだけれど。

けれども彼は、リヌスに呼ばれて「じゃあ、後でな」と手を振って行ってしまう。

「うーん……？」

彼が物想《ものおも》いに更けるのは、大抵過去の出来事を思い起こしているときだ。あの表情から察するに、あまり楽しい出来事ではなかっただろう。

気にはなる。できることならそばにいたい。でも、今は互いにやらなければならない仕事がある。

（……後で訊《き》いてみよう）

ニルスに急《せ》かされたシオリは、気持ちを切り替えて目の前の仕事に向き合った。

「じゃあ、お湯を頼むよ。あとは清潔な布……なるべく柔らかいものが沢山あると嬉《うれ》しいんだけど、これはありったけの手布でどうにかするしかないな」

「それなら私が熱湯消毒します。手持ちのタオルを出しますから」

「湯を溜《た》めるなら桶《おけ》が必要だろう。こいつを使ってくれ。なぁに、新品だから心配はいらんよ」

「じゃああたしは手布を出すよ。今日はまだ使ってないから、それなりに綺麗《きれい》なはずさ」

「私も出させてもらうよ。仕入れたばかりの品なんだが、お祝いに一つ差し上げよう」

方針が定まったことで気持ちに余裕が生まれたのだろう。慌ただしく動き始めたニルスとシオリの元に、乗客や旅人からの善意が集められた。御者からは馬用の新品の桶を、旅行者からは手布を、行商人からは柔らかい木綿や晒《さら》しを。

「ありがとうございます。助かります」

提供された桶や布類は、産室となった馬車のそばに集められた。「よし」と気合を入れて袖《そで》を捲《まく》り上げたところで、馬車に入ろうと垂れ幕を捲ったニルスが低く唸《うな》った。

「どうしました？」

「中の空気が悪いんだ。これでは奥方の身体に障る」

了承を得て馬車に顔を入れてみると、馬車特有の臭いや破水した羊水のものだろうか、何か生臭い臭いと熱気が中から溢《あふ》れてきて、シオリもつい顔を顰めてしまう。

元々それほど広い空間ではない場所を、身体を冷やさないようにと閉め切った結果だ。しかしこれでは、妊婦どころか介助役まで具合を悪くしてしまいそうだ。

「馬車の周りに結界を張って、空調魔法を使いますか」

「それだ。いつもより高めの温度で頼めるかい。夏の日中くらいの温度がいい」

「了解です」

王国の夏の日中の気温は二十五度弱。暑過ぎず寒過ぎずの気温だ。

アレクとリヌス、御者の手を借りて結界杭《くい》を大急ぎで打ち込み、その間に馬車の中では荷物や外套《がいとう》で作った急ごしらえの間仕切りが設置された。

結界の完成を見計らって、火と風の魔法を同時展開する。ふわりと暖かな空気が結界内に満ちて、居合わせた人々の間から感嘆の声が上がった。

すかさずニルスが垂れ幕を半分だけ開けて紐《ひも》で留める。馬車の中に新鮮な空気が流れ込み、中に詰めていた女達のものらしい微《かす》かな歓声が聞こえた。それでもまだ完全には換気しきれず、シオリは魔法を繰って澱《よど》んだ空気を入れ替えた。

「……ありがとう。妻も少し楽になったようだ」

陰になって見えなかったが、間仕切りの向こう側から青年が礼を言った。その声はいくらか和らいでいて、それで多少なりとも警戒が解けたのが分かる。

「お役に立てて何よりです」

控えめに返した途端、一際高い苦悶《くもん》の声が上がった。続いて青年の慌てたような声。介助役の女の一人が小声でニルスに何事かを囁《ささや》き、彼が短い助言を与えると、再び持ち場に戻っていく。

「出産は間もなくだ。お湯と布、頼んだよ！」

「はい！」

急いで本来与えられていた仕事に取り掛かった。手持ちの洗面器を取り出し、借りた桶と合わせて綺麗に洗ってから魔法で作り出した熱湯で念入りに消毒する。それが終わってからそれぞれを熱湯で満たすと、驚いたような顔で作業を見守っていた人々が運ぶのを手伝ってくれた。

「とりあえず熱湯のまま持ってきて！　あとはこっちでやるから！」

「了解！」

続いて布の消毒だ。善意で集められた手布や木綿類はそれなりの枚数になっていた。

（あんまり時間なさそうだから、まとめてやっちゃおう）

いつもの洗濯魔法の要領で大きな水柱を発生させる。加熱して煮沸し、布を全て放り込んだ。

大量の布が巨大な水柱の中でぼこぼこと煮沸されながら回転する様子は、ちょっとした見世物になっていたようだ。ルリィが相手をしてやっていた子供達から歓声が上がった。道行く人々も何事かと足を止めて見物している。

「このくらいでいいかな」

洗濯魔法を解除し脱水してから、強めの温風を起こして一気に乾燥させた。綿やリネンの薄い生地は、あっという間に乾いていく。待ち構えていた女達がそれを次々と運んでいった。

不意に女達の掛け声と息む声が聞こえた。お産が始まったのだろう。どうにか間に合ったようだ。

「始まったみたいだねー」

一通りの仕事を終えて軽く滲《にじ》んだ額の汗を拭《ぬぐ》っていると、周囲を警戒していたリヌスが言った。

「ええ。安産だと良いですね」

「こんなに沢山の人が付いてるんだから、きっと大丈夫だよ」

つい不安な言葉を漏らすと、リヌスらしい前向きな言葉が返ってきてシオリは思わず破顔した。気遣い上手の彼は、だから皆にも慕われている。

「……でもさ。アレクの旦那がなんとなく様子おかしいんだよねー」

「え」

見張りに立つ男達の合間を縫うようにして巡回しているアレクは、一見すると普段と変わらないように見える。しかしその手は魔法剣の柄や鞘《さや》を弄《もてあそ》び、もう片方の手は前髪を掻き上げたり顎先《あごさき》に当てたりと、どこか落ち着きがない。周囲に向けている視線もいつもの鋭いものではなく、ぼんやりと焦点が定まらない。

仕事中には決して見せることのない、集中力を欠いた様子の彼。

「あ、ほんとだ……どうしたんだろう」

何を考え込んでいるのかは分からないが、あれからずっと後を引いているようだった。

と、彼の足が止まった。その視線が産室代わりの馬車に向けられる。

「さっきからずっとあの調子なんだよねー。旦那らしからぬ感じでさ、ちょっと心配じゃない？」

「……そうですね……」

お産が気になるというのとも違う、あの視線は――。

――ほぎゃ、ほぎゃあ、ほぎゃあ、ほぎゃあ。

突然響き渡った元気な産声に、どこか遠くを見るようだったアレクがはっと目を見開く。

皆が弾《はじ》かれたように産声の方へ顔を向けた。馬車の中からは産声と青年の感極まった声、女達の夫妻を労《ねぎら》う言葉、そして新しい命への祝福の声が聞こえる。

一瞬の間の後に、弾けるような歓声が響く。

「生まれた！」

「良かった良かった！」

「元気な子だ！」

――明るい日差しの下、人々が新しい命に祝福の言葉を贈る中、アレクだけが取り残されたかのように、ぼんやりとその場に立ち尽くしていた。

2

産後の後始末が終わり、母子が落ち着いた頃には十七時近くになっていた。

医者を呼びに向かった早馬もようやく戻り、後からトリスの専門医が馬車で駆け付けると報《しら》せてくれた。結局近場の村に医者はいなかったようだ。近隣を探し回るくらいならいっそと領都まで走ってくれたのだ。

「そんで、できりゃあ医者が着き次第、馬車を出してぇんだ。今日中にはトリスに着きてぇんでな。宿を取らにゃならんお客さんもいることだしよ」

「そういうことなら迷惑料代わりにと言ってはなんだけど、僕の名前で付けてもらってくれ。僕らのせいで皆に迷惑を掛けてしまったから……」

新米の父親となった青年の申し出を、気の良い乗客達は笑いながら固辞した。

「これから色々と物入りになるだろうから、金は取っておきなさい」

「若ぇのが気を使うんじゃねぇよ、なぁ」

「いやしかし」

「いいからいいから。さ、迎えが来る前にちょっとでもいいから食べておきな。お腹《なか》空いたろ」

華やいだ空気の中、シオリ監修による女衆お手製のスープが振る舞われた。持参していた食材をリヌスが大盤振る舞いしてくれたのだ。わざわざ追加の野鳥を狩ってくるという気の利きようで、男衆からは歓声が上がっていた。

野菜たっぷりのスープに小さな子供達は「困ったなぁ」という表情だったが、ほろ苦い香味野菜を免除して肉と茸を多めに入れてやると、大喜びで口に運んでいた。

勿論《もちろん》出産を終えた若い母親とそれを支えた夫にも差し入れられた。二人は馬車の中でゆっくり食事を取ることにしたようだ。

「うーん、やっぱりきりたんぽ鍋の味になったなぁ」

懐かしい故郷の味に似たスープは温かく滋養たっぷりで、人々の腹と心を満足させた。

食事を終えた後、赤子を抱えた娘と青年が馬車から姿を見せた。若い夫婦は居合わせた人々への謝罪と礼の言葉を述べ、その後は生まれたての赤子がお披露目された。

父親似の顔立ちに母親譲りの柔らかな栗毛《くりげ》の、健康な男児。

ニルスの診断では母子共に目立った問題はなく、幼子連れの女から分けてもらった乳を口に含ませた赤子は、洗い立ての清潔な綿布に包まれてすやすやとよく眠っていた。

人々はそれぞれに夫婦への労いと赤子の健やかな成長を祈る言葉を贈り、医師を乗せた医療馬車が駆け付けるのを見届けてから、駅馬車に乗り込んでいく。

偶然に出会った親切な旅人達は、そうして一足先に出発した。

「どれ、じゃあ診察させてもらおうかしら」

トリスの専門医はニルスの顔見知りだったようで、軽い挨拶と引き継ぎをしてから母子を連れて医療馬車に乗り込んでいく。

診察を待つ間、シオリ達は周囲の警戒をしながら青年の打ち明け話を聞いていた。

――男爵家の末息子と親戚《しんせき》筋の娘だった二人は互いに想《おも》い合う仲で、いずれは娶《めあわ》せるつもりで両家でも話が付いていた。

「でも、ある日……もう二年くらい前になるかな。夜会でとある子爵に彼女が見初められてしまったんだ。年も近いし、先方にはまだ独身の姉君もいて、それならちょうどいい、僕と姉君、彼女と子爵とで一緒になれば、家同士の繋がりも強まるし二重におめでたいじゃないかって、なんだかいい感じに話が纏まりそうになってしまったんだ。ご姉弟は人柄はいいんだけど、結構ぐいぐい来るタイプでさ。こっちも親戚同士でほとんど兄妹みたいなものだから、敢《あ》えて一緒になるよりは、別の家と姻戚関係を結んだ方が家としても都合がいいって、父上達も案外乗り気になってしまって」

「……それで、手に手を取り合って出てきたと……」

「その通り。向こうは結構羽振りが良くて交友関係も広いから、父上も欲が出たみたいでさ。それでいよいよ本格的に話を進めてきそうな雰囲気になったから、もう後がないって思ったんだ」

はは、と青年は眉尻《まゆじり》を下げて笑った。

「兄妹みたいなものって言ったって、こっちはもう何年も一緒になるつもりでいて、ほとんど夫婦同然だったからさ。それを今更別の相手を宛がわれたら堪《たま》らないよ。それに、兄上達の婚姻で十分潤ったんだからもういいじゃないかって」

「はぁ……貴族ってほんと大変だなぁ……」

「いやぁ、平民だって大変だよ。自由でいいなんて思ってたけど甘かったな。誰も面倒なんか見てくれなくて一から十まで全部自分でやらなきゃいけないし、仕事もしないと食べていけないんだから。最初の何ヶ月かは随分苦労したけど……隣近所の人達も随分親身になってくれて、なんとか人並みの生活ができるようになったんだ。それでいよいよ子供が……ってときにね」

青年の父親が病に倒れて容体が思わしくなく、兄弟が必死の思いで二人の居場所を突き止めて急を知らせてきたということだった。縁談を提案した若き子爵も「思い詰めて駆け落ちするほど想い合う仲だとは知らず、大変失礼した」とむしろ恐縮しているようで、そちらも気にしなくていい、だからせめて一度帰ってきてくれと懇願しているという。

「二人の気持ちを考えずに悪かった、結婚は許すから、せめて……最後に一目会いたいって……」

その言葉は途中で詰まり、彼の瞳《ひとみ》が潤んで揺れた。

この機会を逃したら、和解することなく永久の別離を迎えることになるかもしれない。そうなればきっと一生後悔すると身重の妻の方がむしろ強く勧め、駅馬車に飛び乗ったのだという。

「強く反対できずに家から逃げ出した挙句、彼女と息子の命は危険に晒すし、父上にはきっともう会えずじまいで……僕、本当に何やってるんだろうなぁ……」

一段落して冷静になり、急に我に返ったのだろう。あるいは出奔してからずっと張り詰めていた緊張の糸が、ここで遂に切れてしまったのかもしれない。彼はそのまま顔を覆って咽《むせ》び泣いた。

二十に届くかどうかという若い彼が、貴族としての責務と自らの幸せを天秤《てんびん》に掛けた末の結果に懊《おう》悩《のう》するその姿は、あまりにも痛ましい。

どう声を掛けたものかと悩んでいると、それまでずっと黙り込んでいたアレクが不意に口を開く。

「――何事も最善を導き出すことは難しい。全てにおいて満足の行く結論を出すことなんて、この国の王ですら難しいだろうさ。二つの貴族家の方針に、お前の若さと立場で口を挟むのはなかなか難しかっただろう。だがお前はよくやった。一番大切なものを見誤らなかったんだからな」

一番大切なものを諦《あきら》めれば、全てが恙《つつが》なく纏《まと》まるという話はよくあることだ。だが、一番大切なものを諦めたがために――否、諦めた「つもり」でその実は未練があったがために、その後の人生を不満と後悔に塗《まみ》れて生きなければならないかもしれない。

それはとても不幸なことだとアレクは言った。

「お前は彼女と己の人生のために決断して、慣れない市井暮らしも必死で頑張ってきたじゃないか。それで子供だって持てたんだ。確かに貴族としては良くなかっただろうが、一人の男としてはよくやったと俺は思う」

だから、妻と息子のためにも胸を張って生きろと、彼はそう言って青年を元気付けた。思いがけない励ましの言葉に救われたのだろうか。驚いてアレクを見つめていた彼は、やがて泣き笑いの表情で頷いた。

「そうだなぁ……貴方《あなた》のような立派な大人にそう言ってもらえるのなら、きっとそうなんだろうな。

うん、そうだ。僕はよくやった。うん」

　笑顔を取り戻した彼の手は、かさついて荒れていた。それは水仕事で荒れたものだとシオリにはすぐ分かった。きっと身重の妻のために家事を引き受けていたのだ。

（本当に彼女のことが大事で、凄《すご》く頑張ったんだろうなぁ……）

　まだ少年少女といってもいい年頃の貴族が、二人身を寄せ合って慣れない平民暮らしを続けるのは並大抵のことではなかっただろうに。

　彼女も急な出産で窶《やつ》れてはいたものの、身形は小綺麗で表情も幸せに満ち溢れていた。あれは愛されて大切にされた女の顔だ。

「――おおい、終わったわよ。ニルスの診断通りね。母子共に問題なし。奥さんはちょっと栄養足りてない感じはするけど、それはまぁご主人がなんとか頑張って食べさせてあげて。必要なら支援受けられるところも紹介するから」

　話をしているうちに母子健診が終わったようで、馬車から医師が顔を覗かせて言った。

「産後は一ヶ月は無理をさせちゃ駄目よ。最低でも二、三週間はゆっくり休ませてあげて。その後は多少の家事なら構わないけど、水仕事や買い物みたいに立ちっ放しや激しい動きを伴う仕事は厳禁。産褥《さんじょく》期に無理すると回復が遅れるし、病気にも掛かりやすくなるから十分に気を付けてね。ただ、大事にし過ぎてずっと寝て過ごすのもあんまり良くないから、家の中を適度に歩くようにして」

「は……はい」

「まぁ、細々とした説明は道中にしましょ。ひとまず今夜はトリスの診療所で休んでもらうわ。普通じゃない場所で出産になっちゃったから、一応様子を見させてちょうだい。で、ニルス、貴方達はどうする？　奥さんを寝かせてもまだ余裕があるから、四人くらいなら乗って帰れるわよ」

この提案にはありがたく乗ることにした。徒歩なら一泊しなければならない距離だが、馬車なら三時間弱でトリスに着くだろう。野営せずに済むならそれに越したことはない。

手早く結界杭を回収して乗り込むと、医療馬車は街道をゆっくりと走り出した。

馬車に揺られながら、シオリはちらりと恋人を見る。

青年を励ますために饒舌《じょうぜつ》に語っていたアレクは、今は無言で目を閉じていた。眠っている訳ではなく、何か考え込んでいるようだった。その表情は物憂げで、やはり気に掛かることがあるのだろう。

話を聞いてあげたいけれど、人目のあるこの場でできることはなかった。彼の内面に触れるかもしれない話題を出す機会はなく、いつの間にかうとうとしていたシオリは、そのまますっかり眠り込んでしまった。

3

馬車がトリスに着く頃にはさすがに日が落ちていた。当然外門は閉ざされている。

しかし急患を運ぶ医療馬車は優先的に通されることになっていて、このときも立哨《りっしょう》の騎士と多少のやり取りがあった程度で、すぐに門が開けられた。

そして再び走り出した馬車は、やがてトリス大聖堂がある宗教地区に滑り込んでいく。医療施設が多い地域で、医師の自宅兼診療所はこの地区の片隅にあった。

生まれたての赤子を抱えて馬車を降りた若い夫婦は、診療所に入る間際、深々と頭を下げた。

「本当に世話になった。皆さんが偶然にも通り掛からなかったら、寒くて不衛生な場所で出産せざるを得なかった。妻や息子だって無事だったか分からない。清潔なお湯と布、それに空調魔法だったか――あれは本当に助かったよ。お陰様で母子共に健康そのものだ。感謝してもし切れない」

「まぁ、これに懲りたらもう無茶な旅はしないように。特に臨月に入ったらいつ生まれてもおかしくないんだから」

「うっ……肝に銘じる」

結局夫妻は今すぐの帰省は諦めたようだ。母子の身体が優先だと、当面は大人しくすることにしたと彼らは言った。

「父上には手紙を出す。間に合うかどうかは分からないけど、でも、僕にはもう護らなきゃいけない家族がいるんだ。優先順位を間違えちゃいけないって、思い知った」

これは後日談になるが、件《くだん》の父親は孫息子の誕生にすっかり気力を取り戻し、どうにか持ち直したそうだ。駆け落ちした末息子夫婦とも和解し、すぐさま迎えの馬車を寄越して、母子が落ち着くまで屋敷で療養させることになったという。絵に描いたような大団円だ。

医師と夫妻、ニルスとリヌスに別れを告げた二人と一匹は帰路に就く。

途中の居酒屋で軽く夕食を取り、部屋に着いた頃にはいい時間になっていた。馬車で眠ったはずだったが、風呂で汗を流して身体を温めているうちに、日中の疲れが出たのか急激な眠気に襲われた。

「もう寝る時間だな」

そう呟《つぶや》いたアレクは、早々に寝支度を整えていた。

腹を満たして汗を流したら、彼は多少元気を取り戻したようだ。でも、なんとなく様子がおかしいのは相変わらずで、それも布団に潜り込んで寝る態勢になってしまっては理由を訊き出すのも躊躇《ためら》われる。結局その日は機会を失ったまま、シオリも床に就くしかなかった。

――そして翌朝。

前日の疲れで多少寝過ごしたシオリは、同じようにまだ眠っているアレクを見て眉根《まゆね》を寄せた。先に起き出して彼をじっと眺めていたルリィも、何か言いたげにぷるんと震える。

「……うわ。熱がある」

そっと額に載せた手のひらに、明らかに平熱ではない体温がじわりと伝わった。

「疲れが出たのかな……」

いつかのように高熱と呼べるほどのものではなかったけれど、彼は少し早い呼吸で寝苦しそうに顔を顰《しか》めている。

「……多分季節的なものだ。今頃の時期になると体調を崩しやすくてな……」

薄く目を開いたアレクは、そう言って力なく笑った。

「待っててね」

いつもより熱い唇に触れるだけの口付けを落としたシオリは、寝床を抜け出して小走りに浴室に向かった。洗面器に水を張り、手拭いを数枚用意する。それから台所で水葡萄シロップの水割りを作り、寝室に戻った。

果汁水を飲ませ、火照った額に硬く絞った濡《ぬ》れタオルを載せる。それで少し楽になったのか、ふわりと微笑んだアレクは、そのままうとうとと眠ってしまった。

「……昨日《きのう》ちょっと変だったのは、体調が良くなかったからなのかな」

そう口にしてはみたものの、それも違うような気がした。

夕食は普段通りに食べていたし、なんなら酒も少し入れていた。

（——精神的なものかもしれない）

不意にそう思ったのは、昨日のことが気に掛かったからというだけではなかった。自分にも覚えがあったからだ。落ち込むとすぐ体調が変わるほどに、心身が弱っていたときがあった。アレクの様子はそのときの自分を連想させるものがある。

明確に様子がおかしくなったのは、昨日の騒ぎの前後からだ。あの出来事の中に、彼の琴線に触れる何かがあったのかもしれない。

それが何かはよく分からなかったが、なんとなくすっきりしない気持ちを抱えたまま軽い朝食を済ませたシオリは、アレクの枕元に留守番のルリィと書き置きを残して買い出しに出掛けた。


ギルドに顔を出すと、ザックは外出して不在だった。

「アレクのこと、訊きたかったんだけどな……」

前日の依頼の報告をしがてら、それとなく「季節的な体調不良」のことを訊き出すつもりだったけれど、当てが外れてしまった。仕方なく普段から親しくしている受付嬢に報告書を提出し、報酬を受け取ってギルドを出る。

「うーん……仕方ない。大人しく買い物だけして帰ろう」

携帯食用の買い出しをして、それから第二街区まで足を延ばして、アレクの好きなバニラアイスを買おう。そう思いながら歩き出したシオリを、背後から呼び止める声があった。

美貌《びぼう》の魔女、ナディア・フェリーチェだ。

「珍しいねぇ。アレクは一緒じゃないのかい」

「うん、ちょっと熱があって、今は部屋で休んでる」

「熱」

柳眉《りゅうび》を聳《そび》やかしたナディアは、「そうかい」と呟いて手元の小包に視線を落とした。

「アレクに何か用だった？」

「ああ……そうだね。そろそろ弟に荷物を送る頃合いだろうから、まだだったらあたしのも一緒に送ってもらおうかと思ってね」

「荷物……って、誕生日の？」

「そうだよ。いつもは自分で送ってるんだけどね。今年はせっかくだから一緒にお願いしようかと思ったのさ」

「それならまだこれからみたい……だけど……」

なぜナディアがアレクの異母弟宛ての贈り物を。それも、毎年。

シオリの表情からその疑念を読み取った彼女は、悪戯《いたずら》っぽく笑いながら「こっちは試作品なんだけどね。特別に見せてあげるよ」と懐から何かを取り出した。鮮やかな若葉や小花の縁取りと、可愛《かわい》らしいスライムが刺繍《ししゅう》されたハンカチだ。姿形はルリィにそっくりな、色だけが違う、桃色の――。

「あの子の使い魔はまだ一度見たきりだから、色にちょっと自信がなくてね。それでルリィに色糸を選んでもらったんだよ。聞けばお仲間だっていうから、それなら色も知ってるだろうからさ」

ぷるるんと得意げに震えるルリィの横で、シオリは目を見開いた。

ナディアは「アレクの弟」が何者なのかを知り、それどころか会ったことさえあるのだ。

「最近あんた達の様子が変わったようだから、もしかしたらって思ったんだけどね。そうかい。あいつ……とうとう打ち明けたんだねぇ」

どう返したものか言葉も出ず硬直しているシオリに、ナディアは道すがら教えてくれた。往来だから、勿論固有名詞は全て伏せたままだ。

「――あたしはあいつの二番目のお兄さんの婚約者だったんだよ。と言ってもまだ口約束で、正式な婚約とお披露目はあの人が成人したらって話だったんだけど、結局彼も事故で亡くなって、あたしも故国の内乱で身を隠さなきゃいけなくなっちまってね。それで話はそれっきりだったのさ」

つまりはアレクやオリヴィエル王の義姉となるはずの人だったのだ。

(いやいやいやいや……またとんでもない大物が……)

シオリは言葉もなく、ナディアの話を聞くだけになっていた。彼女は要点だけをさらりと流したけれど、その「語られない物語」が重く悲惨なものだったことを知っている。

――僅《わず》か十三歳で全てを失った旧リトアーニャ王国の悲劇の姫君。侯爵家の末姫ナディアーナ・フェリクス・チェルナンドの悲劇は、この国の現代史にも載るほどのものだった。

ストリィディア王国の第二王子だった婚約者が十五歳で事故死し、同時期に勃発した故国の内乱で支配階級が次々と粛清、もしくは国外追放になる中で消息を絶ったナディアーナ嬢は、その後二度と表舞台に出てくることはなかったそうだ。

国外に嫁いだ姉君に匿《かくま》われていたとも、侯爵だった兄君と処刑されたとも噂《うわさ》されていた彼女が、まさか亡き婚約者の故国で「爆炎の魔女」と綽名《あだな》される冒険者になっているとは誰も思うまい。

仲間に枠呼ばわりされるほどの酒豪で、爆炎魔法で魔獣を片端から吹き飛ばす、妖艶《ようえん》で気風の良い姐御《あねご》肌。深層の令嬢がそこに至るまでの苦労は、並大抵のものではなかったはずだ。

「――ちょうど今くらいの季節だったんだよ。あの人が亡くなったのも、九歳になったばかりのあいつが母親を亡くしたのもね。引き取られた先じゃあ随分大事にされたらしいけど、それでも……せっかくの誕生パーティで――それも招待客にだよ――生まれのことを酷《ひど》く言われることもあったっていうから、今くらいの時期になると色々思い出しちまうのか、塞ぎ込んで熱出すことも多くってね」

「そうだったんだ……」

実父や異母弟は彼を家族として温かく迎え、まるで生まれたときからずっと共に暮らしてきたかのように接していたという。しかし、その心を踏み躙《にじ》るように部外者が横槍《よこやり》を入れたのだ。本来祝福されるべき日に存在そのものを否定された、そんな彼が深く傷付くのは当然のことだった。

「それでも今年はあんたと一緒なせいか、むしろ体調は良さそうだったし、案外このまま克服するんじゃないかってちょっと期待してたんだけどね」

心の傷は一筋縄ではいかない。それはシオリも身を持って知った。

アレクを一人に――正確にはスライムと一緒だが――してきてしまったことが急に気になりだしたシオリは、今すぐにでも彼の下に駆け付けたいという衝動に駆られた。

そのうえ、ある重大な事実に気付いてしまった。

「姐さん……アレクの誕生日って、いつ？　もしかしてもう過ぎちゃった？」

確か彼は異母弟より数週間早く生まれたと言っていたはずだ。異母弟即ちオリヴィエル王の生誕祭は六月初旬。それより少し早いとすれば、今月がアレクの誕生月ということになるのではないか。

「なんだいあいつ、あんたには教えてなかったのかい」

「うん……というか、私も早く気付くべきだった。弟さんの誕生日は前から聞いてたけど……」

異母弟への贈り物の話は何度も話題に出ていたというのに、そういえば彼は自分の誕生日については一言も触れてはいなかった。随分前に、異母弟より少し早いと聞かされた程度だ。

「ああ……ちゃんとお祝いしたいって思ってたのに……」

「あいつは気にしないと思うけどね。それに多分、あいつだってあんたの誕生日は聞いてないんじゃないのかい？」

アレクも自分も、誕生日を盛大に祝うような年齢はとうの昔に過ぎている。だから敢えて話題に出したこともなかったけれど、それにしたって悔やまれる。

うああ、と悶絶《もんぜつ》するシオリにナディアは苦笑いしながら教えてくれた。

「大丈夫、五月十五日だからまだ余裕はあるさ」

そう言って微笑む彼女に異母弟宛ての小包を託されたシオリは、手早く買い物を済ませて半ば走るようにアパルトメントに駆け込んだ。

4

部屋に駆け込んだシオリを少し驚いたように迎えたルリィは、今までに集めた宝物——シルヴェリアの旅で拾った火の魔法石や、鍛冶屋《かじや》でもらったぴかぴかの金属片など——で遊びながら、「まだ横になってるよ」というようにぷるぷると触手を振った。

荷物を置いて寝室をそっと覗き込むと、ちょうど水を飲んで横になったところだったらしく、濡れタオルを額の上に置き直していた。

「……おかえり」

「うん。ただいま」

どこか安堵したような顔のアレクに、切なさと愛《いと》しさがない交ぜになったような感情が渦巻いた。

静かに、けれども足早に恋人に駆け寄り、そっと頬《ほお》をすり寄せる。

「……なんだ、どうした。こんなふうに甘えるのは珍しいな」

アレクは微かな笑い声を立てた。

「甘えるっていうか……なんだか甘やかしたくなって」

「なんだそれは」

言いながらも彼は少し嬉しそうだ。

横になったまま伸ばした腕をシオリの背に添えて、優しく撫でる。その手付きはいつもより弱々しく、体調は相変わらず思わしくないということが察せられた。

「昨日からなんだか元気がないから……」

背を撫でていた手が止まった。一瞬の間。

「……そう見えていたか」

「うん。口数が少なかったし、らしくなくぼんやりしてるって、リヌスさんも気にしてたよ」

「そ……そうか。それは悪いことをしたな」

自覚はあったらしく、アレクは気まずそうに眉尻を下げた。やはり様子がおかしいのは気のせいではなかったのだ。

「……あのとき、母さんのことを思い出していた」

「アレクのお母さん？」

「ああ」

――先王の隠された恋人。公式の記録には一切残らず、謎《なぞ》の貴婦人とされている存在だ。

経歴素性が一切不明とされているのは、娼婦《しょうふ》などのように決して公にはできない身分だからだとする悪意的な意見もある。しかしその一方で、恋人やその生家に類が及ばないように配慮したからではないかとも考えられていた。当事者の話では後者が正しいということだった。

「両親は若い頃に交際していたことがあってな。だが母は新興貴族の娘で、王妃になるには身分はおろか、知識も教養も足りなかった。今だったら何年かお妃《きさき》教育を受ければそれほどうるさくは言われなかったんだろうが、当時はまだ序列の高い家でなければ、王族……とくに王太子との婚姻は難しかったそうだ。母の身分では末席の側室という時代だった。オリヴィエのときだってそうだったんだから、両親の時代はなおさらだっただろう。適当な家の養女になって、形だけでも釣り合った身分にするという手もあるが、口で言うほど簡単なことではなかった。母もそれは分かっていて、未来の王に嫁ぐ覚悟ができなかったようでな」

だから彼女は身を引いた。

「二人共、割り切っての別れだった。でも母は父への想いを捨てきれずに、生涯独身で通すつもりでいたんだ。それが結果として良くなかったんだろうな。何年か経って、父の視察先でたまたま二人は再会して……孤児院で子供達の面倒を見ていた母は、どうしても自分の子が欲しくなったんだ。母に未練があった父も、そのまま事に及んでしまった。父としてはできれば側室にしたいという下心もあったんだろう」

当時、王家には既に二人の王子がいた。先進的な政策を推し進め、既に子供の死亡率が大幅に低下していた当時では十分とも思える人数だ。

しかし王妃ももう一人産めるかどうかという状況で、予備が些《いささ》か心許《こころもと》ないと危惧《きぐ》した家臣から、せめて側室を一人迎えるよう進言されていたという。王は固辞したが、結局彼らの危惧は現実のものとなってしまった。後にその王子が二人とも事故で夭折《ようせつ》してしまったのだ。

「だが母には断られてしまったそうだ。新興貴族だったせいか、母の感覚はかなり庶民に近かった。だから、正妻がいる男に嫁ぐことにかなり抵抗があったようでな。もっと現実的に、側室になっても辛《つら》いことの方が多いだろうとも考えていた。だから初めから自分一人で子供を育てるつもりで父に関係を迫ったんだ。その話を教えてくれたときの父の表情は、今でも忘れられないよ」

――結果として、片親になることが確定している子供が生まれることになった。

「母は独りきりで育てなければならないことを承知の上で、俺を身籠《みごも》った。そして、修道院で隠れるようにひっそりと俺を産んだ」

アレクの紫紺の瞳が、魔法灯の光を滲ませて揺らめいた。

「父は当然そばにはいなかった。ちょうどその頃、王妃が第三子の――オリヴィエの出産を控えていたから当たり前だ。だが承知の上とはいえ、好いた男に見守られることもなくたった独りで、修道院という設備が十分ではない場所で俺を産まなければならなかった母は一体どんな気持ちだっただろうか。心細くはなかっただろうか」

昨日のあの娘は夫に見守られて子を産んだ。あの青年は身分を捨て、生家の急事よりも妻と生まれてくる子を優先しさえしたというのに、父は恋人の出産よりも優先するものがあったのだ。

「……そう思ったら、どうにもやるせなくなってな」

アレクは力なく笑ってみせた。

「両親は好き合っていたが、健全な関係ではなかった。お互いほかに譲れないものがあったくせに、公にできない子供を進んで作って、結局母は苦労した末に俺を残して逝ってしまったし、父は父で、どう考えたって俺と母よりも優先しなければならない妻子がいて、やはりその通りにした。そのうえ二人の子である俺は公私の調整ができずに身体を壊し、結局弟も恋人も置いて逃げるはめになった。だから、この時期になるとどうしても色々考えてしまってな。最近はだいぶマシになったつもりだったが、昨日のあれを見ていたら、つい堪らなくなってしまった」

（……ああ、そっかぁ……）

アレクの根底には自己否定——それも自らの存在そのものを否定する意識がある。強く猛々《たけだけ》しい外見の内側に隠した脆《もろ》い心を形作ったのは、「不義の子」という極めて不安定な立場だ。

そんな脆い存在を作り出したのは、自らの立場と矜持《きょうじ》を捨てられないまま関係を持ち、私生児となると分かっている子を成しておきながら、その子供を護り切ることができなかった両親だ。

『確かに貴族としては良くなかっただろうが、一人の男としてはよくやった』

昨日の青年を元気付けたアレクの言葉は、彼への称賛と羨望《せんぼう》に満ちていた。

けれどもあれは、両親への皮肉と己を卑下する言葉でもあったのだ。

　でも、これまでに聞かされた彼の身の上話は、両親への敬愛と感謝、異母弟に対する深い兄弟愛が溢れていた。その相反する気持ちがふとした拍子に溢れ、持て余してしまうのだろう。たった数週間違いという、不自然なほど近い日に生まれた異母兄弟の、誕生日を迎えるこの季節には特にだ。

　――この僅差で生まれた腹違いの兄弟に関しては、当然道徳的な面での批判は多かった。だが、王や嫡子の異母弟に直接物申せる猛者《もさ》はいない。そこで矢面に立たされたのが庶子のアレクだった。それもまた彼にとっては重圧だっただろう。

「……俺達がほとんど同時期に生まれた理由は、なんのことはない、父が王妃と母の双方を同時期に抱いたからだ。父の様子から何かあったことを察した王妃が、もう一人子が欲しいと父に強請《ねだ》り、父も後ろめたさから了承したんだ。そして王妃は無事に身籠り、オリヴィエを産んだ。彼女はこれでもう世継ぎの心配はない、だって王子が二人も増えたんだからと笑いながら言ったそうなんだが、その話を聞いたときにはさすがに言葉が出なかった。父の情けなさに反して、この母親達は何て強いんだろうってな」

　王妃はアレクの存在を黙認したということになる。そしてもう世継ぎの心配はないという言葉は、だから側室は必要ないという牽制《けんせい》とも取れた。父王と王妃の間に男女の情愛はなく、むしろ国を導く同志という間柄だったというが、それでも妻として思うところは多分にあったに違いない。

　しかしその一方で、愛し合っていながら身分差で添い遂げられない多くの恋人達に同情的でもあったといい、そこには現代を生きる女としての苦悩、公人と私人の合間で揺れ動く王妃の複雑な想いが垣間見られる。

　いずれにせよ王妃は寛大な心で夫を許し、母子を「非公式の側室と王子」として容認したのだ。

後にオリヴィエル王は「父上は王としては本当に立派で、僕も尊敬している。だが、父親としても一人の男としても、どうも疑問を抱かざるを得ないところはあるな」と宣《のたま》ったという。自らが父親となって、改めて考えさせられたようだ。

――特権階級にのみ許されていた側室制度は、後継者確保の面では確かに効果はあった。しかし倫理面でも問題の多いこの制度は、貴族女性の自尊心や健康を著しく損ない、家督争いや家庭内の不和などの様々な歪《ゆが》みをもたらした。義務と称して妻がいる男との婚姻を強いられて、心を病んだ貴族女性も決して少なくはない。

王妃と母親が側室制度に忌避感を示したのも、まともな感覚を持つ女なら当然のことだった。

後年、オリヴィエル王が側室制度を廃止し、序列差による王家の婚姻制限を一部撤廃したのは、この問題を身近で目の当たりにしたからというのもあるようだ。当然古参貴族の強い反対はあったが、現代的思想を持つ若い世代には概《おおむ》ね歓迎された。乳幼児と妊産婦の死亡率が低下した現代では、もはや合法的に妾《めかけ》を囲う制度と成り下がり、世相にはそぐわないとする論調が強かったほか、王家ですら二代続けて側室を置かなかったという前例を作ったことも大きく働いたようだ。

「――母さんは、自分の境遇を嘆いたことは一度もなかった。時折寂しそうにはしていたが、俺には惜しみなく愛情を注いでくれた。だから母さんとはいい想い出しかないんだ。それこそ、苦労が祟《たた》って若くして亡くなったということ以外はな。だから余計に思うんだ。昨日のあの男のように、父が最初から母を選んでいれば……いや、違うな。俺が生まれなければ母が死ぬことはなかったし、父だって俺の居場所を作ろうとして『賢王も所詮《しょせん》はただの男だ』なんて揶揄されることもなかったってな」

アレクの言葉の最後の方は、ほとんど消え入るようだった。

両親と異母弟からの愛情を上回るほどの非難と侮蔑《ぶべつ》の言葉が、子供姿のアレクを甚振《いたぶ》る幻が見えたような気がして、シオリはきゅっと唇を噛《か》んだ。きっとそれは自分の妄想などではない。多分実際にそうされてきたのだろう。

「でも、私はアレクに会えて嬉しかった」

「……ん？」

「それに、苦労するって分かってても、お母さんはアレクに会いたかったんだね」

ぼんやりとどこか遠い場所に向けられていた視線がシオリを捉える。

「だって、お父さんと一緒になれなくて、独りでアレクを育てなきゃいけないって分かってたのに、それでもアレクを産んでくれたんでしょう？」

「……ああ」

「お父さんにも頼らないで、愚痴一つ言わずに育ててくれたんでしょう？　これって凄いことだと思うよ？」

「ああ。愚痴らしい言葉を聞かされたこともなければ――ああ、そうだな、恩着せがましいことを言われたこともなかった」

遊び仲間の中には彼のように片親の子供も少なからずいたというが、「お前のために我慢して頑張ってるんだ」と恩着せがましく言われ続け、親の歪んだ愛と期待が重いと苦悩していた友人は多かったそうだ。けれどもアレクの母は違ったのだ。

「じゃあ本当に大切に、純粋な愛情だけを注いで育ててくれたんだね」

好きな男とは一緒になれず、全て自分が背負うことを覚悟の上の妊娠と出産。愚痴も言わず自らの望みを背負わせることもなく、ただ真っすぐで純粋な愛情だけを注いでアレクを慈しんだのだ。並大抵の精神力ではとてもできないことだ。

「母は優しい人だった。だがそれ以上に強い人だった。父も父なりに俺と真摯《しんし》に向き合ってくれた。俺を引き取って教育を施してくれたこと、愛情深く育ててくれたことは、今でも感謝しているよ」

「うん。私はそういう苦労をしたことがないからあまり偉そうなことは言えないけど……でも、そんなご両親が心の底からアレクを望んで、真っ当に育ててくれたんだから――自分が生まれてこなければなんて、そんなこと言ったら悲しむんじゃないかなぁって思うよ」

揺らいでいた紫紺の瞳に、力強い光が戻る。

「……ああ、そうだな。その通りだ」

アレクは笑った。その手がシオリの頬に添えられる。

「それに、母が産んでくれたからこそ、俺はお前に出会うことができた」

「そうだね」

シオリもつられて笑った。

「アレクが生まれてきてくれたから、私はアレクに会うことができたんだもの」

逞《たくま》しい腕に引き寄せられて、抱き締められる。くすくすと笑い合いながら頬と頬を摺《す》り寄せ、そして唇を重ね合わせた。決して熱のせいばかりではない、燃えるように熱い唇は瞬く間にシオリを蕩《とろ》けさせていく。

遥かに遠く異なる場所で生まれて育ち、決して交わるはずのない人生を送るはずだった――数々の軌跡を経て奇跡的な邂逅《かいこう》を果たした自分と、彼。

命の奇跡と軌跡は、遥か異郷の地で二人を出会わせてくれた。

そして今この瞬間にも、世界中で数多《あまた》の命が生まれている。

「ね、アレク」

あまりにも情熱的な口付けに恍惚《こうこつ》としながらも、シオリは愛しい人に囁いた。

「誕生日はいっぱいお祝いしようね。アレクの好きなもの、沢山作るから」

「……手料理でお祝いか。母さんが死んで以来だな」

嬉しそうに、けれども溢れそうになる涙を堪《こら》えた彼は、掠《かす》れた声で言った。

「――ありがとう。楽しみにしている。当日は……一緒に作ろう」

「うん。約束」

「ああ……夢のようだ」

喋《しゃべ》り疲れたのか、うとうとしながらそう呟いたアレクに、シオリはもう一度口付けて言った。

「夢じゃないよ。だから安心して休んで」

「……ん」

ふわりと笑ったアレクは、そのまま寝息を立て始めた。

幼子にするように、その少し寝乱れた栗毛《くりげ》を優しく撫でる。

愛しくて、可愛いひと。何者にも代え難い、この身の全てを捧げても良いと思えるほど大切なその人の唇に、幾度目になるかも分からない口付けを落としてシオリは囁いた。

「――生まれてきてくれてありがとう。愛してる、アレク」

5

シオリの甲斐《かい》甲斐しい介抱のお陰か、翌朝にはすっかり熱が下がっていた。シオリの強い勧めでその日も丸一日休養に充てることにしたアレクは、久しぶりにゆっくりとした時間を過ごした。

東方の侍ショウノスケから贈られた武具図鑑を眺めて未知の武具に想いを馳《は》せ、合間に何か繕い物をしているシオリの注意を引いては口付けをする。遊びに出掛けていたルリィに「お土産」の使い魔イール特製栄養剤をもらって苦笑いし、二人と一匹で語らいながら茶菓子を摘まむ。

思い描いていた理想の家庭が当たり前のように目の前にあり、アレクは幸せな溜息《ためいき》を吐《つ》いた。

（幸せ、だな）

まだなさねばならないことは山ほどあるが、せっかくの休日、今このときだけはただひたすらに満ち足りた時間に浸ろうと決めた。

その翌日、万全な体調で仕事に戻ったアレクを、友人達がどこかほっとしたような顔で迎えた。

「お前もじきに三十五だ。もう若さだけで乗り越えられるような年齢はとうに過ぎている。いい加減に身体を労《いた》わりながら仕事をする癖を付けておけ」

二つ上の親友クレメンスの妙に実感の籠った忠告には思わず噴き出したが、シオリと恙なく長い人生を過ごすためには必要なことだと素直に頷いておいた。

——そして数日後、誕生日の当日。

アレクは昼食後から書き物と荷造りに没頭していた。

オリヴィエルの誕生日を祝う言葉を認《したた》めた便箋《びんせん》を折り畳み、美しい多色刷りの封筒に入れて封をする。それを綺麗に包装した贈り物に添えて、輸送用の木箱に丁寧に梱包《こんぽう》していく。

贈り物は勿論、エナンデル商会に作らせたスライム同伴用の背嚢だ。

二重梱包の木箱は無記名だが、代わりにアレクからオリヴィエル宛を示す目印を付ける決まりになっている。これは輸送途中でトリスヴァル辺境伯の名に書き換えられて、親展扱いでザックの実父フレードリク・フォーシェル、もしくは異母弟エドヴァルド・フォーシェル宛てに届けられる。その後は二人のうちのいずれか、もしくはその手の者がオリヴィエルに届ける手筈《てはず》になっていた。

最後にナディアから預かった小包を入れた。外装はやはり簡素なもので、王家とそこに嫁ぐ予定だった女との間に交わされるものだとは到底思えない。

「しかしまさかナディアが、これをお前に預けるとは思わなかったな」

「私だってびっくりしたよ。というか、アレクが王族だってことよりも、姐さんがアレクと陛下のお兄さんの婚約者だったってことの方がびっくりしたくらい」

「それはまぁ……なんというか……」

聡《さと》いシオリはナディアが由緒正しい家の出身であることには気付いていたようだったが、さすがに王子と婚約関係にあるような身分だとは思いもしなかったようだ。

「……だが、お前には打ち明けてもいいと思ったんだろう。俺がそうだったようにな。あいつのことだから、俺達の間で秘密の共有がなされたことにも気付いただろうしな。もっとも、俺だってあいつから素性を直接聞かされたことは一度もない。多分クレメンスもそうじゃないか」

「えっそうなの!?」

シオリにしては珍しく素っ頓狂な声に、足元のルリィがぴくんと飛び上がった。

「言わなくとも互いの事情はだいたい察していたし、それが許される仲でもあったからな、俺達は。ザックもクレメンスも訳ありで、お互い様だったんだ。それにナディア自身、祖国が一度滅んで全てを失っている。今更話して何になるという気持ちもあったようだ」

たった十三歳で故国を逃れ、二年に及ぶ潜伏生活の後に冒険者となり、この国に辿《たど》り着くまでの数年を放浪生活で過ごすうちに、貴族としての己を消し去ったのだ。あの蓮っ葉な言動はその表れだ。

「……長兄が亡くなって、次兄が継承権第一位になった。そのままナディアとの関係を続けるかどうか、実はそのときに議論になったそうなんだ。王妃教育を受けていた長兄の婚約者をそのままスライドさせて次兄に宛がった方が、外国人のナディアを王太子妃に据えるよりは現実的なんじゃないかってな。二人の婚約はまだ公表前だった。だから当事者さえ首を縦に振れば、それほど混乱もなく婚約者を挿《す》げ替えられる状況だった。だが二人は既に想い合う仲で、次兄が真っ先に拒否したそうなんだ。自分の苦い経験から、息子達には可能な限り想い合う相手と添わせたいと考えていた父さんもそれに賛同した。長兄の婚約者殿も、いくら国益のためとは言え、都合がいいという理由で婚約者を亡くしたばかりの女をその弟に宛がおうとするのは、あまりにも人の心を無視し過ぎていると不快感を示したそうでな。それでその議論は持ち越しということになったそうなんだが――」

結局その後まもなく、次兄も落馬事故で帰らぬ人となった。慕っていた長兄との突然の死別や王太子への指名、そして拙くも真剣に愛情を育んでいた少女と引き裂かれるかもしれない可能性に若い心を悩ませていた次兄は、馬上にありながらひどく注意力が散漫だったという。驚くほど上の空で、不意に目の前を横切った鳥の魔獣を避けきれずに体勢を崩し、落馬して呆気《あっけ》なく逝ってしまった。

当時まだ市井で暮らしていたアレクに詳しい状況は分からない。後から伝え聞いた話はどれもこれもが主観交じりの伝聞で、一部には話者の推測や希望を交えたものもあっただろう。

だが次兄の死がナディアの心に深い傷を残したことは想像に難くない。事実、三十代後半に至るまで、彼女はずっと独り身を通している。故国に戻ることなく、言い交した少年が眠るこの国にずっと留《とど》まっているのも意味があってのことだろう。

「……だが、心境に変化があったんだろうな。ここのところはクレメンスとも随分と懇《ねんご》ろだし、共犯者のようなつもりでもあるんだろう。この様子では案外一緒になるのもすぐかもしれんな」

「えっ、そこまで話が飛んじゃうの!?」

「まぁ、事情はどうあれ、だいぶ前からもう熟年夫婦のような感じではあったしな。俺としては、むしろやっとかと言いたいところだが」

ナディアの「素性」に気付いたクレメンスが、自分では彼女には釣り合わないと、一度彼女との仲を諦めてしまったという事情もある。当時まだ二十代前半という若さだった彼には、王妃になるだけの身分があった女を受け止める度量がなかったという。

しかし、それでなくとも元々気が合う方だった。遅かれ早かれ一緒になるだろうというのが周囲の共通認識だったのだ。

（……「復縁」するまでの間にシオリに想いを寄せていて、結局何も言い出せないまま失恋したというのもまぁ……クレメンスらしいと言えばクレメンスらしいが）

過去の経験から、己以上に恋愛には臆病《おくびょう》だったのだ、あの男は。

「あいつらも幸せになってくれればいいと願うばかりだ」

「……うん」

「……さて、これで良し……と」

全ての梱包を終えて目印となる特殊製法のラベルを貼り付けたアレクは、深々と溜息を吐いた。慣れてはいても手間が掛かる作業だからだ。

「本当に厳重なんだね」

「まぁ、送り主が送り主だからな……面倒だが、こればかりは仕方がないさ」

特別な輸送手段を用いて運ぶオリヴィエル宛の通信は全て、決められた手順で荷造りしなければならない。世間的には失踪して生死不明扱いになっている王兄が、弟王と恙なくやり取りするためにはどうしても必要なのだ。

「要人宛ての手紙や荷物は、本人の手元に届く前に内容物を検《あらた》める者がいる。親展扱いでもそれなりの検査はされるからな」

「そっか。中身を見るのは事情を知ってる人だけにしないといけないんだものね」

「その通りだ。そういう意味でも、両家に繋がりのあるザックと交流が持てたのは、本当に運が良かった。辺境伯家とザックの実家は武門の名家で、国防の要とも言われている家だ。その関係で代々王家との繋がりが深く、この三家の間では頻繁に手紙や荷物のやり取りがされている。だからそこに私信を紛れ込ませても、あまり目立たないんだ」

アレクがザックと初めて顔を合わせたのは、城に召し上げられてしばらく経った頃だ。彼は既にその頃には、跡継ぎの座を辞退してフォーシェル家を出ることが決まっていた。王宮での引き継ぎもほとんど終えて、あとはいつ出立するかという頃だった。

　そのごく僅かな期間に交流する機会を得たことは、アレクにとっては僥倖《ぎょうこう》だった。

　二人を引き合わせてくれたのは父だ。己の立ち位置に悩む息子を気遣い、庶子という似たような境遇にあるザックを話し相手にと呼んでくれたのだ。

（――もっとも父さんはまさか俺が、あいつと同じように冒険者の道を歩むことになるとは思いもしなかっただろうがな）

　だが、ザックの存在が逃げ道を作ったことは確かだ。父がそこまで計算していたとは思わないが、彼の采配が結果として己の人生の指針――それが回り道だったとしてもだ――を示してくれた。

（父さんは俺にザックという前例を示してくれた。それがなければ、俺はあのまま城で潰《つぶ》されていたかもしれない）

　城を出たことに大きな後悔はある。たった一人の兄弟を魔窟に置き去りにしたという後悔だ。

　だがそれでも、こうして生き延びてオリヴィエルのため、ひいては王国のために働くことができたのだ。己の選択の全てが誤りではなかったと、今はそう思えるようになっていた。

　――なによりも、この愛しい女と出会うことができたのだから。

「後はこれをザックに預けるだけだな」

　今夜寄る予定のある彼に預けるつもりだ。運び人のような役目を押し付けて申し訳なくも思うが、元々辺境伯家とのやり取りが多いザックには「気にすんな」と言われている。

「――さて。待たせて悪かったな。始めるか」

　木箱を棚に載せたアレクは、既にエプロンを着けているシオリを振り返った。

　今夜は誕生会という名の祝宴だ。気心の知れた友人達を呼んで、手料理を振る舞うのだ。といってもシオリほどの腕はないアレクは、ほとんど助手のようなものなのだが。

「何を作るんだ？」

「うん。豚の唐揚げにシェーナ貝のグラタン、霜降り茸のステーキとアルファンバイソンのグリル、燻製トリスパーチのスモーブローに炙りサーモンのマリネ、ポテトチップ、あとはルリィ特製花のサラダだよ。ケーキは姐さんが持ってきてくれるって」

「なかなかのご馳走だな」

「奮発しちゃった。約束だもの」

ふふ、と笑うシオリの唇を軽く吸い上げてから、アレクは自分専用のエプロンを着けた。

三角巾のつもりなのか、ルリィは半分に折ったハンカチを巻いている。よく見ると端にはルリィを模った刺繍が施されている。オリヴィエルへの贈り物の「アドバイス」の礼に、ナディアが刺繍してくれたのだそうだ。「よく似合ってるぞ」と褒めると、ルリィは嬉しそうにぷるんと震えた。

「さて……このメニューだと、燻製なら俺にもできそうだな」

一月の遠征でリヌスに教えてもらった簡易燻製は、今やアレクの得意料理になっていた。そのつもりでいたのかシオリは既に下処理をしてくれていたようで、風乾燥させたトリスパーチの切り身がトレイに寝かされていた。早速燻製用の鍋と金網を取り出し、準備を始める。

燻煙チップはシュシュベッシュトレードの木屑《きくず》を選んだ。鍋に燻煙チップとトリスパーチを仕込んで点火すると、間もなく燻製特有の香りが漂い始める。

「良い匂い」

「ナディアの酒が進みそうだな」

立食パーティでは若い妃を揶揄《からか》って酔い潰そうとする質《たち》の悪い貴族もいるが、もしナディアが無事王家に嫁いでいたら派手に返り討ちにしていただろうなと、そんなことを考えてしまった。

待ち時間にスモーブロー用のパンを薄切りにして大皿の上に並べ、ついでに霜降り茸も適当な厚さに切っておいた。それらの作業が終わる頃にはトリスパーチの燻製が程よく仕上がり、なかなかの出来栄えににんまりしながら薄切りにしていく。

その間、手際の良いシオリはシェーナ貝のグラタンとアルファンバイソンをオーブンに入れ、スキレットで霜降り茸を炙りながら、豚の唐揚げとポテトチップスを揚げ始めていた。

「本当に手際がいいな……」

「ありがと。昨日のうちに下拵《したごしら》えしてあったしね。作り置きの瓶詰を使ってたりもするから、思ってるよりは手間も掛かってないんだよ」

野営料理が専門のシオリは、時短料理に長《た》けている。味も手間暇掛けた料理に遜色《そんしょく》なく、不便な野営地であろうと一時間も掛けずに何品も用意するその腕前は、目を瞠《みは》るばかりだった。

揚げ油がカラカラと小気味よい音を立てる中、不意にアレクは幼い頃の誕生日を思い出す。普段は質素な食事だったが、誕生日の食卓だけは品数が多く豪華なものだった。裕福な家には比べるべくもないが、それでも当時の母の財力を考えれば些か不自然だ。

「……母さんは『祝福すべき日なのだから、今日だけはちゃんと家族にお祝いしてもらうのよ』と笑っていたが……多分あれは父さんから贈られたものだったんだな」

母は「陛下の手を煩わせることはない」と宣言したその通りに、父からの資金援助は固辞していたようだった。しかし妻子を案じた父は放ってはおけず、せめて最低限の生活はできるよう密《ひそ》かに援助していたと後から聞いた。それも母の矜持を傷付けぬよう細心の注意を払ってだ。

だが、年に一度の特別な日を迎える息子への贈り物だとすれば、さすがの母も固辞できなかったのではあるまいか。形には残らないが、母子で分けて消費できるものであれば、せめて息子の誕生日だけは二人を腹いっぱいに食べさせてやれると父も思ったのではあるまいか。

——そして母も、気持ちの上では父を祝いの席に加えていたのではあるまいか。

「今日だけは家族にお祝いしてもらうのよって……もしかしたらそういう意味だった？」

「——かもしれんな」

確かめようにも両親は既に亡く、答えは永遠に分からずじまいだ。

だがそうであればいいとアレクは思う。

「父さんも母さんも、なんというか……不器用で意地っ張りだ」

その呟きを拾ったシオリが、「アレクはご両親に似たんだね」と笑った。

それを否定できずに「うっ」と低く呻《うめ》いたアレクは、悔し紛れに彼女の唇を塞いでやった。唇を押し開いて舌を絡め、口内を激しく蹂躙する。抱き寄せた身体の輪郭を手のひらでなぞり上げて、甘やかな声が漏れ始めたところで解放すると、「そんな中途半端に……」と上気した顔で恨みがましく非難された。

「続きは夜にたっぷりな」

「……酔って寝ちゃわないようにね？」

なんとも艶《なま》めかしい約束を交わす二人の足元を、ルリィが「お楽しみのところを大変すまないが」といった様子でちょいちょいとつつく。もう一本伸びた触手はオープンを指し示していて、「あっ」

と飛び上がったシオリは慌てて駆け寄った。

「……うん。まだ大丈夫。でもルリィ、ありがとね」

どういたしまして！　と触手を振ったルリィは、再びサラダ作りに戻っていく。触手を洗い直してからという念の入り様で、配慮の仕方がまるでシオリそっくりだなとアレクは噴き出してしまった。

そうして二人と一匹で会話を楽しむうちに、料理ができ上がったようだ。

食卓に席は足りず、テーブルを長椅子《ながいす》の近くまで寄せ、家中の椅子を集めて、自由に料理を取りながら好きな場所に座れるように配置する。それから食卓やセンターテーブルに料理と取り皿、カトラリーを置いた。

「あとは来るのを待つだけだね」

「ああ。こんなのは子供のとき以来だ」

――きらびやかな宮廷で盛大に開催された、野心渦巻く「二人の王子」の生誕パーティとはまるで違う。真心と温もりに溢れたこの食卓は、アレクの心を満たしていく。

その後間もなく友人達が集まり出した。クレメンスとナディアは連れ立って、少し遅れてザックとブロゥが部屋に駆け込んだ。

「皆、よく来てくれたな」

仕事柄、皆で都合を合わせて集まるのは難しい。遠征に出掛けてしばらく戻らないこともあるからだ。だが、今日という日にいつもの顔ぶれが集まったことを、アレクは年甲斐もなく喜んだ。性格的に顔にはあまり出すことはできなかったが、親しい彼らにはそれでも伝わったようだ。

クレメンスは肩を叩《たた》き、ナディアはいつもの妖艶な笑みを浮かべて、シオリは頬への口付けと共に次々と祝いの言葉を贈り、ルリィとブロゥは触手を掲げて愉快な踊りを踊る。

「――めでてぇじゃねぇか。なぁ、アレクよ」

一年前の今頃はまだ帝国にいた。ちょうど本国から「任務完遂後、直ちに脱出せよ」という指令が届いた時期だ。当然誕生日など祝う余裕はなく、ただ生きて帰ることだけを考えていた。

それを知るザックは感慨深く微笑んでいる。

「今日ほど生きていて良かったと思ったことはない。本当に皆……ありがとう」

軽く頭を下げるアレクの背をザックとクレメンスが叩き、ナディアは片目を瞑《つむ》った。それを微笑みながら見守っていたシオリが、「じゃあ冷めないうちに始めようよ」と一同を食卓へと誘った。

並べられた料理を見たザックは、「アレクが好きそうなもんばっかだな」と愉快そうに笑う。

「これも一緒に出しとくれな」

ナディアが差し出した美しい装飾の箱には、純白のケーキが収められていた。クリームで描かれた繊細な花畑の中央には、雪菫《ゆきすみれ》の砂糖漬けが上品に飾られている。

「これは……」

――クングストルテ《王様のケーキ》。王家の生誕パーティでのみ供される特別なケーキだ。

「あんたの弟がレシピをくれたんだよ。宮廷料理は苦手だったみたいだけど、それだけは喜んで食べてたからってね。作ってくれたのはクリスフェルの旦那のとこの料理人さ。あたしは運び屋を任されたって訳」

「……ナディア、お前」

驚きに目を瞠るアレクとシオリの二人に、ナディアは晴れやかな笑みを浮かべた。

「この前、最後のお墓参りに行ってきたんだよ。節目の年も過ぎたし、あたしもようやくこれからのことを考えてみようかって気になったんでね。その報告がてら、あの子から預かってきたのさ」

二人の異母兄が世を去ってから二十六年。未練を遺《のこ》してこの世に留まり続けた魂も、二十五年が過ぎると自ら区切りを付けて天に還《かえ》り、命のもととなって新たな生を待つとされている。その節目の年を過ぎた今、彼女はようやく自らを過去から解放したのだ。

「……あの子は喜んでたよ。あたしのことも、あんたのことも、半泣きで『良かった良かった』ってね。クレムにもあたしのことは全部話したんだ。どこの誰だって、今度こそ受け止めるって」

クレム。それはクレメンスの幼少期の愛称だという。色々あった末に家族にしか呼ぶことを許さなくなったそれを、彼はこの女に許したのだ。

「――そうか。それは良かった。心から……祝わせてもらおう」

まるで熟年夫婦のように自然に寄り添う二人は、親友の言葉に顔を綻《ほころ》ばせた。

「それで、その弟君からの言伝《ことづて》だ。信用できる奴にはお前の判断で『事情』を話しても構わんとさ。今後のためにも味方は増やしておけってことらしいぜ」

ザックに手渡されたオリヴィエルからの手紙には、祝辞と合わせて確かにそんな言葉が書き添えられていた。

「あいつが……」

それでこのタイミングでの告白だったのか。全てを理解したアレクは頷いた。

「少なくとも、今この段階で全て話していいと思えるのは、ここにいるお前達だけだ。今日この日にここに集ってくれたお前達には全て打ち明けよう――とはいえ、多分今更だと思うがな」

ナディアがオリヴィエルから直接聞いた以上、この場でまだ打ち明けていないのはクレメンスだけだ。だが、この男ですら己の素性にはもう気付いているはずだ。察せられるほど彼は聡く、己に近しい存在でもあった。

果たして、クレメンスは苦笑いしながら言った。

「まぁ、家の商売柄、ザックとは子供時分からの付き合いだったからな。ザックの素性を知っていれば、会話からお前のおよその正体も推察はできる」

「それも多分、ほとんど最初に気付いていただろう？」

「まぁ……な。ザックが連れてきた訳ありの栗毛の少年なんて、タイミングからして失踪した王子だとすぐ分かったよ」

クレメンスは肯定した。

「――本当に、生きていてくれてよかった」

「……ん？」

「初めてお前と顔を合わせたときに思ったんだ。ああ、無事だったのか、生きていて良かったとな」

「クレメンス……」

生きていて良かった。

あのとき初対面だったはずの少年は、あの瞬間にそんなことを考えていたのか。

「お前は初対面の俺をそんな風に思ってくれたのか」

「噂は色々聞いていたからな。国のためだかなんだか知らんが、継承権争いなんて、仲の良い兄弟を引き裂いてまでしなければならんことなのかと、お前達兄弟を祭り上げた貴族連中には正直憤りを感じていた。その末の失踪騒ぎだ。これで兄王子が――お前が死んだなんてことになっていたら、お前にとっても弟王子にとっても、これほど惨《むご》い話があるかと思っていた。ましてや私と同年代の少年がだ。だから生きているお前の姿を見たとき、本当に良かったと心からそう思った」

クレメンスは祝杯のために持ち込んだボトルを掲げ、アレクを促す。涙が浮いた紫紺の瞳を片手で隠したまま、それでもアレクは言われるままにグラスを差し出した。

「生まれ育ちは全く違うはずのお前と、意外に気が合うのがまた嬉しくてな。温室育ちの私が無謀にも飛び込んだ冒険者の世界で、色々なことを語り合い、一緒に馬鹿《ばか》をやって、共に切磋琢磨《せっさたくま》できる友を得ることができた私は幸運だと思ったよ。この得難き出会いはお前が生きていてくれたからこそだ。誕生日おめでとう、アレク。お前の――お前達の人生に、幸多からんことを心から願う」

掲げたグラスに注がれた美しい深紅の酒が波打ち、芳醇《ほうじゅん》な香りを放った。いつかの旅の祝宴で、彼がロヴネル女伯とその未来の伴侶《はんりょ》に振る舞った祝い酒だ。その酒をこの男はアレクに注いだ。生きていて良かったと言った彼は、かつて恋して破れた女との仲を認めて祝福してくれたのだ。

「――馬鹿、泣かさないでくれ」

十数年来の親友の言葉はとうとうアレクを決壊させた。

双眸《そうぼう》から熱い雫《しずく》が零《こぼ》れ、己を見つめる温かい眼差《まなざ》しから逃れるように顔を覆う。

王子でいた期間はたった七年。三十五年の人生のうちのたった二割だ。しかし己の存在そのものを否定され続けた、父と異母弟からの家族愛を上回るほどの侮辱を受け続けた七年の歳月は、アレクの存在意義を損ねるには十分な時間だった。

だが、この男といい、シオリといい、彼らは損得勘定もなしに「生きていてくれて良かった」と、そう言ってくれるのだ。己という男と出会い、情を育んできたことをただ嬉しいと言ってくれた。

「これほど嬉しい祝いの言葉をもらったのは初めてだ。ありがとう――クレメンス」

万感の想いを込めた言葉に、親友は美の男神にも見紛《みまご》うほどの美しい笑顔で応《こた》えた。

「では改めて。この素晴らしい日を迎えた我が友と、二人の門出を祝して」

それぞれのグラスが満たされ、高々と掲げられる。

「乾杯」


その後、愛しい恋人や素晴らしい友人達からの贈り物の開封式で盛り上がり、美味《うま》い酒と料理を楽しみながら語らって夢のような時間を過ごしたアレクは、満ち足りた気持ちで寝台に身を沈めた。

騒ぎ疲れて眠ってしまったルリィを撫でていたシオリが、アレクの枕元に腰を下ろす。

「楽しかったね」

「ああ。幸せ過ぎて怖いくらいだ。夢なんじゃないかと思えるほどにな」

その言葉を聞いたシオリは、いつもの柔らかな笑みを浮かべてアレクに頬を摺り寄せた。

「夢じゃないよ。ちゃんと現実。ほら、こんなにあったかい」

甘えるシオリと触れ合う場所は確かな熱を伴っていて、「そうだな」とアレクは頷いた。

書き物机の上には、友人達の心からの贈り物が大切に飾られている。我ながら子供染みているとも思うが、しばらくはそうして飾っておきたい気分だった。

ザックからは紫紺色の魔法石をあしらった万年筆、クレメンスからは当たり年のワイン「真紅の月」、ナディアからは東方の絹で誂《あつら》えた刺繍入りのネクタイ、ルリィとブロゥからは雪菫の花束、オリヴィエルからは美しいペガサスの鬣《たてがみ》を編み込んだ房飾り、辺境伯夫妻からはタイピンとカフスボタン。

シオリからは雪菫とアレクの名を刺繍したハンカチーフが贈られた。片隅にはアレクの健康と平穏を祈り、永遠の愛を誓う文言がハンカチーフと同じ純白の糸でひっそりと綴《つづ》られていて、それを見つけた瞬間、再び涙腺が緩んで誤魔化すのに苦心した。

「あのハンカチは肌身離さず持ち歩いてお守りにする。お前の誕生日も盛大に祝おう」

「うん。ありがとう。嬉しい」

「ああ。さて、約束だからな。さっきの続きだ」

見下ろしているシオリを捕まえて身体を反転させたアレクは、そのまま組み敷いて唇を塞いだ。情熱的な口付けの合間に幾度となく愛を囁き、肌に触れて互いの鼓動を確かめ合う。

熱い吐息も甘い声も潤む瞳も、己の愛に応えて可愛らしく艶めかしい姿を晒す恋人の何もかもが愛おしく、溢れて零れ落ちる想いの全てを彼女に注いだ。

「ああ……大好き」

ほとんど譫言《うわごと》のように、けれども確かにアレクの紫紺の瞳を捉えてシオリは囁く。

「いつか、全部……必ずもらってね」

何をとは言わなかった。だがその意味を正確に汲《く》み取ったアレクは「勿論だ」と返すと、その予行演習とばかりに心行くまで愛しい女を堪能した。

あとがき

ご無沙汰しております。人生最大重量から少し減量した文庫妖です。家政魔導士の異世界生活第八巻をお手にとっていただきましてありがとうございます。

今作は五巻でチラ見せしていた「未来の二人」の出発点に当たるお話でした。ここからシオリとアレクの世界は大きく広がっていきます。一巻で退場したヴィヴィや二巻で傷病兵となった元騎士隊長さんを始め、過去にようやく区切りをつけたナディアとクレメンスも再出発を果たすことができました。色々あった彼らが未来に向けて歩き出す様子をようやくお届けすることができて、とても嬉しく思います。

今回も素敵でウフフなイラストを描いてくださったたなま先生、頁調整から何からまた色々お世話になった編集ご担当様を始め、コマのあちこちに小ネタを仕込んでくださるコミカライズ担当のおの先生やコミックご担当様、本の制作に携わってくださった皆様方、そして読者の皆様に厚くお礼申し上げます。

それではまたお会いできますように。

【参考資料】『雪崩教本』（雪氷災害調査チーム＆雪崩事故防止研究会／山と渓谷社）

家政《かせい》魔導士《まどうし》の異世界生活《いせかいせいかつ》
～冒険中《ぼうけんちゅう》の家政《かせい》婦業《ふぎょう》承《うけたまわ》ります！～ 8

2023年9月5日　初版発行

初出……「家政魔導士の異世界生活～冒険中の家政婦業承ります！～」
小説投稿サイト「小説家になろう」で掲載

著者　文庫 妖

イラスト　なま

発行者　野内雅宏

発行所　株式会社一迅社
〒160-0022 東京都新宿区新宿3-1-13 京王新宿追分ビル5F
電話　03-5312-7432（編集）
電話　03-5312-6150（販売）
発売元：株式会社講談社（講談社・一迅社）

印刷所・製本　大日本印刷株式会社
ＤＴＰ　株式会社三協美術

装幀　小沼早苗（Gibbon）

ISBN978-4-7580-9577-8

おたよりの宛て先
〒160-0022 東京都新宿区新宿3-1-13 京王新宿追分ビル5F
株式会社一迅社　ノベル編集部
文庫《ふぐるま》 妖《よう》 先生・なま 先生